BASTIAN ZACH
Donaumelodien –
Totentaufe

DER TOD IST EIN WIENER Wien, Herbst 1876. Ein Serienmörder hält die Kaiserstadt in Atem. Seine Opfer sind Ärzte, allesamt haben sie vor zehn Jahren im Narrenturm gearbeitet. Der Geisterfotograf Hieronymus Holstein, der gerade eigentlich für seine Unterkunftsgeberin auf der Suche nach deren verschwundenem Ehemann ist, wird von Polizeipräsident Marx hinzugezogen. Holstein soll verdeckt im untersten sozialen Milieu ermitteln. Im Gegenzug würde er von Marx die Adresse von František erhalten, dem Bruder seiner tot geglaubten Liebe Karolína. Hieronymus sagt zu. Gemeinsam mit seinem Freund, dem »buckligen Franz«, begibt sich der Geisterfotograf auf die Suche nach dem Täter und muss bald feststellen, dass nicht alles so ist, wie es scheint. Selbst das, was als richtig oder falsch erachtet wird, beginnt zu verschwimmen. Und als Hieronymus und Franz nach dem Leben getrachtet wird, wissen die beiden, dass sie auf sich allein gestellt sind. Sind sie etwa selbst ins Visier des Mörders geraten?

© Christine Hanschitz

Bastian Zach wurde 1973 in Leoben geboren und verbrachte seine Jugend in Salzburg. Das Studium an der Graphischen zog ihn nach Wien, als selbstständiger Schriftsteller und Drehbuchautor lebt und arbeitet er seither in der Hauptstadt. 2020 wurde sein Krimi-Debüt »Donaumelodien – Praterblut« für den Leo-Perutz-Preis nominiert. Wiens morbider Flair ist es auch, der ihn zu seinen Kriminalromanen inspiriert, und seine Liebe, Historie mit Fiktion zu verweben, lässt das Wien um die Jahrhundertwende wieder lebendig werden.

BASTIAN ZACH

Donaumelodien – Totentaufe

Historischer Kriminalroman

GMEINER

Immer informiert

Spannung pur – mit unserem Newsletter informieren wir Sie
regelmäßig über Wissenswertes aus unserer Bücherwelt.

Gefällt mir!

Facebook: @Gmeiner.Verlag
Instagram: @gmeinerverlag
Twitter: @GmeinerVerlag

MIX
Papier aus verantwor-
tungsvollen Quellen
FSC® C083411

Besuchen Sie uns im Internet:
www.gmeiner-verlag.de

© 2021 – Gmeiner-Verlag GmbH
Im Ehnried 5, 88605 Meßkirch
Telefon 0 75 75 / 20 95 - 0
info@gmeiner-verlag.de
Alle Rechte vorbehalten
2. Auflage 2022

Lektorat: Teresa Storkenmaier
Herstellung: Mirjam Hecht
Umschlaggestaltung: U.O.R.G. Lutz Eberle, Stuttgart
unter Verwendung eines Bildes von: © https://commons.wikimedia.org/
wiki/File:Graben_Wien_1900.jpg
Karte auf S. 6/7: Wienbibliothek im Rathaus,
Druckschriftensammlung, K-314355
Druck: CPI books GmbH, Leck
Printed in Germany
ISBN 978-3-8392-0021-6

Für alle, die ich im Herzen tragen darf,
die sind und die waren.

Orientirungs - Plan
der Haupt- und Residenz-Stadt

WIEN

in 10 Bezirke eingetheilt.

Verlag und Eigenthum

von Artaria & Co. in Wien.

Wien, 1876

Prolog

»WAS WILLST DU noch von mir?«

Die Stimme des Mannes bebte vor Angst und klang, als erhoffte er sich keine Antwort. Stille folgte. Er sah an sich hinab. Man hatte ihn mit Lederriemen an jenen Stuhl gefesselt, in dem er eigentlich nur ein Glas Rotwein trinken wollte, so wie jeden Abend, bevor er zu Bett ging. Auf dass die Mühsal des Tagwerks von ihm abfiel und er innerlich zur Ruhe kam. Vielleicht hätte er durch das Fenster auf der anderen Straßenseite sogar noch die Silhouette jener Frau erspäht, die dort seit wenigen Wochen wohnte, zärtlich warm umrissen im Kerzenschein oder, wie er es sich zuweilen im Geiste ausmalte, gänzlich nackt im Lichtkleid.

Daran war nun nicht mehr zu denken. Sein Geist kreiste einzig und allein um die Frage, was der Eindringling von ihm wollte. Und ob er von ihm ablassen würde, bevor ihm Schlimmeres widerfuhr als ein paar kräftige Schläge auf Schädel und Wanst mit einem Ledergürtel und der daran befestigten Schnalle aus Messing.

»Ich habe dir alles gesagt, was ich weiß«, fügte er flehend hinzu.

»Aber ich habe noch gar nicht damit begonnen, dich zu befragen«, krächzte die Gestalt, die hinter ihm stand, wie ein Greis, der seine ohnehin schon raue Stimme verstellte, um Kindern damit schreckliche Angst einzujagen.

Der Mann begann zu weinen. »Nimm dir, was du möchtest, es sei alles dein. Aber ich bitte dich, hab Erbarmen ...«

»Erbarmen?« Die Gestalt stutzte, spie dann das Wort förmlich aus. »Erbarmen! Dieser Begriff ist für mich bar jeder Bedeutung. Woher soll einer ihn auch kennen, wenn man ihn nie erfahren ließ, welcher Sinn ihm innewohnt?«

»Die Gnade des Herrn ist uns doch allen schon einmal widerfahren, gleich, welche Sünden wir begangen haben, oder nicht? Ich flehe dich an …«

»Ah! Gnade sagt mir etwas. Wie oft habe ich so gefleht wie du jetzt, habe gebettelt, geweint und –« Die raue Stimme brach ab.

Der Mann auf dem Stuhl verrenkte den Kopf nach hinten, versuchte, in der Finsternis des kleinen Raumes zu erkennen, was geschehen war. Ob seine Worte zu seinem Peiniger durchgedrungen waren?

Ein neuerlicher Schlag mit der Gürtelschnalle belehrte ihn jedoch eines Besseren.

»So habe ich es auch gelernt«, fuhr die Gestalt fort, während der Mann im Stuhl wimmerte und sich am Holzboden unter ihm eine gelbliche Lacke ausbreitete. »Gnade ist eine liebreizende Erfindung der Philosophen, der Denker und Schöngeister. Und all jener, die sich einen Vorteil daraus erhoffen. Der gemeine Mensch jedoch kennt sie nicht. Kannte sie noch nie. Weder im Glauben noch im Krieg und schon gar nicht in der Liebe.«

Die Gestalt legte eine Beißzange auf das hölzerne Tischchen, das neben dem Stuhl stand, die Hand mit einem schwarzen Handschuh aus Leder verhüllt.

»Was … was hast du mit mir vor?«

»Ich möchte, dass du dich, so inniglich du nur vermagst, darauf konzentrierst, was ich dich fragen werde. Und weil dabei jede Ablenkung ein Hindernis darstellt, will ich dir helfen, zumindest nur mehr halb so abgelenkt zu sein.«

Mit diesen Worten trat die Gestalt an den Mann im Stuhl heran. Sie stopfte ihm ein Stück Stoff so gnadenlos fest in den Mund, als wollte sie einer Mastgans einen Trichter in den Schlund rammen.

Dann fasste sie den Mann an der Stirn, drückte seinen Kopf nach hinten und stach ihm mit einem metallenen Dorn durchs linke Auge.

I

BERTRAND WAR EIN Knabe von zehn Lenzen und immer
schon von froher Natur. Besonders aber, seit er vor knapp
einem Jahr eine fein polierte steinerne Murmel gefunden
hatte, die geheimnisvoll in den Farben Braun und Grün
schimmerte. Seither war ihm nur noch Gutes widerfahren. Sein Vater hatte eine Anstellung bei einem wohlhabenden Adeligen in der Inneren Stadt gefunden, weshalb der Tisch immer reichlich gedeckt und seine Mutter
bei bester Laune war. Sein jüngerer Bruder hatte sich
von dem schweren Husten, der ihn geplagt hatte, erholt,
und der Gemahl seiner älteren Schwester war von zwei
Raufbolden von der Franzensbrücke in den Donauka-
nal geworfen worden, von wo er nicht mehr aufgetaucht
war. Seither hatte ihr immerzu malträtiertes Gesicht keine
Anzeichen mehr von blauen Flecken oder Platzwunden
aufgewiesen.

Ja, das Jahr seit dem Murmelfund war ein glückliches
gewesen, weshalb Bertrand das runde Kleinod seither
immer sicher in der Tasche seiner Joppe verstaut bei sich
trug. Gerade hüpfte der Junge die Johannesgasse Richtung
Stadtpark hinunter, als er mit Zeigefinger und Daumen
eine merkwürdige Unebenheit auf der ansonsten spie-
gelglatten Oberfläche der Kugel verspürte. Er blieb stehen, sah sich sorgsam um, ob kein Fuhrwerk oder sons-
tiges Vehikel seinen Weg zu kreuzen drohte, und holte
die Murmel hervor. Voll Sorge besah er sich die Unebenheit, versuchte, mit seinen abgeschundenen Fingernägeln

den Schmutz zu entfernen – vergeblich. Also nahm er die Kugel in den Mund und begann, vorsichtig an ihr zu lutschen, als wäre sie eine Kirsche, die man noch nicht zerbeißen mochte. Und tatsächlich, wenig später schien die Unebenheit verschwunden zu sein. Bertrand wollte gerade noch einmal mit der Zunge die Vollkommenheit der Kugel prüfen, als ihn so ein Haderlump grob anrempelte – und er vor Schreck einatmete.

Plötzlich steckte die Murmel in Bertrands Hals, wollte weder in den Magen hinab noch in den Mund zurückrutschen. Der Bub verdrehte die Augen und begann lautlos zu japsen wie ein Fisch, der an Land verendete. Er fiel auf die Knie. Seine ansonsten gesunde rötliche Gesichtsfarbe wurde erst blass, dann bläulich.

Kurz bevor Bertrand das Bewusstsein verlor, klopfte ihm ein Knecht, der die Atemnot des Knaben bemerkt hatte, so beherzt auf den Rücken, dass dieser die Murmel in hohem Bogen wieder ausspie.

Während sich Bertrand mit tiefen Lungenzügen erholte, sprang die Murmel das Straßenpflaster hinab, rollte zwischen den abgerundeten Steinen hin und her und kam schließlich in einer Ecke zu liegen, in der eine Katze genüsslich schlummerte. Ihr struppiges Fell war grau und braun getigert, eine Rasse war bei ihr jedoch keine mehr zu erkennen. Mit halb geöffnetem Auge nahm sie die Steinkugel wahr wie ein Habicht, der seine Beute fixierte. Das runde Etwas rollte bis vor ihr Schnäuzchen, blieb dann liegen. Ein lustloser Schubs mit der Pfote ließ die Murmel eine Handbreit weiterrollen. Dies genügte, um den Spieltrieb in dem Tier zu erwecken. Wie von der Tarantel gestochen sprang die Katze auf und trieb mit gezielten Prankenhieben die Kugel die Gasse hinunter.

Bis die Murmel durch ein vergittertes Kellerfenster sprang und dort in der Dunkelheit verschwand.

Zwei-, dreimal pratzelte die Katze noch durch das Gitter, dann wandte sie sich ab, als hätte sie nie auch nur den Hauch eines Interesses an der Murmel gehabt – und stand einem Hund gegenüber, der knurrend die Zähne bleckte. Instinktiv machte die Katze einen Buckel, sträubte das Fell und stieß ein infernalisches Fauchen aus – dann hastete sie, so schnell sie konnte, davon. Und der Hund hinter ihr her.

In wildem Zickzack jagte der Wauwau die Fellnase, vorbei an Bürgern und Händlern, an Verkaufsständen und Karren.

Schließlich machte die Katze einen Satz, sauste zwischen den Beinen eines Arbeiters hindurch. Bei diesem handelte es sich um Bertrands Vater, der gerade ein dickes Seil in Händen hielt und damit über die Umlenkrolle eines Flaschenzuges eine Kommode in die Höhe zog, die für das oberste Zimmer des Hauses seines adeligen Dienstgebers gedacht war.

Der Hund setzte nach.

Doch da hatte Bertrands Vater die Beine bereits wieder geschlossen und maß mit scharfem Blick das Möbelstück, das direkt über ihm schwebte.

Mit einem Jaulen schlug der Köter im Gemächt des Mannes ein, der gleich darauf mindestens ebenso aufjaulte – und das Seil losließ …

Für einen Moment schien die edle Kommode in der Luft zu verharren, losgelöst von der Schwerkraft zu schweben – nur um im nächsten Augenblick wie ein Felsbrocken zu Boden zu stürzen.

Das Seil sauste so schnell durch die Umlenkrolle, wie die Kommode auf die Pflastersteine zustürzte, wo sie einen

Herzschlag später mit einem fürchterlich lauten Krachen aufschlug und in unzählige Einzelteile zersprang – und das nur wenige Fuß von Bertrands Vater entfernt, der sich den Schritt hielt und mit ungläubigen Augen erst sein Glück fassen musste, dass nicht er es war, der unter der Kommode gestanden hatte, sondern der Hund.

Dessen Blut floss nun unter der zerstörten Kommode hervor, rann zwischen den Pflastersteinen hinfort, zeichnete ein seltsam wirkendes rechteckiges Muster. Bertrands Vater folgte dem sich ausbreitenden Rinnsal mit den Augen, gleich so, als würde er ein seltenes Schauspiel der Natur beobachten, und kam schließlich mit seinem Blick auf einem Haufen Unrat zu ruhen, der sich in einer Ecke türmte –

Und aus dem eine bleiche, verkrampfte Hand ragte.

Bertrands Vater humpelte mehr, als er ging, während er sich dem Haufen näherte, hielt sich weiterhin den schmerzenden Schritt.

»Jessasmaria!«, entfuhr es ihm, während er sich gleichzeitig bekreuzigte.

Vor ihm lag, inmitten des Unrats, ein Mann mittleren Alters, die Wangen wohl genährt, die Haare bereits schütter. Anstatt der Augen zwei klaffende Höhlen, die tief in den Schädel hineinreichten und aus denen das mittlerweile getrocknete Blut wie aus einem Springbrunnen herausgeschossen sein musste.

II

WIE EIN JAGDHUND, der die Witterung aufnahm, reckte Hieronymus Holstein seine Nase gen Himmel und schnupperte. Die wärmenden Strahlen der Sonne dieses vorletzten Augusttages vermochten nicht darüber hinwegzutäuschen, dass es nach Herbst roch. Nach kürzeren Tagen und längeren Nächten, nach Feuchtigkeit und Kälte. Nach den Vorboten des Winters.

Die Seite des Schindelwagens mit halbrundem Dach hinter ihm kündete in farbenprächtigen Lettern von den verblüffenden Möglichkeiten der spirituellen Fotografie. An den Innenseiten der geöffneten Hecktür hingen gerahmte Beispiele fotografisch festgehaltener Geisterabbildungen, authentische Zeugnisse von Hieronymus' Können.

Gekleidet in einen dunklen Rock, mit einem Zylinder auf dem Kopf, versprühte er durchaus eine adelige, seriöse Aura, die durch einen gezwirbelten Schnurrbart und einen präzise rasierten dreieckigen Kinnbart unterstrichen wurde. Seine braunen, wachen Augen ließen erahnen, dass ihm der Schalk im Nacken saß, seine Lippen umspielte fortwährend der Anflug eines Lächelns.

Auf der Prater-Allee vor ihm, die majestätische Kastanienbäume säumten, floss ein schier unablässiger Strom aus Spaziergehern, Fiakern und einigen offenen Privatequipagen. Jeder, so schien es, der es sich leisten konnte, wollte am Nachruf des Sommers teilhaben und ihn genießen, solange es noch etwas zu genießen gab.

Aufträge hatte er am heutigen Tag noch keine an Land ziehen können, was Hieronymus ein wenig wurmte. Nicht, dass er oder Franz, sein Freund und Begleiter, bereits am Hungertuch nagen musste. Aber untätiges Warten konnte einen Mann mindestens ebenso zermürben wie die schwerste Arbeit. Erneut zog er die eigenartig riechende Luft ein und stieß sie so langsam aus, wie ihm die Gedanken kamen. Daran, wie er erst zweieinhalb Monate zuvor seinen Hals aus einer Schlinge zu ziehen vermocht hatte, die ihn beinahe den Kopf gekostet hätte. Wie beschaulich seither sein Leben verlaufen war. Die Kundschaft rannte ihm zwar nicht gerade die Tür ein, aber er hielt sich über Wasser und konnte sogar einige Dutzend Gulden auf die Seite legen. Anezka, seine Quartiergeberin, meckerte weniger als zuvor, zumindest wenn Franz bei ihr die Nacht verbringen durfte. Einzig bei seiner Suche nach Karolína war er bisher –

»Herr Holstein?« Die Stimme einer Frau riss Hieronymus aus seinen Überlegungen.

Er wandte sich um und sah sich einer adretten Frau Mitte zwanzig gegenüber, gekleidet in ein hellgrünes, geblümtes Mieder mit tief ausgeschnittenem, wenn auch flachem Dekolleté und eine gleichfarbige, ein wenig aus der Mode gekommene Krinoline*. Ihr dunkelbraunes Haar trat neckisch unter dem Kapotthut hervor, den sie mit breiten Bandschleifen unter dem Kinn zusammengebunden hatte, und der ihr Gesicht harmonisch einrahmte. In der linken Hand hielt sie einen kleinen Sonnenschirm aus Poult-de-soie mit Spitzenüberzug, in der Armbeuge hing ein Täschchen.

Neben sich hatte die Dame einen neumodischen Kin-

---

* Großer Reifrock, der auf einem Unterbau aus Stahleisen aufliegt.

derwagen. Der Griff bestand aus edlem Porzellan, die Seiten waren mit dunklem Leder gepolstert, das Verdeck mit blauem Leinen überzogen und mit weißen Spitzen verziert. Darin saß ein kleines Mädchen in einem kurzärmeligen Jahreskleid, umgeben von dicken Pölstern.

Hieronymus' besehenen Blick konterte sie mit einem stolzen »Ist ein echter Brennabor aus dem Deutschen Reich. Das neueste Modell.« Sie zögerte. »Also, sind Sie nun Herr Holstein oder nicht?«

Der nahm den Zylinder vom Kopf und verbeugte sich tief. »Hieronymus Holstein, g'schamster Diener[*], werte Mademoiselle.«

Die Angesprochene goutierte die übertrieben devote Geste mit einem charmanten Lächeln. »Anna Rebiczek. Ich suche Sie auf Empfehlung einer gemeinsamen Freundin auf. Stanzerl Oppenheim.«

Hieronymus' Grinsen gefror. Nicht ob des Vornamens – Constanze hatte er nur in bester Erinnerung. Aber Oppenheim, ihr Gemahl, war es gewesen, der ihm die Schlinge um den Hals gelegt hatte. Einen Herzschlag später hatte Hieronymus sich jedoch wieder besonnen.

»Ich hoffe, Frau Oppenheim verkraftet die schwere Zeit einigermaßen?«

Anna nickte. »Sie ist sehr tapfer. Mein Vater hat ihr mit einem Darlehen ausgeholfen, bis, also, der Nachruf geregelt ist.«

»Es freut mich wahrlich, das zu hören. Nun denn, wie darf ich Ihnen zu Diensten sein, Frau Rebiczek?«

»Anna, bittschön.«

»*Frau* Anna«, korrigierte Hieronymus höflich. »Wol-

---

[*] Alt-österreichische Begrüßungs- und Verabschiedungsfloskel: »Ihr gehorsamster Diener.«

len Sie den Geist eines lieben Verstorbenen fotografisch verewigt wissen? Vielleicht den der Eltern?«

Die Frau überflog die ausgestellten Exponate an der Wagentür mit einer Mischung aus Faszination und Schauder. Auf allen war mindestens eine Person abgelichtet, neben oder über der sich fragil wirkende, halbdurchsichtige Menschen gesellt zu haben schienen, Männer, Frauen, Kinder, manche verschleiert, andere gerade in Bewegung eingefangen.

»Sie sind ein – Geisterfotograf?« Annas Worte waren mehr geflüstert als gesprochen.

Hieronymus nickte mit stolzem Lächeln. »Eine Gabe sollte man nicht verdorren lassen. Und die meine ist es, Erinnerungen an liebe Menschen für die Ewigkeit zu binden. Für Hinterbliebene bedeuten sie Wärme fürs Herz und Trost für die Seele.«

Anna Rebiczeks argwöhnischer Ausdruck wandelte sich zu einem wohlwollenden. Sie sah zum Kinderwagen. »An einem Foto mit einem Geist ist mir nichts gelegen. Aber schauen S', das ist meine zweijährige Tochter, Lucie.«

»Welch hübscher Name«, lobte Hieronymus und bedauerte im selben Augenblick, dass das arme Mädchen wohl sein Lebtag wie die Kurzform von »Luzifer« gerufen werden würde.

»Manche meiner Freundinnen meinen ja, ich solle mich nicht damit belasten, den Kinderwagen zu schieben. Wofür hat man schließlich ein Kindermädchen?«

»Eben«, stimmte Hieronymus zu, dachte jedoch dabei an die überwiegende Mehrheit der Mütter, die sich mit derlei Überlegungen gar nicht erst herumzuschlagen brauchten, weil ihnen schlicht das nötige Geld für ein Kindermädchen fehlte. Oder einen solchen Wagen.

»Aber ich meine«, fuhr Anna unbeirrt fort, »dass das Kostbarste im Leben die Zeit ist, die man gemeinsam mit seinen Liebsten verbringt. Und du bist mein Aller-aller-liebstes!« Sie kniff das Mädchen zärtlich in die Wange, das daraufhin fröhlich quietschte.

»Wohl wahr.« Diesmal meinte es Hieronymus auch so.

»Nun habe ich folgendes Problem: Ich möchte eine Porträtaufnahme meiner Tochter anfertigen lassen. Nur soll sie nicht *so* aussehen.«

Die Dame öffnete ihr Täschchen, holte einige zusammengefaltete Kartonkarten heraus und reichte diese Hieronymus. Der nahm, entfaltete und betrachtete sie interessiert. Auf jeder war ein Lichtbild des kleinen Mädchens zu sehen, das im Kinderwagen saß, in ein rüschiges Kleidchen gehüllt, mal in die Kamera blickend, mal abwesend an ihr vorbei. Die Aufnahmen zeigten zudem noch etwas anderes: eine Gestalt. Einmal völlig von einem Tuch bedeckt, das Kind auf dem Schoß, sodass es aussah, als würde dieses auf einem Teppichmonstrum sitzen. Auf einer anderen Aufnahme war nur eine weibliche Hand zu sehen, die hinter einem Kasten hervorkam und das Mädchen an der Schulter hielt. Auf der dritten trug die Gestalt einen schwarzen Umhang, der auch von hinten über den Kopf fiel, sodass es wirkte, als würde Gevatter Tod persönlich mit dem Mädchen »Hoppe, hoppe Reiter« spielen.

Hieronymus nickte. »Ich weiß, was Sie meinen, Gnädigste. Das Geheimnis der versteckten Mutter.« Er grinste wissend. »Die Kinder halten nicht lange genug still, um sie fotografisch einzufangen. Außer sie spüren ihre Mutter.«

Anna seufzte. »Sie glauben ja nicht, bei wie vielen Fotografen und solchen, die sich des Handwerks mächtig schimpfen, ich schon gewesen bin. Alle versprechen sie einem das Blaue vom Himmel. ›Keine Angst, Gnädigste, man wird Sie kaum bemerken‹«, sagte sie mit verstellter Stimme. »Oder: ›Glauben S' mir, meine Teure, das wird ein einzigartiges Erinnerungsstück.‹ Und dann bekommt man so etwas ausgehändigt.« Anna deutete auf das Foto mit dem »Tod«.

»Was will man machen?« Hieronymus zuckte mit den Schultern. Die Problematik war ihm zwar nicht fremd, aber er hatte sich noch nie damit auseinandersetzen müssen.

»Stanzerl hat gemeint, wenn es einer schafft, meiner Lucie zu einem einmaligen Porträt zu verhelfen, dann sind Sie das.«

»Das ehrt mich natürlich«, sagte dieser, »aber –«

»Dann ist es abgemacht, Herr Hieronymus«, unterbrach ihn Anna mit einer Bestimmtheit, die keine Widerrede duldete. »Morgen Nachmittag kommen S' zu uns, und meine Lucie erwartet Sie gestriegelt und gekampelt*. Es soll ihr pekuniärer Nachteil nicht sein.« Sie zog eine Karte mit handschriftlicher Notiz aus dem Täschchen und hielt sie dem Fotografen vor die Nase. »Sie finden bestimmt zu uns.«

Hieronymus nahm die Karte, überlegte einen Augenblick lang, ob er etwas zusagen sollte, was er nicht einhalten könnte, deutete dann jedoch eine knappe Verbeugung an. »Ich freue mich, Sie zu überraschen, Frau Anna.«

Diese schenkte ihm zum Abschied ein Lächeln und schob den Kinderwagen weiter die Prater-Allee hinunter.

Hieronymus zwirbelte sich nachdenklich den Schnurrbart, während er der Dame hinterherblickte. Er war sich

---

* Wienerisch: gekämmt.

noch nicht im Klaren darüber, ob er sie affektiert oder ehrgeizig finden sollte. Oder beides.

»Samma im G'schäft?«

Eine bucklige Gestalt stapfte auf den Schindelwagen zu. Sie hatte gerade das Aquarium hinter sich gelassen, ein prunkvolles Gebäude, welches Dunkelkammern, Terrarien und Süß- und Salzwasseraquarien beheimatete.

»Oder wollte die Mamsell was anderes von dir?«

Hieronymus wandte sich der buckligen Gestalt zu. »Böse ist, wer Böses denkt, verehrter Herr Franz!«

»Und wer Zitate verwendet, um seinen Standpunkt zu festigen, bemüht sein Gedächtnis und nicht seinen Verstand«, konterte der andere.

Die beiden Männer teilten ein herzhaftes Grinsen.

»Die Mamsell will, dass ich ihr Kind verewige, ohne selbst auf dem Bild zu sein.«

Franz pfiff durch die Zähne. »Bei der langen Belichtungszeit? Da wird sie den Gschropp* schon ordentlich tranquillieren müssen. Sonst schaut der so verschwommen aus, als würde man ihn beuteln.«

»Ich werde mir was überlegen«, gab sich Hieronymus zögerlich. »Bis morgen Nachmittag hab ich Zeit.«

Franz strich sich die spärlichen Haare zurück, die sein Haupt zierten. »Eilig haben sie es immer, die gnädigen Herrschaften. Alles sollte am besten schon gestern erledigt worden sein.«

»Was willst machen? Muss halt reichen.«

»Ich soll dir übrigens liebe Grüße von der Mitzi und dem Toni ausrichten. Sie würden sich freuen, wenn wir uns wieder einmal in der Schenke blicken lassen.«

»Werden wir.« Hieronymus lugte zur Sonne, die bereits

---

* Wienerisch: kleines Kind.

die Wipfel der Kastanienbäume durchschnitt. »Aber heute nicht mehr. War ein langer Tag. Ich glaube, wir machen uns besser auf den Heimweg.«

Franz nickte zustimmend. Dann ging er zu dem fuchsfarbenen Haflinger, der einige Bäume entfernt seelenruhig graste. »Komm, Roswitha!«, rief er dem Pferd zu. »Schluss mit dem Tachinieren*!«

III

»ALSDANN, WAS SOLL er mir da zeigen?«

Der hochgewachsene Mann mit Halbglatze und gediegenem schneeweißen Backenbart hatte die Frage intoniert, als ginge es um Leben und Tod. Leben und Tod des Gefragten, wohlgemerkt. Wilhelm Marx, Präsident der Wiener Polizei, hatte schon als junger Praktikant beim Stiftsgericht des Schottenstiftes gelernt, dass Freundlichkeit nur ausgenutzt und als Schwäche interpretiert wurde. Selbstbewusstes Auftreten mit einem Hang zur Überheblichkeit hingegen brachte einem zumindest Respekt ein.

---

* Faulenzen.

Im besten Falle schüchterte man sein Gegenüber ein, das einem dann zumeist mit vorauseilender Freundlichkeit begegnete. Das erhob einen selbst in die Position, diese Freundlichkeit als Schwäche des anderen zu nützen. Und um unmissverständlich deutlich zu machen, in welcher hierarchischen Position der andere sich befand, sprach Wilhelm Marx alle ihm Untergebenen sowie Fremde grundsätzlich in der dritten Person an.

»Hat er einen Frosch verschluckt oder ist er stumm?«, setzte Marx nach.

Der junge Mann der Sicherheitswache wurde hochrot im Gesicht, nahm eine noch steifere Haltung an und wies auf den Haufen Unrat, der sich in der Ecke türmte. »Es … der Tote liegt dort im Dreck, Herr Präsident.«

Marx sah den Polizisten im dunkelgrünen Waffenrock scharf an. Dann klopfte er ihm väterlich auf den Oberarm. »Beruhig er sich, ist schon recht.«

Der Polizeipräsident trat näher an die Stelle heran, auf die die Sicherheitswache gedeutet hatte, beugte sich vorn über. Inmitten von verwitterten Lumpen, Essensabfällen, abgenagten Tierknochen und vermoderten Holzbrettern lag ein Mann, die rechte Hand Hilfe suchend in die Höhe gereckt. Das Hemd blutbefleckt und zerrissen, das Haupt voller Blutergüsse. Anstatt der Augen nur klaffende Höhlen, in denen sich Maden verköstigten.

Marx betrachtete den Toten genauer. Jedem Finger war das letzte Glied abgetrennt worden, genau im Gelenk, dem glatten Schnitt durch die Haut nach zu urteilen vermutlich mit einem scharfen Messer oder einer Zange. Der Mörder hatte sich also Zeit genommen, den Schmerz des Malträtierten wohlfeil ausgekostet, denn eine solche Tortur nimmt gut und gerne ihre zehn Minuten in Anspruch.

Zehn Minuten für den Täter – eine gefühlte Ewigkeit für das Opfer.

Der Präsident verzog das Gesicht. Allerdings war es nicht der faulig-beißende Gestank nach Verwesung, der ihn dazu veranlasste, sondern die Überzeugung, dass es sich hier weder um einen Raufhandel noch um das jähe Ende einer Liebelei handelte. Dieser Mann war förmlich hingerichtet worden – und der Mörder hegte nicht die Intention, dies zu verschleiern.

»Mensch, der arme Tölpel liegt hier noch keine vierundzwanzig Stunden«, tönte die näselnde Stimme eines Mannes hinter Marx, die einen unüberhörbaren norddeutschen Akzent aufwies. »Und lassen Sie sich von den Maden nicht ins Bockshorn jagen. Die sind nicht in den Wunden geschlüpft. Die kommen von den Essensresten und suchen sich was Nahrhafteres.«

Der Polizeipräsident wandte sich um und sah sich einem hageren Mann Mitte dreißig gegenüber, der mit seinem schwarzen Frack und der Nickelbrille auf der Nase wirkte, als wollte er in die Oper oder zu einer Soiree gehen.

Marx' Brauen zogen sich zusammen. »Und wer bitte ist er?«

Der junge Mann schlug die Hacken zusammen. »Gestatten Sie: Salomon Stricker mein Name.«

Pause. Die Augen des Polizeipräsidenten verengten sich, sodass er wirkte, als wollte er dem anderen jeden Moment einen Schlag mit der Faust verpassen.

»Ich war einst Schüler der Pathologischen Anatomie des geschätzten Herrn Rokitansky«, fügte Salomon eiligst hinzu.

»*Freiherr von* Rokitansky«, korrigierte ihn Marx scharf. »Mein lieber Freund wurde vor zwei Jahren von

Kaiser Franz Josef persönlich in den Adelsstand erhoben.«

»Natürlich«, meinte Salomon mit mildem Lächeln, das sein ohnehin schon scharfkantiges Gesicht eigenartigerweise noch härter wirken ließ. Seine grünen Augen blitzten auf, als wollten sie das Lächeln Lügen strafen, sein schwarzer Oberlippenbart, der zu einer präzisen Linie rasiert war, stand in krassem Gegensatz zur ausufernden Gesichtsbehaarung des Polizeipräsidenten.

»Auch war es Herr *von* Rokitansky, der mich hierhergeschickt hat«, fuhr Salomon ruhig fort. »Er meinte, ich könne Ihnen behilflich sein.«

»Ah geh. Und wobei soll er mir behilflich sein?«

»Den Mörder zu finden, natürlich.« Salomon rückte irritiert seine Brille zurecht.

»Und warum –«

»Ich habe die Totenbeschau von Michael Jaritz durchgeführt.«

Marx kratzte sich den Backenbart und dachte an die Meldung über jenen Mann, den man vor drei Tagen gefunden hatte – Michael Jaritz, ein einfacher Gehilfe in einem Spezereien- und Delikatessengeschäft in der Karmelitergasse. »Dann hab ich also ihm das Konvolut an Beschreibungen und Mutmaßungen zu verdanken?«

Salomon nahm stolz Haltung an. »Präzision bis ins kleinste Detail kann oftmals entscheiden, ob eine Missetat aufgeklärt wird oder eben nicht.«

»Na, da hat er nicht unrecht«, stimmte Marx versöhnlichere Töne an und sah erneut zu dem Toten. »Was kann er mir aus dem Stegreif über unsere Leiche sagen?«

Salomon machte einen Schritt auf den Toten zu, hob die Brauen und spitzte den Mund, als wollte er einen besonders edlen Wein verkosten. Sein Blick schnellte zwischen den unterschiedlichsten Anhaltspunkten hin und her, als müsste er ein komplexes Muster im Geiste verinnerlichen, um es später nachzeichnen zu können. Schließlich schien er genug gesehen zu haben und wandte sich wieder seinem Vorgesetzten zu.

Der schwieg erwartungsvoll.

»Ein Mann Mitte, Ende vierzig, würde ich aufgrund seines leicht schütteren Haares und dem Zustand seiner Schneidezähne vermuten. Ein Arbeiter, wie sein wuchtiger Körperbau im Allgemeinen und Schwielen und Hornhaut an seinen Händen im Besonderen bezeugen. Unverheiratet, da ihm sowohl ein Ehering fehlt als auch die typische Verjüngung am Ringfinger, hätte er stets einen getragen und man ihn dessen beraubt. Er wurde mit einem harten, stumpfen Gegenstand geschlagen. Und sämtliche Verstümmelungen hat man ihm ante mortem zugefügt, sonst wäre das Blut nicht in alle Richtungen gespritzt.«

Wilhelm Marx wartete einen Augenblick, ob der andere noch etwas hinzuzufügen gedachte. Dann rang er sich ein Lächeln ab. »Rokitansky hat ihn viel gelehrt.«

Salomon schwieg stolz.

»Allerdings ist ihm das eine oder andere entgangen. Den Blutergüssen an den Handgelenken nach zu urteilen war der Mann während seiner Tortur gefesselt, wohl mit Gurten. Ich wette, dass sich an seinen Beinen identische Male finden. Seine grobporige Nase lässt vermuten, dass er dem Wein nicht abgeneigt war, und ich meine in größeren, weniger bekömmlichen Dosen. Und der Mann wurde nicht an diesem Ort ermordet.«

Salomon wirkte verunsichert, suchte nach Schleifspuren oder Ähnlichem. »Bei allem Respekt, woher wollen Sie das wissen?«

»Da braucht es eben jenen Spürsinn, der nicht allen Menschen eigen ist. Oder nur eine klare Sicht.« Marx sah an der Fassade hoch. »Na, das Fenster im dritten Stock über uns ist sperrangelweit offen. Bei dem Gestank, der von hier aufsteigt, lüftet niemand so lange freiwillig seine Behausung.«

Der junge Mann prüfte mit einem schnellen Blick die Richtigkeit der Behauptung, schniefte dann, als wäre er erkältet. »Man kann Ihnen schwer etwas vormachen, Herr Präsident.«

Marx blieb ernst. »Einer wie er mit Sicherheit nicht.«

»Ach, Sie … halten wohl nicht viel von mir?«

»Aber! Wie kommt er denn auf so was?«

»Ist es mein deutscher Akzent? Ich habe durchaus bereits die Erfahrung gemacht, dass dieser in Wien nicht gerade beliebt ist.«

Marx schwieg genüsslich.

»Oder …« Salomon zögerte verunsichert. »Womöglich stört es Sie, dass ich Jude bin?«

»Ein Jud! Na, da irrt er sich gewaltig«, sagte Marx und wandte sich ab. »Ich mag einfach generell die Menschen nicht.«

IV

DIE DÄMMERUNG HATTE bereits eingesetzt, als der Schindelwagen die Residenzstadt hinter sich ließ. Vorbei an den k.k. Stallungen und der k.k. Infanteriekaserne war er durch die Mariahilfer Straße gezogen, auf die Gürtelstraße abgebogen und erreichte nun die Vorstadt, deren Behausungen sich im Schatten der Metropole schuldbewusst zu ducken schienen.

So auch jenes schiefwinkelige Haus, in dem Hieronymus und Franz seit mehr als einem halben Jahr Quartier bezogen hatten. Das Grundstück war von einem niedrigen Zaun umgeben, in der Mitte des Vorplatzes stand ein Brunnen.

Im Hof angekommen hielt Hieronymus den Wagen an und spannte Roswitha ab, während Franz die sechs Kinder der Quartiergeberin begrüßte, die ihn, wie jeden Tag, laut krakeelend empfingen. Von ihrer Mutter jedoch fehlte jede Spur.

Hieronymus kam auf Franz zu, der gerade Jaroslav, den Zweitjüngsten der Rasselbande, in die Luft warf und wieder auffing. »Warum werden wir heute von Anezka gar nicht angefäult*, weil wir den Wagen drei Fuß zu weit von was auch immer abstellen?« Er sah zu Tereza, der Ältesten. »Ist deine Mutter nicht hier?«

Die nickte und runzelte die Stirn. Dann deutete sie hinters Haus.

Hieronymus und Franz warfen sich einen besorgten Blick zu und machten sich in die gewiesene Richtung auf.

---

* Wienerisch: anschnauzen.

»Holt uns doch bittschön einen Kübel frisches Wasser und stellt ihn in die Stube«, rief Franz den Kindern zu, die sogleich zum Brunnen liefen.

Hinter dem Haus hockte eine Frau, das Haupt gesenkt, der Blick starr. Ihre braunen Haare bildeten einen geflochtenen Knoten, ihr Kittel wies eine Vielzahl von Flicken auf. Als sich Hieronymus und Franz näherten, zeigte sie keine Regung.

»Anezka?«, begann Franz und kniete sich ungelenk zu ihr. »Was bekümmert dich?« Er legte ihr die rechte Hand auf die Schulter, was wirkte, als würde ein Riese ein Kind tätscheln.

Sie schüttelte wortlos den Kopf.

»Na komm«, versuchte er es noch einmal, als sein Blick auf die halbleere Flasche Sliwowitz fiel, die neben der Frau an der Bretterwand lehnte.

»Leoš«, flüsterte Anezka schließlich mit hartem böhmischem Akzent. »Leoš ist weg.«

Hieronymus runzelte die Stirn. »Was heißt das: Er ist weg?«

Die Frau funkelte ihn wütend an. »Wie soll Anezka wissen, was das heißt? Seit vier Wochen hat uns Leoš nicht mehr besucht.« Sie wischte sich Tränen aus den Augen. »Und Geld hat er uns auch keines mehr gebracht. Kein Leoš. Kein Geld. Rozumíš?«

Franz schüttelte den Kopf. »Nein, wir verstehen nicht.« Er legte seine Hand auf ihre. »Vielleicht … hat er sich nur wieder einmal versoffen? Du weißt, wie er sein kann.«

»Vier Wochen lang versoffen?« Sie entzog ihm ihre Hand. »Anezka ist kein dummes Weib. Wenn ein Mann so lange nicht mehr in sein Zuhause kommt, sich nicht um seine Kinder schert, hat er entweder eine andere, oder er ist tot.«

Franz sah mit sorgenvollem Blick zu Hieronymus hoch, der nur mit den Schultern zuckte.

Anezka griff sich die Flasche, nahm einen tiefen Schluck daraus. »Wenn Leoš tot ist, dann sei der Herrgott seiner Seele gnädig. Wenn er eine andere hat, ist er so gut wie tot.«

»Wir könnten zu den Ziegelwerken fahren und nach Leoš fragen«, schlug Franz vor und sah erneut zu Hieronymus. Der schien unschlüssig zu sein. »Wir kriegen raus, wo der Kerl geblieben ist, das verspreche ich dir.«

Anezka nickte bedächtig. »Děkuji.« Dann hielt sie Franz die Flasche Sliwowitz hin. »Schluckerl Sliwo?«

Der nahm sie, trank und reichte sie an Hieronymus weiter.

»Eigentlich wollte ich keinen –«

Dann trank er doch. Spürte, wie ihm der scharfe Zwetschkenschnaps die Kehle hinabbrannte und den Magen wärmte.

Anezka erhob sich. »Wann fahrt ihr hin? Morgen?«

Franz richtete sich ebenfalls auf, wenn auch wesentlich ungelenker ob seines verkrüppelten Rückens. »Ja, morgen.«

Zum ersten Mal, seit die beiden Männer angekommen waren, zeichnete sich so etwas wie ein zuversichtliches Lächeln im verlebten Gesicht der Frau ab.

Eine Burg, die über einer Stadt thront. Eine Tür, die einge-treten wird. Ein kleines Beil, das hinabsaust. Das unwirk-liche Bild eines kleinen Fingers, der abgehoben neben der Hand liegt. Ein stechender, alles beherrschender Schmerz.
Karolína!

Hieronymus öffnete die Augen. Er blickte auf einen geschwärzten Plafond, der wie eine Öffnung ins Nichts wirkte. Wo war er –?

Instinktiv hob er seine rechte Hand, betrachtete sie im kalten Licht des Mondes. Er hatte also nicht geträumt, er hatte sich nur erinnert. Der kleine Finger fehlte, seit jener schicksalhaften Nacht, in der er so viel mehr verloren hatte als bloß dieses unbedeutende Körperteil. Den Grund zu leben. Karolína …

»Na«, tönte es zu seiner Linken. »Wieder mal den Geistern der Vergangenheit hinterhergejagt?«

Hieronymus wandte den Kopf, sah die dunklen Umrisse seines Weggefährten auf dem anderen Nachtlager. Er und Franz lagen auf ihren mit Stroh gefüllten Säcken, die Leiber nur mit dünnen Laken aus Leinen bedeckt. Das Mondlicht schnitt durch das kleine Fenster im Erdgeschoss, ließ die Dunkelheit der Schatten noch undurchdringlicher wirken. Ein zarter Geruch nach Zwetschke lag in der Luft.

»Irgendwie lassen mich diese Geister nicht los«, meinte Hieronymus resigniert. »Und einerlei, wie oft oder lange ich am Schlickplatz vor der Rudolf-Kaserne wartete, an der ich sie im Juli erspäht hatte, sie kam nie wieder.«

»Du weißt, ich bin der Letzte, der dir deine Träume entreißen will. Aber glaubst du nicht, dass zumindest die Möglichkeit besteht, dass es nicht Karolína war, sondern –«

»Sie war es.« Der Ton in Hieronymus' Stimme duldete keinen Widerspruch. Nicht von seinem Freund und schon gar nicht von seiner eigenen, inneren Stimme.

»Ich glaub dir ja.« Franz beugte sich ächzend zu ihm, hielt ihm eine Flasche hin. »Schlafmedizin gefällig?«

Der nahm das Angebot an, trank mehrere Schlucke des scharfen Obstbrandes. Dann fiel sein Blick auf die geschlossene Tür zu seiner Rechten, hinter der das Schlafgemach ihrer Vermieterin lag.

»Anezka wirkte schon in den letzten Tagen gedrückt.«

»Du meinst mehr als sonst?« Kaum hatte Franz die Worte ausgesprochen, kamen sie ihm bereits unpassend vor. »Ich weiß, was du meinst«, fügte er rasch hinzu. »Und du hast recht.«

»Mit einem Gemahl wie Leoš hat man eben nicht viel zu lachen. Mich hat es nur immer gewundert, wie er seine Blechmarken, mit denen er in der Ziegelei entlohnt wird, in Gulden umtauschen konnte. Soweit ich weiß, wird jeder gekündigt, der seinen Lohn nicht ausschließlich in die Werkskantine trägt. Findig ist er, das muss man ihm lassen.«

»Und wo glaubst du, steckt dieser findige Pfeifenstierer*?« Der abfällige Ton in Franz' Stimme ließ keinen Zweifel darüber aufkommen, was auch er von Anezkas Gemahl hielt.

Hieronymus zuckte mit den Schultern. »Wäre er bei der Arbeit verunglückt, hätte man seine Frau schon verständigt.«

Franz raunte seine Zustimmung. Dann schwiegen beide.

»Morgen Nachmittag muss ich mich um die Fotografie des Kindes ohne Mutter kümmern«, meinte Hieronymus schließlich nachdenklich.

»Hast du eine Ahnung, wie du das bewerkstelligen willst?«

»Nein. Ist aber noch ein bisschen Zeit bis dahin.«

* Taugenichts.

Franz schnaubte. »Oder auch nicht. Wir müssen für Anezka morgen früh aus den Federn. Wir haben es versprochen.«

»Wir?«

»Du hättest doch niemals einen alten Krüppel wie mich alleine zum Ziegelwerk geschickt. Wenn ich mich dort reinschleiche, spannen die mich noch vor einen Karren.«

»Das Fabriksgelände ist mit Sicherheit streng bewacht«, sagte Hieronymus leise. »Da müssen wir uns was einfallen lassen, wie wir dort reinkommen.«

»So gefällt mir das schon besser.«

»Freu dich bloß nicht zu früh«, mahnte Hieronymus. »Ich fürchte nur, wir werden keine erfreulichen Neuigkeiten erfahren.«

»Das fürchte ich allerdings auch, mein Freund. Das fürchte ich auch.«

V

UNWEIT JENER STELLE, an der sich auf dem weitläufigen Wienerfeld neben Wirtshäusern Leim- und Beinsiedereien angesiedelt hatten, wo die Pottendorfer Bahn in die West-Donaulände-Bahn mündete und sich der Liesingbach idyllisch durch das Blumenthal schlängelte, ragten mehr als drei Dutzend Rauchfänge in den Morgenhimmel. Die Rauchwolken, die sie ausstießen, verdunkelten zuweilen die Sonne, die Fassaden der umliegenden Häuser waren rußgeschwärzt. Selbst das Regenwasser, das sich in Lacken und in Fahrrinnen gesammelt hatte, schimmerte so schwarz wie Erdöl. Ein brandiger Geruch war allgegenwärtig, gleich so, als könnte jeden Augenblick alles um einen herum in Flammen aufgehen. Ein Moloch im Süden der Kaiserstadt ...

Und doch wurde hier das Herzstück dessen hergestellt, ohne das es keine Stadterweiterung Wiens und keine Prachtbauten an der neuen Ringstraße geben konnte – der Ziegel.

Nach dem Tod des patriarchalen Unternehmers Alois Miesbach, der 1820 den alten k.k. Fortifikations-Ziegelschlag gepachtet hatte, übernahm dessen Neffe Heinrich Drasche 1857 die Geschäfte. Dank der regen Bautätigkeit, die eine schiere Unmenge an Ziegeln verschlang, erweiterte er kontinuierlich die Fabrik und steigerte die Jahresproduktion auf weit über einhundert Millionen Stück des Baumaterials, was ihm im Volksmund den Spitznamen »Ziegelbaron« einbrachte. Europas nunmehr größte Ziegelfabrik warf enorme Profite ab – mit den Aktien allein vermehrte Drasche sein Vermögen um fast eine halbe Million Gulden pro Jahr. Dennoch ließ er für seine Arbeiter Wohnhäuser erbauen, für die er gar bei der Pariser Weltausstellung 1867 ausgezeichnet wurde, gründete eine werkseigene Versicherung für Invaliden und Pensionisten und spendete große Summen für humanitäre Stiftungen. 1870 wurde er zum Ritter von Wartinberg ernannt.

Trotzdem war die Lage der Arbeiter äußerst prekär. Sie kamen hauptsächlich aus den östlichen Kronländern des Kaiserreiches mitsamt ihren Familien – die »Ziegelbehm«. So säumten einige Kinder die Straße, auf der eine Kutsche mit zwei Fahrgästen unterwegs war, und erbettelten sich ein Zubrot für ihre Familien.

Franz seufzte ob des traurigen Anblicks, dann schnäuzte er sich in die Hand und besah das Ergebnis: ein dunkler, stellenweise schwarzer Schleim.

»Früher haben wir Kathedralen erbaut, um näher am Herrgott zu sein. Heute sind es diese verdammten Schornsteine.«

Hieronymus, der in der Kutsche neben ihm saß, maß ihn argwöhnisch. »Vom Beten allein kommt kein Fortschritt«, und spielte damit auf dessen früheres Leben als Mönch an.

Franz wischte sich die Hand mit einem Fetzen sauber. »Vom Beten allein kam noch nie etwas. Aber mit mehr Respekt gegenüber Mensch und Natur ließe sich etwas erschaffen, was nicht zulasten des einen oder anderen ginge.«

»Du solltest bei der nächsten Aktionärsversammlung als Redner auftreten. Ich bin sicher, die geschätzten Herren verzichten ob solch hehrer Ansinnen gerne auf ihre dicken Dividenden.«

Franz schnaubte verächtlich. »Die würden auf keinen

Gulden verzichten, selbst wenn sie daran ersticken würden.«

Hieronymus' Tonfall wurde lakonisch. »Wo ist die gute alte Zeit, wenn man sie braucht?«

Er griff in seine Westentasche, holte einige Kronen heraus und warf sie Richtung der bettelnden Kinder, die sie kreischend vor Freude einsammelten.

»Füttern S' doch nicht die Gschropp'n«, echauffierte sich der Kutscher. »Sonst bing' ma die Böhm gar nicht mehr an! Sie wissen doch, wie's so schön heißt: *Es gibt nur a Kaiserstadt. Es gibt nur a Wien. Die Wiener san draußen, die Böhm, die san drin.*«

Hieronymus lachte schallend auf. »Da haben S' wohl recht«, meinte er und machte eine kurze ernste Pause. »Ich komm übrigens aus Prag.«

Der Kutscher zuckte zusammen, als hätte er einen Schlag auf den Kopf bekommen.

»Und ich aus Königsberg in Ostpreußen«, setzte Franz nach. »Aber das macht bei Ihnen wahrscheinlich keinen Unterschied, weil ich eh nur ein Krüppel bin.«

»Entschuldigen S', die Herrschaften, ich wollte nicht –«

»Fahren S' einfach und halten S' den Mund«, sagte Hieronymus in scharfem Ton. »Und hoffen S', dass die Böhm nicht auch noch lernen, wie man eine Kutsche lenkt, sonst sind das bald Ihre Gschropp'n, die um Almosen betteln. Denn im Gegensatz zu Ihnen sind die Böhm fleißig *und* freundlich.«

Der Kutscher nickte mehrmals und murmelte ein »Sehr wohl, der Herr.«

Die Kutsche bahnte sich ihren Weg durch den kleinen Vorort Inzersdorf am Wienerberg, dessen schmutzig wirkende Häuser sich an die Hauptstraße reihten. Im Osten lag die vor vier Jahren gegründete private »Heilanstalt für Nerven- und Gemüthskranke«, im Westen das Drasche-Schloss mit einer prächtigen Parkanlage. Am Ende der Hauptstraße bog die Kutsche rechts in die Triester Straße ein, wo sie, nachdem sie den Liesingbach und den Gleiskörper der West-Donaulände-Bahn überquert hatte, vor dem schmiedeeisernen Portal der Ziegelwerke anhielt.

Hieronymus entlohnte den Kutscher, nicht ohne sich mit einem freundlichen »Děkuju« zu bedanken. Dann fegte er mit der Handfläche den Staub der Straße von seinem Raglanmantel, setzte sich einen steifen Hut auf, zog sich weiße Handschuhe an und klemmte sich ein Monokel vor das rechte Auge. Mit einer zu allem entschlossenen Miene deutete er mit seinem Flanierstock auf die Einfahrt.

»Wohl an, mein treuer buckliger Gefährte!«

Franz unterdrückte ein Grinsen. »Wen stellen wir denn heute dar?«

»Lass dich überraschen!«

Die beiden Männer durchschritten das schmiedeeiserne Portal, wo sie sogleich von einem dicklichen Portier lautstark in Empfang genommen wurden.

»Habe die Ehre, die Herren! Wen darf ich untertänigst melden?«

Franz sah Hieronymus erwartungsvoll an.

»Vojtěch von Martinic, mein Bester«, schmetterte Hieronymus ohne jede Scham hinaus, einen böhmischen Dialekt intonierend. »Nachlassverwalter derer von Rosenberg. Ich komme, um einen Ihrer Arbeiter aufzusuchen, einen gewissen Leoš Svoboda.«

Der Portier nickte ernst, als wären ihm die genannten Personen von Begriff. »Sehr wohl, Herr von Martinic. So darf ich Sie davon in Kenntnis setzen, dass ich keine derartige davon habe, ob der genannte Böhm – ich meine, ob der genannte Herr bei uns unter Lohn steht«, sagte er und beendete die unnötig komplizierte Wortaneinanderreihung samt Korrektur mit einem knechtischen Lächeln, gefolgt von beharrlichem Schweigen.

Hieronymus wartete einen Augenblick, ob er den Portier richtig einschätzte. Dann griff er in die Tasche seines Mantels, holte einen Gulden hervor und drückte diesen dem Mann in die Hand.

»Wohl aber«, fuhr der Portier fort, als wäre nichts gewesen, »führt unsere Schreibstube genauestens über alle Angestellten Buch. Wenn S' bittschön da nach vorn gehen, ins dritte Gebäude zu Ihrer Rechten, in den zweiten Stock.«

Hieronymus tippte an den Rand seines Hutes und machte sich auf den Weg zum Werksgelände. Franz folgte ihm, ohne dem Portier einen Blick zu schenken.

Je näher sie den Verwaltungsgebäuden der Ziegelfabrik kamen, umso lauter wurde der Lärm, der von den Hallen und Öfen her dröhnte, und umso stickiger wurde die Luft. Doch nun, da Hieronymus und Franz in dem sauber weiß ausgekalkten dritten Gebäude im zweiten Stock standen, drängte sich ihnen der Eindruck auf, sie befänden sich mehr in einem Sanatorium denn auf einem Fabriksgelände. Junge Männer in sauberer dunkler Kleidung eilten die Gänge entlang, schweigend und dienstbeflissen.

»Ich wart besser hier«, meinte Franz mit gedämpfter Stimme. »Die sollen sich auf das besinnen, was du ihnen anschaffst, und nicht auf einen hübschen Lackl[*] wie mich.«

---

[*] Kerl.

Hieronymus nickte knapp. Ohne anzuklopfen, öffnete er die erstbeste Tür und trat in den hellen Raum, in dem sich vier Schreibschränke befanden. An ihnen arbeiteten vier Angestellte emsig, jeder eine Feder in der Hand.

Alle Blicke richteten sich auf ihn.

»Gestatten: Vojtěch von Martinic, Nachlassverwalter derer von Rosenberg«, sprach er in gleicher Manier wie zum Portier und mit dem gleichen böhmischen Dialekt. »Ich bin auf der Suche nach einem Ihrer geschätzten Arbeiter, Leoš Svoboda.«

Die vier Männer wirkten verunsichert. Schließlich stand einer von ihnen auf. »Wissen der Herr zufällig, welche Position der Genannte innehat?«

»Lehmscheiber, wie mir zu Ohren gekommen ist«, antwortete Hieronymus.

»Bitte um einen Augenblick Geduld.« Mit diesen Worten eilte der junge Mann aus dem Raum.

Daraufhin nahmen die restlichen drei Männer ihre Schreibtätigkeiten wieder auf. Alle waren in dunkle Hosen gekleidet, wie Hieronymus bemerkte, in weiße Hemden und dunkle Westen, das Haar mit Pomade gescheitelt. Einer wie der andere, kam ihm in den Sinn, wie Zahnräder in einem Uhrwerk. Funktionierend und austauschbar.

Als einziger Schmuck hingen an einer Wand zwei Bilder, mit kräftigen Farben gemalt. Eines zeigte den Wienerberg, wie er vor einhundert Jahren ausgesehen haben musste, überzogen von üppiger Vegetation. Das zweite zeigte die Ziegelfabrik, umringt von geschönter Flora. Ein eigentlich trauriger Vergleich, sinnierte Hieronymus, vorher und nachher. Und doch erzeugten die beiden Bilder in ihm eine plötzliche Erkenntnis –

In dem Moment kam der junge Mann wieder. Ihm folgte ein vierschrötiger Kerl, der wirkte, als würde er an den Ringöfen arbeiten, nicht in der Verwaltung.

»Konrad Feigl mein Name«, sagte er ohne Umschweife, »Sie suchen einen unserer Arbeiter?«

Hieronymus nickte und wollte gerade Anstalten machen, sich ebenfalls vorzustellen, als der andere bereits wieder sprach. »In welcher Angelegenheit suchen S' ihn?«

»In einer, die eine gewisse Form der Diskretion erfordert«, antwortete Hieronymus mit Blick auf die vier Schreiberlinge im Raum.

»Folgen S' mir.«

Nachdem die beiden Männer mehrere Räume durchschritten hatten, die völlig ident wirkten, kamen sie schließlich in ein kleines Zimmer, in dem dicke Bücher in Regalen bis zur Decke gestapelt waren, alle am Rücken mit handschriftlichen Kürzeln versehen. Feigl wies seinem Gast einen Stuhl zu und suchte dann die Regale ab. Irgendwann zog er einen Wälzer heraus, setzte sich an seinen Sekretär und überflog die Seiten darin.

»Svoboda, Svoboda … ah! Hier ist er. Leoš Svoboda, fein säuberlich gelistet im Beschäftigtenverzeichnis. Hat bei uns als Sandler angefangen.« Er blätterte mehrmals vor und zurück, überflog die Spalten voll handschriftlicher Eintragungen. »Mhm … mhm.«

Feigl runzelte die Stirn. Wortlos stand er auf und verließ den Raum.

Hieronymus nahm das Monokel ab und versuchte zu lesen, was die Einträge besagten, konnte aber nicht viel erkennen.

Gleich darauf kam Feigl zurück, ein kleines Buch in der Hand.

»Sie sind mir noch eine Antwort schuldig«, sagte er, während er wieder beim Sekretär Platz nahm. »Was wollen Sie von unserem Arbeiter?«

Hieronymus klemmte sich das Monokel wieder vor das Auge. »Zunächst einmal: Mein Name ist Vojtěch von Martinic, meines Zeichens Genealoge und Nachlassverwalter derer von Rosenberg. Fürst Zdeněk von Rosenberg, Gott möge seiner Seele gnädig sein, ist erst vor Kurzem von uns gegangen. Die Syphilis kannte leider kein Erbarmen. Da er selbst keine Nachkommen hatte, obliegt es nun mir, etwaige Berechtigte bezüglich einer Erbschaft ausfindig zu machen. Und da tauchte, via mütterliche Linie, Leoš Svobodas Name auf.«

Hieronymus machte ein feierliches Gesicht, als hätte er die Bundeslade entdeckt.

Feigl teilte zwar nicht die Begeisterung des anderen, jedoch schien er die Geschichte zu glauben. »Ich wünschte, ich könnte nun sagen, dass ich mich für den Herrn Svoboda freue –« Er machte eine unnötig lange Pause. »Aber das wäre schlicht gelogen.«

Er schlug das mitgebrachte Buch auf, blätterte wieder darin. »Das ist das Arbeitsbuch des besagten Herrn. Hier wird auch jedwedes Vergehen penibel dokumentiert. Und meiner Seel', das sind derer viele.«

Hieronymus versuchte, überrascht zu wirken, auch wenn er es nicht war.

»Ein Raufbold war er und ein Trangler*.« Feigl schüttelte verständnislos den Kopf. »Manchmal sogar ein Aufrührer.«

---

* Säufer.

»Er *war*?«

Der Angestellte nickte und las den Eintrag, während er sprach. »Am Ersten des letzten Monats haben wir uns von ihm getrennt. Er war zum wiederholten Male dermaßen trunken, dass er seine Scheibtruhe* samt Ziegel umkippen ließ, wobei viele der Werkstücke zu Bruch gingen. Ein solches Verhalten ist unentschuldbar.«

Innerlich seufzte Hieronymus tief und schwer. Etwas in der Art hatte er bereits befürchtet. Und nachdem Leoš nicht zu seiner Frau zurückgekehrt war, konnte er Gott weiß wo sein. Äußerlich jedoch war er um Räson bemüht.

»Sie wissen nicht, wo ich den Herrn Svoboda finden könnte?«

Feigl blätterte das Arbeitsbuch durch, schlug es schließlich zu. »Laut eigener Angabe ist er verheiratet, jedoch wohnt seine Familie nicht am Werksgelände. Fragen S' in der Werkskantine nach. Mehr fällt mir dazu nicht ein.«

Hieronymus erhob sich. »Verbindlichsten Dank, Herr Feigl. Wenn Sie mir das Buch aushändigen könnten, dann –«

»Ist Werkseigentum«, knurrte der Angestellte und gab damit zu verstehen, dass sein Entgegenkommen hier endete.

»Dann danke ich für Ihre Zeit und empfehle mich.« Hieronymus schritt zur Tür, hoffend, dass dem anderen nicht noch die eine oder andere tiefschürfende Frage einfiel.

Die stickige Luft der Werkskantine raubte Hieronymus und Franz beinahe den Atem. Ein Gemisch aus Schweiß und Moder, aus abgestandenem Wein und Ausdünstun-

---

* Schubkarren.

gen jeglicher Art paarte sich mit dem Brandgeruch aus den Brennöfen. Die Lehmarbeiter, die in der Kantine mehr herumlungerten denn saßen oder standen, wirkten wie Schatten ihrer selbst – ausgelaugt, müde und bar jeder Hoffnung. Ihre Arbeitskleidung, blaue Hose und Janker, schienen sie im Frühjahr angezogen und seither nicht mehr ausgezogen zu haben.

Franz seufzte. »Du bleibst besser draußen. Ich denke nicht, dass auch nur eine Seele hier mit einem Frackträger wie dir sprechen will.«

Hieronymus machte einen Schritt zurück. »Dann werde ich zu Anna Rebiczek fahren, das Foto ihrer Lucie machen.«

»Jessas, Lucie, was für ein Name! Was ist aus einer schönen Adelheid geworden? Einer anmutigen Brunhild?«

Hieronymus klopfte seinem Freund auf die Schulter. »Die sind alle im Mittelalter geblieben und lassen dich herzlich grüßen. Bis später.«

»Ja, bis später«, sagte Franz, in Gedanken längst woanders. Er fuhr fort, mehr zu sich selbst. »Nun heißt es, mit Bedacht vorgehen, sonst gibt's noch ein Bahöl. Mir deucht, die Männer sind nicht hier, um sich an irgendetwas aus ihrem Leben zu erinnern. Die Männer sind hier, um alles zu vergessen.«

VI

»HERR HIERONYMUS!« ANNA Rebiczek empfing ihren
Gast wie einen alten Freund, den sie lange nicht mehr
gesehen hatte. »Kommen S' bitte herein.«

Der Fotograf nahm den Hut vom Kopf, packte die
Griffe beider Koffer, in die er seine Ausrüstung verstaut
hatte, und betrat die Wohnung, die ob ihrer Größe wie
ein Palais wirkte. Die Kassettendecken waren mit allego-
rischen Bildern bemalt, die Wände mit edlen gemuster-
ten Stoffen bezogen. Auf sämtlichen Kommoden, Tischchen und Regalen tummelten sich Plastiken aus Bronze
und Keramik in Form von Pferden, stehend, liegend, zum
Sprung ansetzend. Selbst die vielen silbernen Etageren
waren bis auf das letzte Fleckchen mit Pferdefiguren deko-
riert – oder vollgestopft, kam Hieronymus in den Sinn.

»Ich liebe Pferde«, erklärte sich Anna mit leicht verle-
genem Lächeln, wohl um Hieronymus' noch nicht gestell-
ter Frage zuvorzukommen.

»Anmutige Wesen«, konstatierte dieser und verkniff
sich ein »und wohlschmeckend«, während er an den Pepi-
hacker* dachte, bei dem er so gerne Pferdewurst einkaufte.

»Mein Gemahl teilt meine Leidenschaft zwar nicht, aber
er lässt mich gewähren.«

»Ein wohlfeiler Gemahl, den Sie haben.«

»Ich weiß.« Anna lächelte, diesmal jedoch selbstbewusst. »Da Sie gekommen sind, gehe ich davon aus, dass
Sie eine Lösung für mein Ansinnen gefunden haben. Wenn

---

* Volkstümliche Bezeichnung für den Pferdefleischhauer.

Sie mir bitte folgen wollen, ich habe schon alles vorbereiten lassen.«

Die Dame des Hauses führte von einem Salon in den nächsten, wobei jeder zumindest ebenso mit Pferdefiguren vollgestellt war wie der davor. Nach einem mondänen Arbeitszimmer erreichten sie schließlich einen Wohnsalon, wo auf einer Chaiselongue bereits Lucie wartete, ein Kindermädchen neben sich. Das Kind quietschte vor Freude, als es die Mutter erblickte.

»Danke, Helene«, sagte diese zu dem Kindermädchen, das sich mit einem Knicks verabschiedete.

Anna setzte sich auf das mit hellrotem Blumenmuster überzogene Möbelstück und hob ihre Tochter auf den Schoß. »Nun spannen Sie mich nicht weiter auf die Folter, Herr Hieronymus! Was ist Ihnen eingefallen? Wie wollen Sie Lucie ablichten, ohne dass ich zu sehen bin, und so, dass sie trotzdem ruhig genug hält, damit die Belichtungszeit ausreicht für eine scharfe Aufnahme?«

»Sie haben sich informiert, wie ich sehe.«

Anna wurde ernst. »Notgedrungenerweise. Sie glauben ja nicht, was man sonst für abenteuerliche Lügenmärchen aufgetischt bekommt.«

»Gut.« Hieronymus stellte die beiden Koffer auf den Perserteppich und setzte sich auf einen von ihnen. »Ich gestehe, die gestellte Aufgabe ist ebenso herausfordernd wie diffizil. Denn sämtliche Lösungsansätze bedingen eine Mutter, die das Kind zumindest berührt, wie gut auch immer man sie zu verstecken versteht. Doch heute Morgen kam mir eine Idee. Vorher und nachher.« Er dachte an die beiden Bilder in der Ziegelfabrik. »Ich werde ein und dasselbe Foto zweimal machen. Einmal mit Lucie und Ihnen darauf, einmal ohne Sie beide.«

Anna runzelte die Stirn. »Was genau wollen Sie mit einem Foto, auf dem man nur die Chaiselongue sieht?«

»Ich ließ mich von der Malerei inspirieren«, fuhr Hieronymus fort. »Dort erarbeitet man auch oft zuerst nur den Hintergrund, bevor man kleinere Details darüber setzt. Ich werde also das Albuminpapier mit Ihnen beiden nehmen und Lucie vorsichtig ausschneiden, sodass auch ihr Schatten gewahrt bleibt, sonst würde sie ja schweben. Dann nehme ich das Albuminpapier mit dem leeren Hintergrund, lege beide Bilder übereinander, fixiere sie mit einer Glasplatte und lichte diese Collage mithilfe einer speziell geschliffenen Linse auf einer Trockenplatte erneut ab.«

»Und damit wird Lucie alleine sitzen, ohne ihre Geistermutter«, vollendete Anna die Erläuterungen des anderen.

Hieronymus grinste triumphierend.

»Stanzerl hat mir nicht zu viel versprochen. Jedoch wird mich dies das Dreifache kosten, habe ich recht?«

»Sogar etwas mehr, da ich ja Lucies Foto auch noch bearbeiten muss.«

»Also gut, einverstanden«, sagte Anna ohne Umschweife. »Ich darf Ihnen auf diesem Wege ausrichten, dass Stanzerl sich über einen Besuch Ihrerseits sehr freuen würde.«

Der Geisterfotograf nickte, unsicher, was er antworten sollte.

»Und seien Sie gewiss, Herr Hieronymus. Ihr Geheimnis, wie man ein solches Werk herstellt, ist bei mir in guten Händen.«

»Ich vertraue Ihnen voll und ganz, Frau Anna«, sagte Hieronymus und begann seine Apparatur aufzubauen.

VII

»ICH DANKE IHNEN.« Die krächzende Stimme der Gestalt klang ehrlich und eigenartig warm.

»Dann … lassen Sie nun von mir ab?« Den Mann mit der Glatze und den buschigen grauen Augenbrauen überfiel ein heftiger Hustenanfall, der ihn und den Stuhl, an den er gefesselt war, gehörig beutelte.

»So einfach ist es nun auch wieder nicht.«

»Was wollen Sie denn noch von mir?« Tränen liefen dem alten Mann über die Wangen und lösten sich erst auf, als sie dessen kurze graue Bartstoppeln berührten. Die Augen hielt er fest zugepresst. Von hinten legte sich eine behandschuhte Hand auf seine Schulter, verweilte dort beruhigend, beinahe väterlich.

»Was nun folgt, hat nichts mehr mit Ihnen zu tun«, sagte die Stimme ruhig. »Es hat etwas mit mir zu tun, mit mir ganz alleine. Kommen Sie, öffnen Sie die Augen.«

Der Alte schüttelte trotzig den Kopf, gleich einem Kind, das nicht einsehen wollte, dass das von ihm Verlangte nur zu seinem Wohle war.

»Öffnen Sie die Augen oder ich schneide Ihnen die Lider ab. Sie wissen sehr wohl, was das bedeutet.«

»Ich kann nicht!« Der Trotz war einem Wimmern gewichen.

Die Gestalt packte ein Tischchen, das unweit des Gefesselten stand, und zog es ruckartig zu diesem, ungeachtet der großen Vase darauf, die zu Boden stürzte und ohrenbetäubend zerschellte. Dann legte sie die Beißzange und den ehernen Dorn darauf, nahm ein Skalpell in die rechte Hand und setzte dieses am Lidansatz des alten Mannes an.

Der riss die Augen auf.

»Hören sie doch auf, um Himmels willen!«

In diesem Augenblick wurde ihm gewahr, warum er die Augen so fest verschlossen gehalten hatte. Nur wenige Fuß weit entfernt saß Stephania, seine Gemahlin, den Rücken an den breiten Türstock gelehnt, die Arme schlaff zu Boden hängend. Den Hals so weit aufgeschlitzt, dass der Kopf wie ein lästiges Anhängsel vom Torso hing.

Die Lippen des Alten bebten, immer wieder flüsterte er den Namen seiner Frau. Dann schien ein Ruck durch ihn zu gehen, sein Blick wurde klar, sein Körper spannte sich an.

»Wissen Sie was? Nehmen Sie mein Leben. Ohne meine Stephania ist es doch nicht mehr lebenswert.«

»Ah«, raunte die Gestalt. »Die Erkenntnis darüber, was das Leben in seinem Kern ausmacht. Am Ende sind es immer die gleichen Dinge, nicht wahr? Nicht der Reichtum, der einem Halt gibt, nicht der Zuspruch von anderen, der einen antreibt. Es ist einzig der Wunsch, nicht allein auf dieser trostlosen Welt zu sein. Und wenn man diesen letzten Anker lichtet, von dem die meisten glauben, sie würden ihn brauchen wie einen Bissen Brot, dann treibt man im Geiste mutterseelenallein auf dem Ozean der Zeit einem Abgrund entgegen.«

Der Alte sah die Gestalt verwundert an.

»Mir deucht, Sie hatten solch tiefsinnige Worte von mir nicht erwartet? Wissen Sie, wenn man, so wie ich, alles verloren hat, jener besagte Anker nicht mehr ist als ein sichtbarer Hauch in einer kalten Winternacht, dann beginnt man, die abstrusesten Gedanken zu spinnen. Ich glaube gar von mir behaupten zu können, mehr über das Leben und seine Unbilden nachgedacht zu haben als ein Sokrates, ein Platon oder ein Aristoteles.«

»Das reine Nachdenken macht aus einem noch keinen Philosophen. Nur wer die richtigen Rückschlüsse zu ziehen imstande ist, den ereilt die Erkenntnis.«

Die Gestalt lachte auf. »Da ist er ja wieder, der belehrende Tonfall, der mir so gut in Erinnerung geblieben ist. Das arrogante Hinwegsetzen eines Mannes über andere, der überzeugt war, er stünde über diesen. Und der vermeinte, er *verstünde* sie auch noch.«

»Ich wollte doch nur helfen, nach bestem Wissen und Gewissen.«

»Nun, mit dem Gewissen ist das so eine Sache, nicht wahr? Georg Büchner schrieb dazu: ›Das Gewissen ist ein Spiegel, vor dem ein Affe sich quält.‹ Und wenn man etwas mit seinem Gewissen in Einklang zu bringen vermag, so lässt sich auch schnell die Moral ad acta legen.« Die Gestalt lächelte. »Ich jedenfalls kann das, was nun folgt, sehr wohl mit meinem Gewissen vereinbaren. Sehen Sie sich noch einmal gut Ihre Frau an, die so rein gar nichts mit all dem zu schaffen hat. In Wahrheit sind Sie ihr Mörder.«

Die Gestalt nahm den Dorn in die Hand. »Ich muss Sie warnen. Das könnte nun ein wenig unangenehm werden.« Mit diesen Worten bohrte sich der Dorn in das linke Auge des alten Mannes.

VIII

OHNE JEDE HAST bahnte sich der Schindelwagen seinen
Weg Richtung Magdalenengrund. Dieser stellte ehemals
eine der kleinsten Vorstädte Wiens dar, die 1850 gemeinsam mit den Vorstädten Mariahilf, Gumpendorf, Laim-
grube und Windmühle eingemeindet wurde und seit
1861 die Bezeichnung 6. Bezirk, Mariahilf, trug. Dies allerdings nur offiziell. Ursprünglich hieß das Gebiet mit stei-
ler Hanglage, das zwischen Wienfluss und Kaunitzgasse
gepfercht lag, im Volksmund »Im Saugraben an der Wien
auf der Gstätten*«. Nun nannten es alle das »Ratzenstadl«.
Dieser wenig schmeichelhafte Name ging jedoch nicht auf
eine Rattenplage zurück, derer es dort zuhauf und immer
wiederkehrend gab, sondern vielmehr auf die Raizen**, die
sich an diesem Ort als Erste ansiedelten.

Hieronymus holte ein silbernes Etui mit kunstvoll gra-
vierter Oberfläche aus seiner Weste, entnahm eine Zigarette der Marke Eckstein und rauchte sie sich genussvoll
an. Dann blickte er auf den Kutschbock neben sich, wo
sein Freund wie ein Häufchen Elend kauerte.

»Ist der Herr jetzt in Stimmung mir zu berichten, was er
gestern in Erfahrung bringen konnte, oder muss er noch
weiter ausnüchtern?«

Franz rieb sich den roten Schädel. »Der Herr wird es
berichten, wenn der andere die infernalische Stimme senkt.«

---

* Alter Ausdruck für »Baulücke«.
** Eine bis ins 19. Jahrhundert gängige Bezeichnung für die serbische
Bevölkerung in der Habsburgermonarchie.

»Grundgütiger!«, entfuhr es Hieronymus. Franz zuckte unwillkürlich zusammen. »'tschuldigung.«

»Es trug sich folgendermaßen zu«, begann Franz, noch mit leicht trägem Zungenschlag, hielt jedoch gleich wieder inne. Er sprang vom Kutschbock und spie Wasser und Galle ins Gebüsch am Wegesrand.

Hieronymus zog an Roswithas Zügeln und wartete geduldig, bis sein Freund auch den letzten Tropfen Magensäure entleert hatte.

»Auf ein Neues?«, begann Hieronymus mit schiefem Grinsen, als beide wieder auf dem Wagen saßen.

Franz nickte. »Die Burschen in den Werkskantinen vertragen wahre Unmengen. Und dann auch noch so ein gotterbärmlicher Fusel … Allein beim Gedanken daran …«

Hieronymus wollte gerade wieder die Zügel anziehen, da fuhr sein Freund fort. »Grundsätzlich ist bei allen, mit denen ich geredet habe, der Unmut groß. Denn bis ins Neunundsechzigerjahr hinein hatten sie nicht nur Arbeit, sondern konnten auch in werkseigenen Wohnungen leben, mit Weib und Kindern. Dann wandelte Drasche das Unternehmen in die ›Wiener Ziegelfabriks- und Baugesellschaft‹ um, und die leitete fortan ein Konsortium aus Banken. Damit verschlechterte sich die Lage für alle Arbeiter, wie man sich unschwer vorstellen kann. Immer mehr von ihnen wurden auf immer weniger Raum gepfercht und die Entlohnung ist dermaßen bescheiden, dass viele von der Kirchenfürsorge abhängig sind.«

Hieronymus schüttelte verständnislos den Kopf.

»Es geht noch weiter«, sagte Franz. »Die Kerle schuften bis zu fünfzehn Stunden täglich, oft sieben Tage die Woche. Und ihre Kinder ebenso.«

»Schlimm, wirklich. Aber was hat das mit unserem Leoš zu tun?«

»Nichts. Aber als Einstand hab ich mir das Gesuder[*] von jedem Arbeiter anhören können, und da ist es nur gerecht, wenn du das auch musst«, meinte Franz mit einem erbarmungswürdigen Grinsen. »Was Anezkas feinen Gemahl betrifft, so schien der auch unter den Arbeitern keinen besonders guten Ruf gehabt zu haben. Streitsüchtig, volltrunken, jähzornig. Das hörte ich durch die Bank. Was ich aber auch gehört habe, ist, dass er einen Tag vor seiner Entlassung das Werksgelände verlassen habe, voll im Öl[**] und Arm in Arm mit einem Serben, einem gewissen Jakub. Und der soll im Ratzenstadl leben.«

»Dass wir da nicht wegen der guten Luft hinfahren, hab ich mir schon beinahe gedacht. Dann hoffen wir, dass es dort nur *einen* Jakub gibt«, entgegnete Hieronymus ironisch und sah besorgt in das fahle Antlitz seines Freundes. »Willst du dich lieber in den Wagen legen, während ich mich umhöre?«

Der winkte ab. »Wer saufen kann, der kann auch –«

Einen Augenblick später stand Franz erneut vornübergebeugt am Wegesrand und spie sich die Seele aus dem Leib.

Den Schindelwagen hatten sie an der Wienstraße stehen gelassen und einem Buben, dessen Vater dort einen Schusterladen betrieb, einige Kreuzer bezahlt, dass der auf Pferd und Gefährt aufpasste.

Nun stapften Hieronymus und Franz die Magdalenenstraße entlang, die von baufälligen Giebelhäusern gesäumt

---

[*] Wienerisch: Gejammer.
[**] Wienerisch: »voll im Öl« = volltrunken.

war. Ihre Fassaden drückten sich nach außen, ihre Dächer wölbten sich nach innen. Morsche Fensterläden hingen quietschend im Wind, Bretterverschläge verdeckten, was zu sehen nicht gewünscht wurde. Ein modriger Geruch hing über dem Viertel.

Franz wusch sich den Kopf in einem Brunnen mit eiskaltem Wasser, wirkte mit einem Male erfrischt und agil.

»Ich werde einen auf armen Krüppel machen, der seinen Bruder Leoš sucht, der wiederum bei seinem Arbeitskollegen Jakub wohnen soll«, schlug er vor. »Mit böhmischem Akzent und so.«

»Gute Idee. Sei trotzdem vorsichtig. Die Serben mögen die Ziegelbehm nämlich auch nicht.«

Franz nickte entschlossen, beugte sich nach vorn, sodass sein Buckel noch größer wirkte, als er war, und humpelte in den erstbesten Laden hinein, in dem ein Vergolder werkte.

»G-g-grüß Gott, ich h-h-hab bittschön eine F-frage.« Dann schloss die Tür hinter ihm.

Unsteten Schrittes ging Hieronymus vor dem Laden auf und ab. Sollte sich Leoš' Spur hier verlieren, wusste er nicht, wo sie ansetzen sollten. Eine Zeitlang könnten sie wohl Anezka und ihre sechs Kinder mit durchfüttern, aber eine Lösung war das keine, das wussten sie alle. Und da der Kerl entlassen worden war, stand selbst in seinem Todesfall Anezka keine Werkspension oder Ähnliches zu. Für einen Moment spielte er mit dem Gedanken, was wäre, wenn sich Franz und Anezka vermählten – immerhin verstanden sich die beiden und teilten zuweilen das Bett miteinander … Trotzdem war der Gedanke daran so befremdlich, dass Hieronymus ihn sogleich verwarf.

Wenig später kam Franz heraus. Der Ausdruck in seinem Gesicht ließ keinen Zweifel darüber aufkommen, dass er nichts in Erfahrung hatte bringen können.

»Vielleicht beim Nächsten«, versuchte er sich selbst aufzumuntern und betrat das Geschäft eines Gemüsehändlers. Doch auch hier kannte niemand einen Leoš oder einen Jakub. So klapperten sie einen Laden nach dem anderen ab, befragten sogar die schmutzig aussehenden Kinder, die bettelten oder mit Stöcken und Reifen spielten und in deren Augen sich eine befremdliche Abgeklärtheit spiegelte. Dennoch war den beiden kein Erfolg gegönnt.

»Vielleicht in einem Wirtshaus, oben, in der Kaunitzgasse«, schlug Hieronymus vor und sah die steile Kroatenstiege hinauf, deren abgetretene steinerne Stufen jeden Winkel zu kennen schienen, nur keinen rechten. Franz brummte seine Zustimmung.

Am Ende der Stiege machten die beiden Männer eine Verschnaufpause. Da merkten sie, wie jemand an Franz' Joppe zupfte – ein blonder Bub, die Mütze schief auf dem Kopf, die Wangen voll Kohlestaub, unter der Nase Rotz.

»Sie suchen den Jakub?«, fragte er mit herausfordernder Stimme.

Franz lächelte. »Das tue ich.«

»Sie stottern ja gar nicht mehr.«

Schau an, dachte sich Hieronymus, so ein Wiffzack*.

»Ist bei dem da nur zeitweilig«, sagte er mit einem Zwinkern. »Also, was weißt du über Jakub?«

Der Junge zuckte mit den Schultern, wirkte mit einem Mal gar nicht mehr so selbstbewusst. »Meine Schwester hat mit ihm ein kleines Pantscherl** gehabt, heuer um die

---

* Wienerisch: schlauer Mensch.
** Wienerisch: Liebelei.

Weihnachtszeit war das. Da war er auch öfters zu Besuch bei uns. Und jedes Mal hat er mir ein Semmerl mitgebracht.«

»Ein Semmerl? Scheint ein netter Kerl zu sein.«

Wieder zuckte der Junge mit den Schultern. »Seit meine Schwester krank geworden ist, hat er sie nicht mehr besucht. Aber es geht ihr schon wieder besser.«

»Das freut mich zu hören«, sagte Franz und hockte sich zu dem Buben. »Du weißt nicht zufällig, wo ich diesen Jakub finden kann?«

»Vor zwei Wochen habe ich ihn gesehen, gemeinsam mit einem anderen Mann. Sie haben abwechselnd aus einer Flasche getrunken, haben gegrölt und gelacht und sind dann zu den Strottern* runtergestiegen.«

»In die … Kanalisation?«, entfuhr es Hieronymus.

Der Bub deutete Richtung Karlsplatz. »Dort drüben sind sie bei einem der Kioske eingestiegen, wo es nach unten geht.«

Franz und Hieronymus teilten einen vielsagenden Blick. Dann drückte Franz dem Jungen einen Gulden in die schmutzige Hand. »Danke. Kauf davon dir und deiner Schwester was zu essen.«

Der Junge grinste schelmisch, dann lief er davon.

»Glaubst du, er hat die Wahrheit gesagt?«

Hieronymus zuckte mit den Schultern. »Wer weiß. Aber zwei Männer, die sich gemeinsam einen ansaufen … Das klingt sehr wohl nach Leoš.«

Franz pflichtete ihm bei. »Im Ratzenstadl ist er nicht, dafür bei den Strottern? Klingt, als käme er vom Regen in die Traufe. Ich bringe es aber auch nicht übers Herz, Anezka anzulügen, wir hätten keinen Erfolg gehabt.«

---

* Menschen, die in Abfällen nach Verwertbarem umherstöbern.

»Die Kanalisation unter Wien ist wie eine Stadt in der Stadt. Und die Strotter halten zusammen wie Pech und Schwefel, zumindest heißt es das. Es wird verdammt schwierig, auch nur irgendwen dort zu finden, zumal alle, die da unten leben, nicht gefunden werden wollen.«

»Ich gehe.« Franz strich sich die spärlichen grauen Haare am Kopf glatt, als würde er sich für einen gewichtigen Besuch zurechtmachen. »Wegen meinem Buckel brauch ich mich zumindest nicht zu bücken.«

»Das wird keine leichte Aufgabe, mein Freund. Und niemand hier oben wird dir helfen können, solltest du auf Schwierigkeiten stoßen.«

»Du meinst, ich kann *dir* nicht zu Hilfe eilen, wenn du wieder einmal in Schwierigkeiten steckst?«

»Ja.« Hieronymus grinste. »Oder so herum.«

»Was wirst du machen?«

»Ich werde mein Glück erneut am Schlickplatz versuchen und nach Karolína Ausschau halten. Wie schon so oft zuvor.«

»Tu das. Aber lass uns erst noch bei dem Wirtshaus da drüben die Wampe vollschlagen. Danach steig ich hinunter. Einverstanden?«

»Einverstanden«, meinte Hieronymus und sie machten sich auf den Weg. »Vielleicht zum Abschluss noch ein bekömmliches Schnapserl?«

Die rot unterlaufenen Augen und der strafende Blick des anderen waren Antwort genug.

IX

Hieronymus lehnte an der Ecke eines Hauses und beobachtete ruhig das Getümmel, das ihn umgab. Der Schlickplatz war voll geschäftiger Menschen, die von hier zum Franz-Josefs-Bahnhof eilten oder in die andere Richtung, zum Schottenring, und sich den Platz mit Fuhrwerken und Karren teilten. Alles überragend war die Fassade der Roßauer Kaserne, ein festungsähnlicher Bau aus roten Ziegeln, der erst sechs Jahre zuvor fertiggestellt worden war. Die beiden Türme, die acht Stockwerke in den Himmel ragten und mit Zinnen bekrönt waren, ließen keinen Zweifel aufkommen, dass dies ein Bollwerk gegen jegliche Art von Feinden der Monarchie darstellte.

Doch wie an so vielen Tagen zuvor konnte Hieronymus auch heute nicht erspähen, was er dereinst zu erspähen geglaubt hatte – das liebliche Antlitz seiner Karolína. Jener großen Liebe, die er seit neun Jahren tot geglaubt hatte, und bei der er sich doch seit ihrem, wenn auch nur kurz erhaschten, Anblick sicher war, dass sie lebte.

Auch hatte er in den letzten Wochen versucht, ihren Bruder František Skorkovský aufzuspüren, dessen zufällige Bekanntschaft er auf der Soirée Ludwig Oppenheims gemacht hatte. Doch auch dieses Unterfangen hatte sich als erfolglos erwiesen. So konnte er nur hier stehen und hoffen.

»Ganz allein, mein Hübscher?«, umgarnte ihn eine weibliche Stimme.

Hieronymus spürte, wie eine Hand die seine sanft berührte. Gleich darauf sah er sich einer Frau gegenüber, die sein Alter haben musste, wenngleich er hoffte, nicht ein derart verlebtes Bild abzugeben. Ihre Schminke hatte sie viel zu stark aufgetragen, eine leicht verzweifelte Nuance umspielte ihr gekünsteltes Lächeln.

»Nein danke«, winkte Hieronymus ab.

Der Gemütszustand der Hübschlerin änderte sich schlagartig. »Du hast doch keinen Schimmer, was dir entgeht, du grober Lackel*.«

»Und ich will es auch nicht wissen.«

»Na, ich sag dir jetzt was: Du gibst mir zwei Gulden oder ich schrei hier vor allen Leuten, dass du mich begrapscht hast.«

Hieronymus spürte, wie der Zorn in ihm aufstieg, gepaart mit dem Verlangen, die dreiste Nymphe mit mehr als nur Worten zurechtzuweisen. Doch er beherrschte sich. Zu unvorhersehbar wären die Folgen einer solchen Auseinandersetzung.

»Hör gut zu«, sprach er so leise, dass sich die Frau zu ihm beugen musste. »Da drüben ist die k.k. Polizei-Direction, und ihr Präsident, Wilhelm Marx, ist ein Bekannter von mir. Wennst also meinst, du musst hier ein Bahöl machen, dann tu das. Gerne werde ich der Sicherheitswache erklären, wer hier wen abgetatschkerlt** hat. Und jetzt schleich dich.«

Die Hübschlerin schien einen Augenblick abzuwägen, ob der andere es ernst meinte. Dann spuckte sie zu Boden und verschwand in der Menge der Passanten.

Während Hieronymus ihr noch nachblickte, wälzte er die Überlegung, warum er nicht tatsächlich beim Präsidenten der Polizei vorstellig werden sollte, um diesen zu

---

* Großer, ungeschlachter Mann.
** Begrapscht.

bitten, ihm bei der Suche nach Karolínas Bruder behilflich zu sein. Immerhin könnte er ihm Einsicht in die Register der melderechtlichen Erfassung gewähren. Nicht, dass ihm dieser nach dem Vorfall im Prater noch etwas schuldig wäre, aber ein Versuch konnte wohl nicht schaden …

Franz fluchte leise. Die eiserne Tür am Kiosk, einem achteckigen mannshohen Turm mit schrägem Dach, war abgesperrt. Auch wenn ihn kaum einer der Passanten, die am Karlsplatz unterwegs waren, beachtete, so wusste er, dass er die Tür nicht einfach mit roher Gewalt aufreißen konnte. Mit der rechten Hand kramte er in der Tasche seines Mantels, bis er gefunden hatte, wonach er suchte – einen Dietrich.

Er setzte den Sperrhaken ins Schloss, drückte, zog und drehte nach Gefühl, bis das Schloss mit einem Klacken aufsprang.

»He, du da!«, ertönte plötzlich die Stimme eines Mannes. Franz fuhr herum, erblickte aber anstelle eines Wachmannes ein junges, teuer gekleidetes Pärchen. »Der Präuscher hat telegrafiert. Er will seinen Buckel zurück!«

Die Frau lachte spitz auf, der Mann grinste feist.

Franz winkte den beiden mit einem Lächeln zu, während er ihm Syphilis und ihr Torheit wünschte. Er blickte noch einmal schnell prüfend um sich, ob er nicht doch beobachtet wurde, und verschwand dann in dem Kiosk.

Die Finsternis, die Franz umgab, war beinahe stofflich. Nur langsam gewöhnten sich seine Augen an das spärliche Licht, das durch die Eisengitter fiel, die den Kiosk mit seinem Dach verbanden. Er erkannte, dass sich zu seinen Füßen eine Wendeltreppe in die rabenschwarze Tiefe schraubte, die noch undurchdringlicher zu sein schien.

Franz rümpfte die Nase. Doch er wusste, dass die Luft von nun an nur noch muffiger werden würde, also sollte er sich besser daran gewöhnen.

Vorsichtig machte er den ersten Schritt in die Tiefe, dem ein metallisches Knarren folgte, das sich hallend im Abgrund verlor. Nach einem lang gezogenen Seufzen begann er seinen Abstieg.

Fünfzig Stufen hatte er bereits zurückgelegt, fünfzig weitere, so schätzte er, würden noch folgen. Der enge Schacht glich einem Rauchfang, an dessen Wänden Schmutz und Staub in Fetzen herabhingen, die sich bei der leisesten Bewegung zersetzten und Schneeflocken gleich in die Tiefe rieselten.

Ein letzter Schritt und Franz hatte die Sohle erreicht. Ein eigentümliches Säuseln empfing ihn, als wollte der Wind ihn warnen, aber darauf gab er nichts. Franz marschierte einen kurzen Stollen entlang, an dessen Ende ihm ein sturmgleicher Luftzug entgegenblies, dann betrat er ein monumentales, unterirdisches Bauwerk. So hoch in seiner Wölbung und so breit in seinem Ausmaß, dass man gut und gerne ein Haus hineinbauen konnte, weitete sich der Kanal, in dessen Mitte das schmale Rinnsal der Wien floss. Ein Narr, der den Fluss unterschätzte, dachte Franz, denn die teils meterhohen Mauern zu beiden Seiten waren nur dafür errichtet worden, dem Rinnsal Einhalt zu gebieten, wenn es anschwoll.

Überall an den Wänden sickerte Wasser nach unten, die Luft roch modrig feucht und gleichzeitig süßlich nach Dung.

Das fahle Licht gab nur gelegentliche Anhaltspunkte preis – Seitenstollen, die wegführten und wesentlich enger waren als der Hauptfluss, manche maßen gar nur einen Meter im Querschnitt. Da auch das Rauschen und Tropfen des Wassers keine Orientierung zuließ, beschloss Franz, einfach eine Richtung einzuschlagen und dieser dann zu folgen.

»Ich werd Ihr Anliegen selbstverfreilich an unseren Präsidenten weiterleiten lassen«, meinte der aufgedunsene Mann im dunkelgrünen Waffenrock der Sicherheitswache am Eingang zur Polizei-Direction, nicht ohne durchklingen zu lassen, für wie lästig er das Gesuch erachtete. »Kommen S' morgen wieder, dann kann ich Ihnen sagen, ob er Sie ebenso dringlich sehen will wie Sie ihn.«

Hieronymus seufzte frustriert. Aber mehr konnte er im Augenblick nicht ausrichten. »Holstein«, wiederholte er seinen Namen. »Hieronymus Holstein.«

Die Wache tippte sich auf den Kopf. »Ist notiert. Wiederschaun.«

Der Bittsteller ließ das imposante vierstöckige Gebäude hinter sich. Die Hübschlerin hatte ihn nämlich nicht nur auf die Idee gebracht, hierherzukommen, sondern auch noch jemand anders aufzusuchen. So machte er sich auf den Weg in die Singer-Straße, wo er bei seiner Suche an einen anderen Punkt anzuknüpfen hoffte.

Nach einer Weile, in der sich seine Augen weiter an das wenige Licht, das einfiel, gewöhnt hatten, erspähte Franz endlich eine andere menschliche Seele. Der Strotter hatte neben sich einen Korb aus Weidengeflecht stehen und in der Hand einen hölzernen Stab, an dem er ein kleines metallenes Sieb befestigt hatte. Damit fischte er im Rinnsal der Wien nach allem, was diese mit sich führte.

»Grüß Gott«, sprach Franz schon von Weitem, um nicht den Anschein zu erwecken, er wollte sich anschleichen.

Der Mann war von hagerer Statur, eine Nase dominierte sein Gesicht, die im Verhältnis zum Rest viel zu groß erschien. Es kleidete ihn ein vielfach geflickter Gehrock, dessen Schöße speckig und abgegriffen wirkten, und eine fettige Krawatte, die lose um den dürren Hals hing. Seine großen braunen Augen, die ihm aus dem Gesicht hervortraten, waren mit einem leichten Schleier überzogen.

»D'Ehre«, grüßte er zurück.

»Bin der bucklige Franz.«

»Camillo Cavalieri. Aber hier unten nennen mich alle Don Cavallo, wohl wegen meines edel lang gezogenen Gesichts.«

»Schmeichelhaft«, entgegnete Franz. »Dann werde ich wohl Gobba heißen.«

»Ah, parli italiano?«

»Solo un pocco«, untertrieb Franz und blickte auf den Kescher. »Wonach fischst du?«

»Was glaubst du denn? Als Banerstrotter natürlich nach Gebeinen und was mir sonst so ins Netz geht.«

Franz wischte sich die Schweißperlen vom kahlen Haupt, die sich jedoch ob der Luftfeuchtigkeit beinahe augenblicklich wieder erneuerten. »Knochen für die Seifensiedereien?«

»Sternkreuzdiwidomini!«, brüllte Camillo mit einem Male und ohne ersichtlichen Grund. Dann fuhr er in gemäßigtem Tonfall fort: »Nicht ganz zwei Kreuzer bezahlen sie für das Kilo. Allerdings musst du die Gebeine vorher noch trocknen.«

Franz machte erst gar nicht den Versuch zu errechnen, wie viele Kilo er am Tag zusammensammeln und nach Atzgersdorf schleppen müsste, um davon leben zu können.

»Der Kreislauf des Lebens, eben«, fuhr Camillo in beinahe dozierendem Tonfall fort und holte tief Luft. »Der

Bürger frisst das Tier, wirft dessen Knochen unachtsam fort, damit einer wie ich sie aufsammeln darf und ein Fabrikant sich damit eine goldene Nase verdient, indem er Seife herstellt, mit der sich besagter Bürger die vom Essen fettigen Hände waschen kann. Der Herrgott hat eben für alles gesorgt! Leben und sterben lassen.«

Franz verkniff sich eine Entgegnung, denn er verstand die Verbitterung des Mannes.

»Aber verstehe mich nicht falsch«, wiegelte Camillo sogleich ab. »Ich bin keineswegs unzufrieden, im Gegenteil. Schau dich doch um. Niemand, der mich anherrscht, niemand, der mir Schmähungen entgegenschleudert. Ich bin mein eigener Herr und Meister und –« Ein Hustenanfall unterbrach seine Ausführungen.

»Sei versichert, ich bin nicht hier, um dir deinen Platz streitig zu machen. Ich bin auf der Suche nach jemandem.«

»Auf der Suche?«, wiederholte Camillo, nachdem er sich gefangen hatte. »Ich fürchte, da bist du bei uns Strottern falsch. Hier unten will keiner gesucht, geschweige denn gefunden werden.«

»Kein Haar will ich demjenigen krümmen, nach dem ich suche. Oder besser gesagt: nach dem sein Weib mich suchen lässt.«

Camillo lachte auf, dass es nur so hallte. »Ich kann mir wahrlich angenehmere Verstecke vor einem Weib vorstellen als hier unten. Im Schoß einer anderen, als Beispiel. Aber jeder, wie er will.«

»Leoš Svoboda heißt der, den ich suche.«

Der andere schüttelte den Kopf. Er überlegte, dann schien er einen Entschluss gefasst zu haben. »Also gut, wie heißt es so trefflich? In der Not schmeckt die Wurst auch ohne Brot.«

»Ich glaube zu wissen, dass es heißt: In der Not schmeckt jedes Brot.«

»Papperlapapp«, insistierte Camillo. »Was ich damit sagen will, ist, ich werde dir helfen. Du kannst mit mir mitkommen, womöglich kennt ja der eine oder andere den, den du suchst.«

Der Strotter hob die Bütte, die er handhoch mit Tierknochen, an denen aufgeweichtes Papier und Fettklumpen hingen, gefüllt hatte, und wies mit dem Kescher den Weg in Richtung eines engen Rohres.

»Hier entlang, buckliger Franz. Und lass Vorsicht walten. Selbst einer wie du muss hier unten zuweilen den Kopf einziehen.«

Franz nickte dankend und folgte dem Strotter in die Dunkelheit der Unterwelt.

Zwei Uhr Nachmittag.

Hieronymus steckte die Taschenuhr zurück in seine Weste. Eigentlich sollte dies die geeignete Zeit sein, dass die Frau sich bereits von den Strapazen der vorangegangenen Nacht erholt hatte, aber noch nicht zu neuem Schaffen aufgebrochen war. Er griff den ehernen Ring, der im Maul eines Löwen hing, und pochte damit dreimal gegen die Tür.

Nichts.

Er wiederholte das Signal. Nun hörte er, wie ein kleines Kind auf der anderen Seite der Tür zu weinen begann.

Schritte eilten herbei.

Die Tür wurde entriegelt … und geöffnet.

Die Frau, die durch den Türspalt lugte, runzelte ungläubig die Stirn. »Hieronymus Holstein?«

»Elsbeth Fränkel«, entgegnete dieser mit einem Lächeln ob der gegenseitigen Bekanntgabe ihrer Namen.

Die blond gelockten Haare völlig zerzaust und nur in ein einfaches helles Leinenkleid gehüllt, öffnete die Frau die große Flügeltür gerade weit genug, damit er eintreten konnte. Dennoch stellte sie sich mitten in den Weg.

»Was in aller Welt wollen S' von mir?«

»Ich freue mich auch, Sie zu sehen. Darf ich?«

Elsbeth prüfte mit schnellem Blick, ob sich außer Hieronymus noch andere Personen im Flur befanden. Dann winkte sie ihn unwillig herein.

»Das Peterchen haben S' auch aufgeweckt«, zischte sie und eilte zu dem Kleinkind, das in eine wollene Decke gewickelt auf einem Sessel lag. Liebevoll nahm sie es in den Arm und wiegte es.

Hieronymus schloss die Tür. »Ich wollte Ihnen kein Ungemach verursachen, Frau Fränkel«, sagte er und meinte es auch so.

»Das wollten S' das letzte Mal auch nicht, und schauen S' mich an. Der Wilhelm hat sich seither nicht mehr blicken lassen. Oppenheim hat sich in seiner Zelle erhängt, der wird also in naher Zukunft auch keine Gesellschaften mehr veranstalten. Frau Barbara musste ich auf zwei Tage die Woche beschränken, an denen ich schauen muss, wie ich das Geld für die restliche Woche aufstelle. Erzählen S' mir also bitte nichts von dem, was Sie wollen, wenn sich doch alles zum Argen wandelt.«

Kraftlos setzte sie sich auf den Sessel, wischte sich trotzig die Tränen aus den Augen. Sie wirkte übermüdet, die üppigen Lippen rau, die unzähligen Sommersprossen auf Gesicht und Hals stumpf.

Hieronymus seufzte. Natürlich tat ihm die Frau leid, war er es doch gewesen, der sie erpresst hatte. Der sie erpressen musste, um seine eigene Haut zu retten. Dass sie dabei Schaden nehmen würde, hatte er zwar vermutet, aber hintangestellt.

»Umso anmaßender klingt dann wohl der Grund meines Besuchs«, sagte er und setzte sich ihr gegenüber.

»Ich vermute, Sie brauchen etwas von mir?«

»So ist es, Frau Fränkel.«

»Werde ich danach noch tiefer fallen? Mich gar am Graben oder am Spittelberg feilbieten müssen?«

Hieronymus konnte ein Schmunzeln ob der Offenheit der Frau nicht zurückhalten. »Das müssen Sie mit Sicherheit nicht, mein Wort darauf.«

Elsbeth schnaubte verächtlich.

»Gerne werde ich Ihnen berichten, wie es dazu kam, dass es mich nach Wien verschlagen hat. Das Ausmaß meines Schmerzes, meiner Pein, die mich seit neun Jahren malträtiert.« Er hielt seine rechte Hand in die Höhe, an der der kleine Finger fehlte. »Und ich spreche nicht hiervon. Aber ich vermute, dass Sie das im Augenblick nicht wirklich interessiert.«

»Da haben S' recht, tut es nicht«, sagte sie knapp und hart. Dann wurde ihre Stimme sanft. »Und doch freue ich mich, dass Sie es geschafft haben, Ihren Kopf aus der Schlinge zu ziehen. Auch wenn dies gewissermaßen mein Verdienst war.«

»Da haben Sie recht, das war es.«

Elsbeth seufzte schwer. »Dann rücken S' schon heraus damit. Was brauchen S' diesmal?«

»An jenem Abend bei Oppenheims Soirée«, begann Hieronymus, »da tummelte sich eine illustre Schar an Gästen im Palais Rasumofsky.«

»Alles Herren der besseren Gesellschaft, die meinen –«, Elsbeth legte beide Hände auf die Ohren des nun schlafenden Kindes, »dass ihre Libido so groß und ihre Schwänze so hart sind wie ihre Bankkonten prall gefüllt. Was natürlich reines Wunschdenken ist.«

Hieronymus und Elsbeth teilten ein Lächeln.

»Sie verstehen es wahrlich, einem Mann den Kopf zu verdrehen«, meinte er und wurde wieder ernst. »Einer der Gäste war ein Böhme namens František Skorkovský. Er hat etwa mein Alter, rötliche Haare, groß gewachsen. Ein zackiger Mann, spricht mit kaum hörbarem Akzent.«

Elsbeths Blick wanderte im Raum umher, immer wieder verengten sich ihre Augen zu Schlitzen. »František … František Skorkovský.« Schließlich schüttelte sie den Kopf. »Der Name ist mir nicht geläufig. Ich kann mich nicht einmal an einen Herrn mit rötlichen Haaren erinnern.« Als sie Hieronymus' Enttäuschung sah, fügte sie hinzu: »Aber seien Sie versichert, dass es mir aufrichtig leidtut.«

»Schon gut, es war einen Versuch wert«, meinte dieser mit gedämpfter Stimme. »Wie geht es dem kleinen Peterchen?«

Elsbeth hob die Decke vom Gesicht des Buben in ihren Armen. »Schauen S' selbst. Er wächst so schnell, dass ich ihm dabei zuschauen könnt. Und jeden Tag schaut er seinem Vater ähnlicher, finden S' nicht?«

Hieronymus schmunzelte ob der Anspielung auf Wilhelm Marx, Präsident der Wiener Polizei, einem glücklich verheirateten Mann mit einem außerehelichen Kind. Er selbst jedoch hatte, wie versprochen, dieses Geheimnis bewahrt, war es doch weder die Ausnahme noch eine Seltenheit. Beinahe jeder Dorfpfaffe könnte davon ein Liedchen singen, das wusste er.

»Ja, ganz der Herr Papa«, stimmte er der Mutter zu. »Apropos, ich werde wohl morgen bei besagtem Papa bezüglich meiner Suche nach diesem František vorstellig. Ich vermeine, es könnte nicht schaden, ihn darauf hinzuweisen, dass er sich ein wenig mehr um seinen Sohn bemühen sollte. Wenn schon nicht persönlich, so zumindest pekuniär?«

Elsbeth lächelte gütig, so wie Hieronymus sie zum ersten Mal getroffen hatte, damals im Café Central. »Das wäre eine schöne Geste von Ihnen.« Sie schien noch etwas hinzufügen zu wollen, besann sich dann jedoch anders und schwieg.

Hieronymus stand auf. »Dann auf bald, Frau Fränkel.«

Sie begleitete ihn zur Wohnungstür. »Ja, auf bald.« Dann gab sie ihm einen flüchtigen Kuss auf die Wange. »Und danke.«

Nachdem Franz und Camillo über drei Griasler, wie man Obdachlose hier nannte, geklettert waren, die eng aneinandergekauert auf einem groben Steinhaufen schliefen, waren sie in einen Stollen gekrochen, gerade groß genug, dass man die fünfzig Meter Länge auf allen vieren überwinden konnte.

Camillo hielt vor sich eine kleine Öllampe, die bei jeder Bewegung einen Schwall an Ruß ausstieß, wie eine Dampflokomotive, die anfuhr.

Daraufhin gelangten sie in einen Raum, aus Ziegeln gemauert, in dem zwar die Luft feuchtschwül drückte, der aber ansonsten einen reinlichen Eindruck machte.

»Ist die Küche«, erklärte Camillo, mit einem Stolz in der Stimme, als würde er durch Wiens Sehenswürdigkeiten führen. »Hier drin haben die Arbeiter, die den Kanal einst erbauten, ihre Mahlzeiten gekocht. Ist ein begehrter Schlafplatz, aber auch eine wahre Todesfalle. Denn bei Überschwemmung sammelt sich das Wasser hier drin bis zur Decke, bevor es in die Wien abfließen kann.«

Im angrenzenden Stollen, der nur marginal breiter war, mussten Franz und Camillo einen Schlafenden überklettern, der so tief schlummerte, als wäre er bereits tot.

Ein weiterer Raum, nur halb so hoch wie ein Mann, verschaffte den gebeugten Rücken der beiden Männer ein wenig Erholung, bevor es einen Schlauch zu durchklettern hieß. Einhundert Meter lang, leicht aufsteigend und nur passierbar, indem man auf dem Bauch vorwärtsrobbte.

Drei Pausen später, völlig außer Atem und in Schweiß gebadet hatte Franz Camillo schließlich eingeholt, der sich bereits den Rücken im nächsten Raum durchstreckte. »Der Schlauch geht uns allen am Arsch«, kommentierte er den Weg. »Aber was willst machen? Die Bauherren haben sicherlich nicht ins Kalkül mit einbezogen, dass hier einmal Menschen hindurch sollten.«

Franz war, als wäre er erneut von einem Fuhrwerk überrollt worden. Schulterblätter, Ellbogen und Hüfte schmerzten kolossal. Und der Schädel brummte ihm, als hätte er die Nacht durchgetschechert, was zwar stimmte, seinen Zustand schrieb er aber dennoch der schlechten Luft zu.

»Ab nun wird es einigermaßen erträglich, zumindest, was die Höhe betrifft«, sagte Camillo und deutete auf eine türähnliche Öffnung in der gegenüberliegenden Mauer. Diese war mit dem Ort, an dem sie standen, nur durch ein schmales Brett verbunden, unter dem es mehrere Meter in die Tiefe ging.

»Jetzt stehen wir genau unter dem Schwarzenbergplatz.

Und dort drüben liegt die Zwingburg. Wer länger hier unten haust, erschläft sich irgendwann das Recht auf einen Platz da drin. Ist sicher hier. Denn wenn man das Brett wegzieht, dann können einem nicht einmal die Kieberer auf den Pelz rücken.«

Camillo überquerte das schwankende Brett wieselflink, Franz mit der Bedächtigkeit eines Ochsen, der über eine Stange balanciert.

Hinter einem alten Kotzen, der als Vorhang diente, öffnete sich ein weitläufiger Raum, der voller Menschen war, hauptsächlich Männer jeden Alters. Sie schliefen dicht aneinandergedrängt, damit die Wärme der Leiber nicht unnötig in die Luft entwich, saßen rauchend zusammen oder starrten stumm auf das Gewölbe über ihnen, oftmals eine Flasche in der Hand.

Wellen furchtbarer Ausdünstungen schlugen Franz ins Gesicht, vermischt mit dem Geruch von Rauch und Moder. Er musste sich beherrschen, sich nicht zu übergeben, machte nur kleine Atemzüge, wie ein Fisch, der an Land gestrandet lag.

Mehrere Röhren führten von hier wieder weg, und in kleinen Mauernischen, über die mit Kreide verschiedene Initialen geschrieben standen, horteten die Strotter ihre Beute.

Diebstahl musste man hier wohl nicht fürchten, dachte sich Franz ein wenig überrascht.

»Was für einen Krüppel zahst denn da an, Don Cavallo?« Ein alter Mann mit eingefallenem, ledrigem Gesicht und kehliger Stimme, der auf einer zerschlissenen Filzdecke hockte, blickte zu den beiden Männern auf.

»Reg dich ab, Gurginger«, entgegnete Camillo, »der bleibt eh nicht lang bei uns.«

Franz griff in eine Manteltasche und holte eine der Zigaretten hervor, von denen er wohlweislich im Vorfeld einige erstanden hatte. »Bin der bucklige Franz. Willst eine Tschick*?«

Die stumpfen Augen des Alten blitzten für einen Moment auf, mit überraschend flinkem Griff schnappte er sich die Rauchware. »Ach was, du bist schon recht. Bin ein alter Stänkerer, war nicht so gemeint.«

Franz nickte ihm zu, sah dann ernst Camillo an. »Wen soll ich hier unten fragen?«

Der tätschelte ihm mit seiner vor Schmutz starrenden Hand die Schulter.

»Sternkreuzdiwidomini! Hör zu, mein Freund, so schnell geht das hier bei uns Schrobs nicht. Gut Ding braucht Eile mit Weile. Komm, wir setzen uns zu meinem Lager und du erzählst mir ein wenig von der Oberwelt und wie sie so geworden ist, seit ich sie verstoßen habe. Und wennst noch die eine oder andere Tschick hast, dann kann's auch nicht schaden.«

---

* Wienerisch: Zigarette.

X

DER MANN DER Sicherheitswache mit dem aufgedun-
senen Gesicht starrte Hieronymus an, als hätte er ihn
noch nie im Leben gesehen. Doch dann schien er sich
zu erinnern.

»Ah, weiß schon wieder. Alsdann, Herr Holstein, der
Herr Präsident wird Sie empfangen.«

Hieronymus war gerade im Begriff, die Polizei-Direction zu betreten, als die Wache ihm den Weg versperrte.

»Immer schön langsam. Warten S', bis man Sie hier abholt
und dann raufbringt, Herr Holstein.«

»Herzlich gerne«, log dieser.

»Der Herr Geisterfotograf. Er hat schon wieder verlangt, mich zu sprechen?«, fragte der Polizeipräsident in
Anspielung an ihr erstes Treffen und konnte sich dabei
ein Schmunzeln nicht verkneifen.

»Hat er«, antwortete Hieronymus, der in einem dunkel
getäfelten Raum stand, in dessen Mitte ein Schreibtisch
thronte, und in dessen Schränken sich unzählige Akten
stapelten. »Zumindest das Umfeld ist ein angenehmeres
als bei unserem Kennenlernen.«

Wilhelm Marx überlegte kurz. »Ich gestehe, die Stube
zur Befragung kann furchteinflößend sein. Soll sie ja auch.
Setze er sich hin.«

Der Angesprochene tat, wie ihm geheißen.

»Erzähl er, wie ist es ihm nach unserem letzten Treffen ergangen?«

»Gut genug, dass ich darüber zu klagen weiß«, antwortete Hieronymus, der keine Lust auf ein Plauscherl* hatte. »Der Grund meines Kommens ist –«

»Er will etwas von mir.« Marx schob die Brauen zusammen und strich sich über den Backenbart.

»Ganz recht. Ich bin auf der Suche nach jemandem, einem Mann, gebürtig aus Prag.«

»Wenn er einen Behm sucht, sollte er sein Glück am Wienerberg versuchen.«

Hieronymus wiegelte ab. »Einen Behm der feineren Gesellschaft werde ich dort wohl kaum antreffen. Sein Name ist František Skorkovský. Ich weiß zwar nicht, ob er in Wien gemeldet ist, aber einen Versuch ist es allemal wert.«

»Und was will er von ihm, wenn er ihn gefunden hat, diesen Behm?«

»Ich will ihm nur ein paar Fragen stellen.«

Marx' Gesichtsausdruck verfinsterte sich.

»Ich schwör's«, bekräftigte Hieronymus, ohne die Stimme zu erheben. »Was würde es auch für einen Sinn ergeben, mich beim Präsidenten der Wiener Polizei nach einem Mann zu erkundigen, wenn ich ihm Leid zufügen will?«

Der Präsident schien sich wieder ein wenig zu entspannen. »Da hat er zwar recht, aber die Leute heutzutage begehen Taten, da greift man sich nur noch aufs Hirn. Jedem Gefühl gleich nachgebend, nicht auch nur den Funken Verstand. Trotzdem muss ich ihn enttäuschen. Zivilpersonen können wir eine solche Auskunft nicht erteilen.«

»Sie meinen, nach allem, was geschehen ist, können Sie mir nicht helfen?«

---

* Wienerisch: zwanglose Unterhaltung.

»Vorschriften sind nun mal dafür da, um eingehalten zu werden.«

»Wo kämen wir auch hin, wenn wir uns gegenseitig helfen würden?«, knurrte Hieronymus verärgert ob des Bürokraten.

Die Tür zum Raum wurde aufgerissen, ein Mann der Sicherheitswache stürmte mit hochrotem Kopf herein. »Wir haben wieder einen gefunden!«, keuchte er. Als er den überraschten Blick des Präsidenten bemerkte, nahm er Haltung an. »Entschuldigen S' bitte vielmals, aber –«

»Man hat wieder einen gefunden. Ich kann ihm folgen«, sprach Marx gefährlich ruhig.

»Nur diesmal ist es kein Arbeiter oder Tagelöhner. Diesmal –« Der Wachmann brach ab und hustete, als wollte sich seine Lunge nach außen stülpen.

Marx sprang auf und schlug mit der Faust auf den Tisch. »Genug! Komm er zu Atem und erstatte er Meldung, wie es sich geziemt, oder er wird ab morgen Nachtwache bei den Latrinen schieben!«

Hieronymus empfand einen Hauch von Mitleid mit dem jungen Mann, ließ sich aber nichts anmerken.

Dieser nahm nun, so gut er konnte, Haltung an, atmete zweimal tief ein und aus und salutierte zackig.

»Herr Präsident. Wir haben erneut eine grausam zugerichtete Leiche gefunden. Den Merkmalen der Tat nach zu urteilen artverwandt mit den Untaten an dem Jaritz und dem Pacheleb. Der Verschiedene ist der honorige Dr. Eugen Bonifaz Gasser.«

Marx sah den Boten nun etwas milder an. »Warum sagt er das nicht gleich?« Der Präsident strich sich den Bart zurecht. »Lass er alles vorbereiten, ich bin in zehn Minuten vor dem Haupttor.«

Die Wache deutete eine Verbeugung an und eilte mit einem dünnen »Sehr wohl« aus dem Raum.

»Gasser … Gasser«, murmelte Marx zu sich selbst. »Mir deucht, ich bin dem Mann dereinst begegnet.« Er sah Hieronymus finster in die Augen. »Ein roher Geselle, vom Auftreten her mehr Fleischhacker denn Dokteur.«

»Zumindest klingt das nach jener Art von Fall, über die Sie sich gerade echauffiert haben. Ohne Hirn, nur einem Gefühl nachgehend.«

»Gut möglich«, murmelte Marx und maß sein Gegenüber vom Scheitel bis zur Sohle. »Verdingt er sich noch immer mit diesen zweifelhaften Fotografien?«

»Damit verdingt er sich.«

»Dann hole er die notwendigen Apparaturen und komme zur Adresse der Gräueltat. Womöglich kann er von Nutzen sein.«

Hieronymus überlegte, wenn auch nur für einen Atemzug.

»Er will doch noch Einblick ins melderechtliche Register, oder etwa nicht?«

»Will er.«

»Die Adresse soll ihm beim Hinausgehen mein Sekretär geben.«

Hieronymus stand auf. »Ich bin in einer Stunde dort.«

Die Wohnung im zweiten Stock in der Esslinggasse war großzügig angelegt, mit zwei Wohnsalons, einer Küchennische, einem kleineren Arbeitsraum und einem Schlafsalon. Die Luft in allen Räumen war stickig und trüb, als hätte man gerade einen Teppich ausgeklopft. Das Schwirren von Fliegen war allgegenwärtig, es roch nach Ausscheidung und Fäulnis. Es roch nach Tod.

Mit zwei schweren Koffern in den Händen betrat Hieronymus die Räumlichkeiten, die von vier Mann der Sicherheitswache gegen neugierige Nachbarn und noch neugierigere Schreiberlinge der Gazetten abgeschirmt war. Er brauchte einige Atemzüge, bis er sich an die strengen Gerüche gewöhnt hatte, setzte dann seinen Weg dorthin fort, wo Wilhelm Marx sowie zwei weitere Männer zusammenstanden und sich besprachen. Einer von ihnen trug die Uniform der Sicherheitswache, der andere einen eleganten Frack.

»Hieronymus Holstein zur Stelle«, meldete er lautstark und mit mehr Schwung in der Stimme, als er eigentlich wollte.

Marx schenkte ihm nur einen schnellen Blick. »Bau er seine Sachen dort auf, von wo er am besten das gesamte Geschehen überblicken und ablichten kann. Ich habe die spezielle Order herausgegeben, dass hier nichts verändert werden darf, bevor er nicht alles eingefangen hat. Verstanden?«

Hieronymus nickte und betrat den zweiten Raum. An den Wänden hingen die gebleichten Schädel geschossener Trophäen, von Hirschen und Bären, wie auch von großen Raubkatzen, die der offenbar passionierte Jäger in Afrika geschossen haben musste. Am Boden, mit dem Rücken zum Türstock, lehnte der leblose Körper einer älteren Frau. Sie saß inmitten ihres eigenen Blutes, das vom Halse abwärts geronnen war und unter ihr am Teppich einen großen dunklen Fleck bildete. Ihr Kopf wirkte zum Körper wie der Deckel einer Dose, den man geöffnet und zur Seite geklappt hatte. An der klaffenden Wunde und ihren leblosen Augen labte sich bereits das Ungeziefer.

Keine vier Fuß entfernt lag ein Stuhl am Boden, an den ein alter Mann gefesselt war. Jeden Einzelnen seiner Finger hatte der Mörder am Gelenk abgezwickt, die einzelnen Glieder wirkten willkürlich um ihn herum verstreut. Den Mund hatte der Tote weit aufgerissen, die Augen bildeten nur mehr dunkelrote Höhlen im blutbefleckten Schädel, gleich zweier Frühstückseier, die man mit einem Löffel sorgfältig ausgeschabt hatte. Die Dielen des Bretterbodens waren dunkelrot verfärbt.

Beim Anblick der beiden geschändeten Körper lief Hieronymus ein Schauer über den Rücken. Der Täter hatte hier ganz offensichtlich nicht wahllos gewütet, er hatte seine Tat zelebriert.

Hieronymus öffnete seine Koffer, baute ein schweres Dreibeinstativ auf und befestigte darauf die Plattenkamera. Zu guter Letzt setzte er eine Gelatine-Trockenplatte in den Apparat ein.

Dann öffnete er die beiden Flügelfenster, ließ das Tageslicht hereinströmen und den Dunst hinausziehen.

»Wenn die Herren so freundlich wären und einen Schritt zurückgingen!«

Marx und die anderen Männer taten, wie ihnen geheißen.

Hieronymus holte eine Messingschale aus dem Koffer, füllte eine Handvoll weißes Pulver hinein und entzündete ein Streichholz. Er nahm den Deckel vom Objektiv der Kamera, fuhr das Flämmchen des Streichholzes zu dem Pulver hin und schloss die Augen.

Ein greller Blitz durchzuckte den Raum, gefolgt von dichtem weißem Rauch.

»Sind Sie von Sinnen?«, echauffierte sich der Sicherheitsmann an Marx' Seite. »Oder wollen S', dass wir blind werden?«

»Na, na«, beruhigte ihn der andere Mann im Frack mit unüberhörbarem norddeutschem Akzent. »Unser eifriger Fotograf hier will nur den Moment einfangen. Und dafür braucht er eben viel Licht. Sie gehen ja auch nicht mit geschlossenen Augen durchs Leben.«

Hieronymus schob die Abdeckung auf das Objektiv und nickte dem Mann mit dem viel zu schmalen Oberlippenbart zu.

Der schritt zu ihm, schlug die Hacken zusammen. »Gestatten: Salomon Stricker mein Name.«

»Hieronymus Holstein. Und Sie sind als –«

»Er unterstützt uns durch pathologische Erkenntnisse«, unterbrach ihn Marx. »Aber das geht ihn nichts an. Wie viele Ablichtungen will er noch machen?«

»Zwei«, bestimmte Hieronymus klar.

»Dann gehen wir vor die Tür eine rauchen, meine Herren, bis sich der Pulverdampf verzogen hat.« Mit diesen Worten verließen Marx und seine beiden Gehilfen die Räumlichkeiten.

Nachdem Hieronymus seine Arbeit erledigt und alles wieder in den Koffern verstaut hatte, betraten die drei Männer der Polizei erneut den Tatort.

»Wie ich bereits sagte, meine Herren«, nahm Salomon das Gespräch wieder auf. »Eine solch ruchlose wie brutale Tat kann nur das Werk eines gänzlich ruchlosen Individuums sein. Ein Mann von grober Statur, der es gewohnt ist, sein Tagewerk mit Muskelkraft zu erledigen, dem jeglicher Sinn für das Schöne und Feine fehlt.«

»Oder es war ein kleiner schmächtiger Kerl, der nur den Anschein erwecken wollte, er sei all das eben nicht«, warf Hieronymus ein.

Salomon lachte hell auf, selbst Marx konnte sich ein Grinsen nicht verkneifen.

»Was Sie nicht sagen.« Der Pathologe fuhr mit dem Zeigefinger über seinen Oberlippenbart. »Die meisten Mordbuben sind von einfachem Gemüt, doch verstehen sie sich bestens darauf, nur das zu tun, was ihnen Körper und Talent gestattet. Ein kleiner flinker Mensch wird eher als Taschenzieher erfolgreich sein als ein Grobschlächtiger.«

»Und eine Frau?«

»Allein durch ihre angeborene körperliche Schwäche sind die Weiber so gut wie nicht imstande, ein anderes Vergehen als das des Giftmordes zu verüben. Schon gar nicht –«, Salomon deutete auf die beiden Leichen, »so etwas Gräuliches. Anselm von Feuerbach vertrat die Ansicht, dass –«

»Das genügt, Herr Stricker! Mach er sich an die Arbeit, für die er hier ist.«

Der junge Mann gehorchte widerspruchslos.

»Und was ihn angeht«, wandte sich Marx an Hieronymus. »Wann kann er mir die Fotografien bringen?«

»Morgen Mittag.«

Der Präsident schien überrascht. »Das freut mich zu hören. Dann reden wir auch noch einmal über diesen Behm, wegen dem er mich heut aufgesucht hat.«

Hieronymus nickte wertschätzend und wollte gerade gehen, als ihm etwas auffiel. Ein kleines Stück Papier, zusammengeknüllt am Boden liegend, am gedrechselten Fuß einer Kommode. Er bückte sich, hob es auf und entfaltete es. Mit schwarzer Feder stand darauf beschwingt geschrieben: »19.Lb2–f6+«.

»Sagt Ihnen das etwas?« Er hielt Marx das Papierstück hin.

Der überlegte, zuckte schließlich mit den Schultern. »Eine Notiz von Dr. Gasser vielleicht? Könnte ein Rechenbeispiel oder eine Formel sein.« Er nahm es und steckte es ein. »Wohl kaum etwas, was der Mörder gesucht hat. Genau genommen scheint er sich gar nicht am Besitz des Doktors vergriffen zu haben. Alle Schränke sind geschlossen, ebenso die Kommoden. Leuchter und Tafelsilber, Geschmeide und Uhren, alles unangetastet.«

»Es war also etwas Persönliches?«

»Zumindest deutet alles darauf hin«, meinte Marx nachdenklich.

Hieronymus zwirbelte seinen Schnurrbart. »Mit ›persönlich‹ meine ich eine Angelegenheit mit dem seligen Herrn Doktor. Im Gegensatz zu ihm wurde seine Frau Gemahlin geradezu abgeschlachtet, als wäre sie im falschen Augenblick hinzugekommen. Sofern dies seine Gemahlin war.«

Marx warf einen schnellen Blick auf die Frau, die am Türstock lehnte, und nickte dann. »Wir sehen uns, Herr Holstein.«

Mit einem Mal mischte sich in die abgestandene Luft der Wohnung und dem Geruch nach Kanal und Pferdemist, der von der Straße hereinzog, noch ein anderer »Duft«, kaum wahrnehmbar und doch beherrschend – der von Erbrochenem. Hieronymus begann den Raum abzusuchen, bückte sich zur Verwunderung der anderen, kniete sich hin, dann legte er sich flach mit dem Bauch auf den Boden. In dieser Haltung robbte er bis zu einer Vitrine und holte unter ihr einen Fetzen Stoff hervor, der mit Blut ebenso vollgesogen war wie mit Erbrochenem.

»Ich vermute, ein Knebel?«

»Sie hätten wohl ein Spürhund werden sollen«, spottete die Sicherheitswache, gefolgt von einem hässlichen Lachen.

»Im Gegensatz zu ihm zeigt der Fotograf wenigstens ein wenig Eifer!«, konterte Marx scharf. »Und nun spute er sich, eine der Wachen vor der Haustür abzulösen. Hier drin atmet er uns nur die Luft weg.«

Die Sicherheitswache warf Hieronymus einen verachtenden Blick zu, der das mit einem überfreundlichen Grinsen goutierte, und stürmte aus der Wohnung.

»Unsere Leute werden auch immer deppata*«, rutschte dem Präsidenten im volksnahen Jargon heraus und er musste über sich selbst schmunzeln.

Salomon verzog scheinbar uninteressiert den Mund. »Scheint sich in der Tat um einen Knebel zu handeln. Bravo, Herr Holstein.«

Hieronymus spürte, dass ihn dieser Fall nicht kaltließ, mehr noch, er hatte das Gefühl, als könnte er gar zu seiner Lösung beitragen. Aber er wusste auch, dass er mit Bedacht vorzugehen hatte, wollte er bei Marx etwas erreichen.

In einem lapidaren Tonfall sagte er: »Wenn Sie mich nicht mehr benötigen, Herr Präsident, widme ich mich der Entwicklung der Fotografien. Wer weiß, welche Auffälligkeiten mir noch ins Auge stechen, wenn ich erst die Bilder entwickelt habe.«

»Ja«, meinte Marx nachdenklich und schien dann einen Entschluss zu fassen. »Was hält er davon, wenn er uns ein wenig von außen unterstützt? Gänzlich unbegabt scheint er ja nicht zu sein.«

Hieronymus gab den Überraschten.

---

* Wienerisch: dämlicher.

»Er könnte sich ja dort umhören, wo unsereins nur schwerlich an Informationen herankommt. In den Bierhallen, den Raufnestern. Überall dort, wo man Dinge lieber unter sich regelt, als das Recht des Staates in Anspruch zu nehmen. Wenn er seine Sache gut macht, kann er sich ja vielleicht sogar selbst durch die Melderegister wühlen.«

Nun horchte Salomon auf, der über den Leichnam des Doktors gebeugt war und Beobachtungen in sein Notizbuch schrieb. »Ich darf doch sehr bitten, Herr Präsident!« Erhobenen Hauptes stellte er sich vor seinen Vorgesetzten. »Seit wann ist die Wiener Polizei auf irgendwelche dahergelaufenen Kiebitze angewiesen? Wir können –«

Marx legte dem sich ereifernden Mann die Hand auf die Schulter, weniger zur Beruhigung als mehr zur Ermahnung. »Jetzt sei er nicht so. Wir von der Wiener Polizei lassen uns ja auch von übereifrigen Herren aus dem Deutschen Reich unterstützen, oder sollten wir das auch nicht zulassen?«

Salomons Gesichtsfarbe hatte ein ungesundes Dunkelrot angenommen. »Ich lebe schon seit über fünfzehn Jahren hier!«

»Hört man so gar nicht, wenn Sie die Gosch'n* aufmachen«, stichelte Hieronymus.

Salomon machte einen Schritt auf ihn zu, der Geisterfotograf ballte schon die Fäuste. Da hob Marx die Hände.

»Nun beruhigen sich alle wieder.« Er sah zu Salomon. »Hitzköpfe brauche ich genauso wenig wie Oberg'scheite**.« Dann zu Hieronymus: »Über den Stand der Ermittlung kann er sich bei meinem Sekretär erkundigen.

---

* Wienerisch: Mund, Maul.
** Klugscheißer.

Außerdem erstattet er mir unverzüglich und persönlich Meldung, sofern er etwas in Erfahrung bringt. Er kann jetzt gehen.«

Während Hieronymus die Wohnung verließ, wandte sich Marx noch einmal an Salomon.

»Und er lernt besser heute als morgen, mit Kollegen zusammenzuarbeiten. Zwei tote Hackler sind schon schlimm genug. Aber jetzt haben wir einen renommierten Arzt, der auf die gleiche Art und Weise zugerichtet wurde, wie die beiden davor. Wenn die Presse Wind davon bekommt, dann kann er sich die Schlagzeilen ja ausmalen. Mir reichen noch die Titelseiten mit dem ›Dirndlhacker‹ und Schmähungen des Polizeiapparats Seiner Majestät.«

Marx holte tief Luft.

»Ich hoffe, ich habe mich deutlich ausgedrückt. Oder die nächste Arbeit, die er zugewiesen bekommt und die mit Leichen zu tun hat, ist das Ausschaufeln von Gräbern am Zentralfriedhof. Verstanden?«

Ohne eine Antwort abzuwarten, ließ Marx Salomon Stricker stehen und verließ ebenfalls den Tatort.

XI

FRANZ FÜHLTE SICH so erbärmlich, als hätte man ihn stundenlang über Stock und Stein gejagt. Die Nacht über hatte er kaum ein Auge zugetan. Nicht nur, weil er wegen der dunstigen Luft andauernd schweißnass oder das Nachtlager bretterhart war, sondern vornehmlich, weil die Tageszeit für die Strotter keine Rolle spielte. Jeder pflegte seinen eigenen Rhythmus. Es war ein Kommen und Gehen wie am Südbahnhof, und auch die Geräuschkulisse dröhnte ähnlich laut wie die der schnaubenden Dampfkolosse. Schnarchen, Husten, Lachen, Grölen – ebbte das eine ab, brandete das andere auf, unaufhörlich.

An den bestialischen Gestank hatte sich Franz' Nase überraschend schnell gewöhnt. Sein Gaumen jedoch rebellierte bei jedem Schluck des klaren Brandes, den Camillo mit ihm teilte. Außer einer allumfassenden Schärfe, bei der Franz das Gefühl hatte, sie würde sich durch Magen und Wanst schneiden wie ein warmes Messer durch Butter, schmeckte er nichts. Aber das Angebot, gemeinsam zu trinken, abzulehnen, würde mit Sicherheit nicht dazu beitragen, Vertrauen zu dem Strotter aufzubauen.

Auch wenn er sich kaum vorstellen konnte, wie ein Mensch hier unten länger als einige Tage zubringen konnte, so war doch ein Zusammenhalt und eine gewisse Form der Freundschaft unter den Bewohnern der Zwingburg zu spüren. Die spontane, ausgelassene Munterkeit wurde dem mittelalterlichen Mönchslatein »Memento mori« wohl gerechter als alle Gebete, die die Gläubigen in der Oberwelt gen Himmel stießen, nur um im Anschluss wieder ihrem stumpfsinnigen Trott nachzugehen.

Camillo hatte Franz an diesem Tag, sofern es überhaupt Tag war, wieder auf seinen Strottgang mitgenommen, hatte ihm erklärt, dass es auch unter ihnen klare hierarchische Strukturen gab, bei denen die Fettstrotter, die Fleischreste und Fett aus den Gewässern siebten, die unterste Schicht bildeten. Über ihnen standen die Banerstrotter, denen er sich zugehörig fühlte, und darüber kamen die Metallstrotter, die Nägel, Knöpfe, Blechlöffel und alles andere, was aus Metall bestand, aus den Kanälen fischten.

Nebenbei hatte der Strotter erzählt, dass ihm das Leben, im Gegensatz zu fast allen hier unten, eben nicht übel mitgespielt und er aus freien Stücken diesen Ort als sein Zuhause auserkoren hatte. Ein Umstand, den Franz kaum glauben konnte, auch wenn er davon überzeugt war, dass der andere die Wahrheit sprach.

Und so erzählte auch er von den Wendungen, die sein Leben genommen hatte. Vom Glauben daran, als Mönch für immer in den Diensten des Herrn und inmitten der Gemeinschaft seiner Brüder zu stehen. Von seiner Versündigung, indem er jene gerichtet hatte, die sich an anderen vergingen. Und von seinem tiefen Fall in die Abgründe der Trunkenheit, der dazu geführt hatte, dass er unter die Räder eines Fuhrwerks geraten war – die Geburtsstunde des buckligen Franz. Auch wusste er davon zu berichten, wie er seinen besten Freund, Hieronymus Holstein, kennengelernt hatte. Dem konnte er bei einer Wirtshausrauferei das Leben retten, nachdem er selbst es gewesen war, der ihm die lebensgefährliche Verletzung zugefügt hatte.

Camillo schien die Erzählungen zu genießen, während er im Schlamm des Kanals nach Brauchbarem fischte, rich-

tete das eine oder andere Mal den Blick gegen die hufeisen-
förmige Decke und seufzte, als könnte dies das Elend der
Welt mildern.

Auf dem Rückweg von der Schlieftour kamen die beiden Männer an einem zugemauerten Loch in der Kanal-
wand vorbei, über dem ein halbes Dutzend Kreuze ins
Mauerwerk geritzt waren. Camillo hielt einen Moment
lang inne, bekreuzigte sich und meinte, dass ein jeder
Strotter, der vorbeikäme, jenen gedenken würde, die hier
unter der Winckelmannstraße durch das einstige Loch in
der Mauer geklettert und nie wieder gekommen wären.
Deshalb habe man das Loch auch zugemauert. Auf Franz'
Frage, was denn so Schlimmes hinter der Mauer läge, fand
der Banerstrotter keine Antwort. Aber der Ausdruck auf
seinem Gesicht ließ vermuten, dass es gar der Leibhaftige
persönlich war.

Kurz bevor sie wieder die Zwingburg erreichten,
bekundete Camillo mit einem Mal seine Absicht, Franz
mit dem »Hausmeister« bekannt zu machen. Der hatte
im wahren Leben einst Emil Kläger geheißen und war als
Sekretär für irgendein Ministerium tätig gewesen. Hier
unten galt er als oberste Instanz, wenn es um die Schlich-
tung von Streitereien ging, um Rechtsprechung bei Dieb-
stählen oder Raufereien oder um eine einfache Ausspra-
che, wenn im Öl* unschöne Worte gefallen waren. Der
richtige Mann, wenn es darum ging, eine verschwundene
Person zu finden.

Doch als Franz und Camillo in die Zwingburg zurück-
kehrten, fehlte vom Hausmeister jede Spur.

---

* Wienerisch: Suff.

XII

HIERONYMUS HATTE AN die Außenseite der Tür zum Schindelwagen das Schild mit der Aufschrift »Zutritt verboten. Spiritist bei der Arbeit.« gehängt. Im stockdunklen Inneren des Wagens, das nur durch das rötliche Licht aus einem getönten Glaszylinder einer Petroleumfunzel erhellt wurde, war der Fotograf bei der Arbeit. Langsam und gleichmäßig bewegte er die Gelatine-Trockenplatte der Marke Agfa in einer Schale mit Entwicklerflüssigkeit auf und ab, wie eine fürsorgliche Mutter, die ihren Säugling in den Schlaf wiegte. Hieronymus liebte diese Tätigkeit, denn da konnte er einfach nur seinen Gedanken nachhängen.

Nachdem er die Wohnung des dahingeschlachteten Doktors und seiner Gemahlin verlassen hatte, war er schnurstracks zur Polizei-Direction zurückgefahren, um sich von Marx' Sekretär alle Informationen zu dem Fall geben zu lassen. Dass dieser nicht überrascht, sondern bereits instruiert war, legte nahe, dass der Präsident bereits vor der Fahrt zum Tatort gewillt war, ihn in die Ermittlungen einzubeziehen. Es war also nicht Hieronymus, der Marx manipuliert hatte, sondern andersrum. Andererseits würde er trotz allem das bekommen, was er wollte – die Gewissheit, ob Skorkovský in Wien wohnhaft war oder nicht.

Im Augenblick hieß es jedoch, sich auf die Morde zu konzentrieren, und was der Sekretär ihm berichtete, ließ Hieronymus erschaudern. Denn der ermordete Doktor, dessen bildliche Verewigung er gerade in Entwicklerflüssigkeit schwenkte, war nicht das zweite Opfer. Er war das dritte.

Der erste Tote, den man mit herausgeschälten Augen gefunden hatte, war ein gewisser Michael Jaritz, seines Zeichens Gehilfe in einem Spezereien- und Delikatessenladen in der Karmelitergasse. Ihn hatte man am 26. August tot im Keller seines Wohnhauses gefunden. Allerdings hatte der Täter ihm keinen Finger abgeschnitten.

Das zweite Opfer hieß Ladislaus Pacheleb. Er hatte sich als Tramwayschienenritzenkratzer verdingt, war also ein ungelernter Arbeiter, der mittels einer speziell angefertigten Schaufel die Rillenschienen der Pferde-Tramways reinigte. Ihn fand man am 30. August inmitten von Unrat auf der Straße. Offenbar war er aus dem Fenster seiner Stube drei Stock in die Tiefe gestürzt, was er jedoch nicht mehr gespürt haben dürfte, so übel zugerichtet, wie er war.

Zwei Tote, bei beiden fehlten die Augen …

Wäre es dabei geblieben, hätte Hieronymus vermutet, dass die Übereinstimmung vielleicht eine gemeinsame Geliebte war, oder ein Brandineser*, den beide aufsuchten. Aber hier passte der alte Doktor so gar nicht ins Bild. Sein gediegenes Zuhause, die Trophäen an den Wänden – dies war kein Mann, der irgendwelchen Lastern frönte. Zumindest nicht vordergründig.

Hieronymus nahm sich vor, am nächsten Tag den Seziersaal im Allgemeinen Krankenhaus zu besuchen, denn dort würde Salomon Stricker, dieser lackierte Lackel, wohl die anatomische Sektion des Doktors vornehmen. Vielleicht würde diese mehr Aufschluss über die Hinter-

---

* Kleines Lokal, in dem bereits frühmorgens Alkohol ausgeschenkt wird.

gründe der Taten offenbaren, als wenn man versuchte, die Opfer mit irgendeiner gemeinsamen Leidenschaft in Verbindung zu bringen.

Behutsam hob Hieronymus die Trockenplatte aus der Entwicklerflüssigkeit, da sich kein Resist mehr von der Platte ablöste, und tauchte sie in einen Eimer voll Wasser. Dann nahm er einen Bogen präpariertes Albuminpapier und presste ihn auf die Glasplatte. Mit dem dadurch entstandenen Kopierrahmen verließ er seine Dunkelkammer.

Vor dem Schindelwagen legte er den Rahmen auf einen Schemel und ließ nun die Sonne ihre Arbeit verrichten, die das übertragene Bild langsam sichtbar machen würde.

»Jessasmariaundjosef!«, rief Anezka, die Arme gen Himmel gereckt und auf Hieronymus zulaufend. »Jessasmariaundjosef! Jetzt ist es aus mit uns armen Sündern!«

Der atmete tief durch, um ruhig zu bleiben, denn er ahnte, dass seine Vermieterin mit irgendeiner Anschuldigung daherkam. Wie so oft. »Aber gehen S', Frau Svoboda, was soll denn aus sein?«

»Haben Sie's noch nicht gehört? Überall spricht man davon. Heute Nacht wird sich der Mond verfinstern und nie wieder scheinen.«

»Aber wieso sollte er das denn tun?«

»Woher soll Anezka das wissen? Der Herrgott straft uns alle!«

»Ja, beim Jüngsten Gericht. Aber bis dahin ist es noch ein Weilchen.« Hieronymus kratzte sich entnervt am Kopf. »Also zunächst einmal scheint der Mond nicht von alleine, sondern er reflektiert nur die Strahlen der Sonne. Er müsste der Erde also gänzlich Lebewohl sagen. Und daher zweitens: Wo soll der Mond denn hin? Ein Himmelskörper verschwindet nicht so einfach.«

Anezka fuchtelte gereizt mit den Händen. »Wenn S'
so gescheit sind, dann lesen Sie's. Steht heut in jeder Zeitung.«

Mit einem Seufzer griff sich Hieronymus die Wiener
Zeitung, die neben dem Schemel am Boden lag, überflog
die erste Seite. Nichts. In der zweiten Spalte der zweiten
Seite jedoch fand sich tatsächlich eine kurze Notiz.

*Am 3. September findet eine Mondfinsternis statt.
Anfang der Finsternis ist um 9 Uhr 21 Minuten abends,
mittlere Wiener Zeit ... Ende um 11 Uhr 25 Minuten
abends. Sichtbar in der westlichen Hälfte Australiens, in
Asien, Europa, Afrika und Süd-America.*

»Ano!«, triumphierte die Vermieterin. »Was hat Anezka
gesagt? Heut Nacht reißen wir alle ein Bankl*.«

»Gehn S', Frau Svoboda, deshalb sterben wir doch nicht.
Sie werden schon sehen. Morgen lachen wir drüber.«

»Ich weiß nicht. Anezka ist im Augenblick soundso
nicht zum Lachen zumute.«

Hieronymus fasste sie sanft am Arm. »Tief unter Wien
reißt sich der Franz gerade einen Haxen für Sie aus, das
können Sie mir glauben. Wenn einer Ihren Leoš findet,
dann er.«

Anezka sah ihn an, doch die Hoffnung in ihrem Blick
wich der Resignation.

»Wissen S', was das Schlimmste ist? Anezka weiß gar
nicht, ob sie den Leoš zurückhaben will. Denn immer,
wenn ich an ihn denke, erinnere ich mich nur an den jungen, lebhaften Burschen, in den ich einst völlig kopflos
in Prag hineingelaufen bin. Wie er mich aufgefangen hat,
mir in die Augen sah. Da wusste ich: Das ist mein Mann.
Und von da an waren wir unzertrennlich.«

---

* Wienerisch: »Ein Bankl reißen« = sterben, ins Gras beißen.

Sie wischte sich trotzig über die Augen und verschmierte sich damit den Schmutz im Gesicht. »Aber an den Leoš der letzten zehn Jahre, an den erinnere ich mich nicht mehr. Nicht an seine Gewaltausbrüche, nicht an die Schreierei und nicht an all das andere, was man als Frau halt so über sich ergehen lässt.«

Anezka blickte auf.

»Ich will meinen Leoš von damals zurück. Oder gar nicht.«

Hieronymus nickte stumm, drückte ihr den Arm. »Ich verstehe Sie«, sagte er schließlich. »Alles ändert sich, wenn einen das Leben in die Pflicht nimmt. Ansichten, Freunde, Familie. Und es gehören mindestens zwei dazu, ein Boot durch einen Sturm zu segeln.«

Anezka griff hinter ihren Rücken, holte ein kleines Fläschchen hervor und hielt es Hieronymus vor die Nase. »Schluckerl Sliwo?«

Das Unheil, das Anezka heraufbeschworen hatte, war zunächst ausgeblieben. Mit Einbruch der Dämmerung kam Franz zum Hof zurück, zitternd vor Kälte und stinkend wie eine Latrine. Die Kleider wollte er nicht waschen, da er sie am nächsten Tag wieder anziehen musste, aber Anezka hatte sie ihm zumindest auf eine Leine gehängt, auf dass der Wind ihren Gestank ein wenig mildern möge.

Nun schrubbte sie ihm aus Dankbarkeit für seine Nachforschungen mit einer Bürste den Buckel, während er unter dem klaren Sternenhimmel in einem Holzzuber voll dampfendem Wasser saß, den sie ihm zuvor eingelassen hatte.

Emil, Jaroslav, Pavel, Jozef, Jan und Tereza, Anezkas Kinder im Alter zwischen fünf und elf, waren alle bereits schlafen gegangen. Ihre Mutter hatte ihnen erlaubt, je ein halbes Glas Schnaps zu trinken – denn wer wisse schon, ob sie den morgigen Tag noch erleben würden, so gänzlich ohne Mond.

»Und dort unten hat wirklich niemand etwas von Leoš gehört?« Anezkas Stimme klang besorgt und erleichtert zugleich.

»So habe ich das nicht gesagt«, berichtigte Franz und brummte genüsslich, hörbar bemüht, die Wonne des Geschrubbtwerdens nicht zu unterdrücken. »Aber die Strotter sind wie die Zigeuner, eine eingeschworene Brut. Nur weil da ein Buckliger von irgendwo daherkommt, erzählt man ihm nicht gleich alle Familiengeheimnisse, verstehst du?«

»Ano.«

»Ich schlage vor, du versuchst es noch eine Woche lang«, sagte Hieronymus, der neben dem Zuber in der Wiese lümmelte. Er nahm einen Schluck Wein aus einer Flasche. »Länger ist dir unter den beschriebenen Umständen einfach nicht zumutbar.«

»Ihr müsst euch vorstellen, dass im Kanal ganze Familien hausen, teilweise schon fünf Jahre oder länger«, sagte Franz. »Deren Haut ist so fahl wie das Mondlicht über uns.«

Hieronymus lachte auf. »Entschuldige. Aber wenn es nach der Dame des Hauses geht, dann wird uns das alles schon bald nicht mehr sorgen.«

Franz wusch sich übers Gesicht. »Ach nein?«

»Es soll heute Nacht eine Mondfinsternis geben.«

Die Vermieterin schlug mit der Bürste ins Wasser, dass es nur so spritzte. »Anezka hat recht, und euch wird das Lachen schon noch vergehen!«

»Was meinst du, so als ehemaliger Mann Gottes?«,

bohrte Hieronymus nach. »Sollten wir unsere letzten Stunden nicht mit Beten und Buße verbringen?«

»Ach was«, meinte der und blickte in den gestirnten Himmel. »Der Herr kennt uns in- und auswendig. Er weiß, was wir uns zuschulden haben kommen lassen, kennt jeden Moment, in dem wir schwach waren. Da nützen kurzfristige Heucheleien auch nichts mehr.«

Hieronymus zündete sich eine Zigarette an und sah im Schein des Schwefelhölzchens auf seine Taschenuhr. »In einundzwanzig Minuten beginnt unser Untergang. Zieh dir lieber was Festliches an, Franz. Nackt willst du im Purgatorium bestimmt nicht sein.«

Anezka warf ihm einen stechenden Blick zu und nahm ein Tuch zur Hand. »Komm, Anezka trocknet dich ab. Dann hole ich dir was Frisches zum Anziehen.«

Franz erhob sich, auf dass sich schiere Wassermassen von seinem Körper zurück in den Bottich ergossen, und ließ Anezka walten.

»Sollten wir wider Erwarten die Finsternis überstehen, dann könnten Sie Franz doch heute Nacht unter Ihre Decke schlüpfen lassen, oder, Frau Svoboda?«

Franz spritzte Hieronymus mit Wasser an. »Ich brauch kein Kindermädchen.«

»Ano«, sagte die Vermieterin. »Aber natürlich nimmt Anezka heute Nacht den Franz zu sich. Gewaschen ist er ja jetzt auch schon.«

Wie die Gazette angekündigt hatte, erlosch der Mond ab halb zehn Uhr nach und nach, hinterließ einen schwarzen Fleck am Himmel. Hieronymus, Franz und Anezka beobachteten das Spektakel und teilten sich dabei eine Flasche Schnaps.

Als zwei Stunden später der Spuk wieder vorbei war, löste Anezka sich wortlos von Franz, den sie die gesamte Zeit über eisern umklammert gehalten hatte, und stand auf. Auf halbem Weg zum Haus drehte sie sich um.

»Ist halt heute nichts passiert. Komm, Franz! Brauchst aber nicht glauben, dass du jetzt gleich schlafen kannst.«

»Adieu, du schnöde Nacht.« Franz rappelte sich auf.

Hieronymus salutierte seinem Freund gespielt. »Fürs Vaterland.«

Der grinste schelmisch und trottete Anezka hinterher, hinein in Haus und Bettstatt.

Allein zurückgelassen beschloss Hieronymus mit Blick auf die halbleere Flasche, dass diese in jener Nacht noch geleert werden wollte.

In Baden, unweit von Wien, schien die Welt für die Bürger ebenso heil zu bleiben, wie sie es vor der Mondfinsternis war.

Zumindest für fast alle.

Ein Mann beobachtete das Himmelsspektakel vom ersten Stock seiner kleinen Villa aus, bis er den Sherry zur Gänze geleert hatte und seine Augen müde wurden. Was nützte schon ein Spektakel wie dieses, wenn man die Erfahrung mit niemandem teilen konnte, dachte er bei sich. Nach Beendigung seiner Abendtoilette löschte er das Licht und ging zu Bett.

Was er nicht mehr sah, war die verhüllte Gestalt, die an seiner Villa vorbeihuschte und sein Zuhause den ganzen Abend lang aus den Schatten heraus beobachtet hatte …

XIII

Mit schwerem Schädel und einer Flasche in der Hand betrat Hieronymus den Seziersaal des Allgemeinen Krankenhauses am Alsergrund. Sonnenlicht, das ihm in den Augen schmerzte, strahlte durch hohe Sprossenfenster und verlieh der makabren Szenerie von aufgeschnittenen und teilweise ausgeweideten Körpern die sakrale Stimmung einer Kathedrale.

Wie passend, kam ihm in den Sinn, hatte er in der Nacht doch wieder von Karolína geträumt. Wie sie ihm ihre Liebe versicherte. Wie sie ihm versprach, dass nichts und niemand auf der Welt sie von ihm trennen könne. Und wie sie sich einen Strick um den Hals legte und daran jämmerlich erstickte.

Hieronymus seufzte, denn er musste sich auf das konzentrieren, was vor ihm lag. Er trank einen Schluck aus der Flasche, richtete den Blick wieder geradeaus.

An einem der Tische im Saal war ein Mann mit strichbreitem Oberlippenbart zugange, vor ihm der nackte Leib des Doktor Eugen Bonifaz Gasser, der noch wenige Tage zuvor zwei Abteilungen weiter ordiniert hatte. Sein Brustkorb war geöffnet und gespreizt, seine Organe lagen in silberne Schalen aufgeteilt neben ihm.

Als Salomon Hieronymus erblickte, verfinsterte sich seine Miene. »Sie hier?«

»Erfreue mich ebenso daran, Sie zu sehen, Herr Stricker.« Hieronymus trank noch einen großen Schluck aus der Flasche.

»Schon elf durch, dass Sie mit Trinken beginnen?«

»Für dumme Fragen scheint es jedenfalls nie zu früh«, schoss Hieronymus zurück und nahm einen dritten Schluck Wasser, da sich sein Mund anfühlte, als hätte er mit Sand gegurgelt. Er hätte es gestern Nacht eben doch bei der ersten Flasche Sliwowitz gut sein lassen sollen.

»Was können Sie mir über unseren Freund hier sagen?«

Salomon schwieg eisern.

»Schauen Sie«, versuchte es Hieronymus versöhnlich. »Der Grund, weshalb ich Herrn Marx' Ersuchen nachkomme, ist ein gänzlich anderer als der Ihre. Sie wollen seine Anerkennung, das merkt ein Blinder. Vernachlässigung durch den Vater während der Kindheit, wenn ich raten müsste.« Salomons verächtlicher Blick bestätigte Hieronymus' Annahme. »Aber mir ist Herr Marx herzlich wurscht. Wenn nicht durch ihn, dann werde ich auf anderem Wege mein Ziel erreichen. So geht es nur leichter.«

»Gut«, knurrte Salomon. »Aber geben Sie Acht, ich werde mich nicht wiederholen.«

Hieronymus machte ein ahnungsloses Gesicht, als würde ihm jemand eine unlösbare Rechenaufgabe stellen. Dann riss er sich aus seiner Erstarrung. »'tschuldigung, was haben Sie gerade gesagt?« Doch das dreiste Grinsen, das folgte, bewies, dass er den anderen nur an der Nase herumführen wollte.

»Ähnlich wie bei Ladislaus Pacheleb war auch Doktor Gasser noch am Leben, als ihm sowohl alle zehn Finger abgeschnitten als auch die Augen herausgeschält wurden. Von letzterer Tortur hat er eine Menge seines eigenen Blutes verschluckt, das ihm aus den Augen geronnen ist.«

»Somit kann man auch davon ausgehen, dass er die ganze Zeit über auf dem Stuhl gefesselt saß.«

»Korrekt. Was den Knebel angeht, den Sie gefunden haben, so enthielt dieser der Substanz nach zu urteilen Erbrochenes aus des Doktors Magen. Er hat wohl kurz zuvor erst gespeist, Beuschel mit Knödeln, wenn ich mich nicht irre. Des Weiteren gehe ich davon aus, dass er den Knebel im Mund hatte, als ihm die Finger abgeschnitten wurden.«

»Demnach schälte man ihm erst danach die Augen aus dem Schädel?«

Salomon nickte. »Erst die Finger, dann die Augen.«

»Gleich einem Ritual.«

Die Männer sahen sich an und für einen Augenblick schien keiner von beiden zu verstehen, warum er den anderen nicht leiden konnte.

»Zumindest scheinen Sie in der Lage zu sein, einzelne Knoten miteinander zu verbinden, sofern man sie Ihnen aufzeigt.«

Nun wusste es Hieronymus wieder, aber er ging nicht darauf ein. »Interessanterweise hat der Mörder dem ersten Opfer die Finger nicht abgeschnitten. Ich frage mich, warum.«

»Vielleicht wurde er gestört?«

»Wenn wir aber davon ausgehen, dass das Ganze ein Ritual darstellt, dann passt das nicht zusammen. Ein Priester würde ja auch nicht zu Beginn der Messe Hostien verteilen. Ich vermute, dass der Mörder eine Art Beziehung zu dem Opfer hatte. Eine Beziehung, die ihn bei der Anwendung der Gewalt unterscheiden ließ.«

»Sie meinen allen Ernstes, dass die Ermordeten miteinander in Verbindung standen?« Salomon schüttelte ungläubig den Kopf. »Ein Spezereigehilfe, ein Tramwayschienenritzenkratzer und ein honorabler Arzt?«

Hieronymus zuckte mit den Schultern. »Dass sie nicht die gleiche Mutter hatten, ist mir schon klar, trotzdem ...«

»Du meiner Seel'! Aber Sie werden schon wissen, was Sie tun«, sagte Salomon belustigt und widmete seine Aufmerksamkeit wieder dem Leichnam vor sich.

»Und bei Ihnen kann ich es nur hoffen«, retournierte Hieronymus und verließ die Kathedrale der geöffneten Leiber samt ihrem egozentrischen Hohepriester.

Unter hoffnungsvollen Blicken, aufmunternden Zurufen und wohlwollenden Gesten hatte der Hausmeister die Zwingburg wieder betreten, nachdem er sich, so wurde gemunkelt, mit seinem Kontaktmann von der Oberwelt getroffen hatte und diesen überzeugen konnte, eine geplante Razzia abzusagen.

Die Kleidung des Mannes war oft geflickt worden und wirkte viel zu groß für seine schmächtige Statur, die Hosenträger taten ihr Möglichstes, das fleckige Beinkleid vor dem Abrutschen zu bewahren. Die dunkelbraune Ballonmütze trug er schief auf dem Kopf, die Haare seines Schnauzbarts standen in alle Richtungen ab, verklebt und verfilzt. Trotz seiner zerlumpten Erscheinung strahlte der Mann Autorität und Befehlsgewalt aus, jene kostbaren Eigenschaften, die man schlicht nicht erlernen konnte.

Wenig später hatten er und zwei seiner Gefolgsleute ihr Lager in der Zwingburg bezogen, eine Ecke mit frischem Stroh auf dem Boden und einer Vielzahl von Decken und Pölstern. Camillo, der das Treiben aufmerksam beobachtete, befand schließlich, dass es ein geeigneter Zeitpunkt wäre, beim Hausmeister vorstellig zu werden.

Franz folgte ihm mit blindem Gehorsam.

»Habe d'Ehre*, Don Cavallo!«, schmetterte der Hausmeister dem anderen entgegen. »Ist schon ein Weilchen her, dass du mich mit deinen ausschweifenden Erkenntnissen über das Leben im Allgemeinen und dein altes Leben unter den Irren im Besonderen erheitert hast! Was hast du auf dem Herzen?«

Ein Mann neben dem Hausmeister stieß diesen mit dem Ellbogen in die Seite. »Gescheit reden tut der, wie ein jüdischer Tandler.«

Ein Lachen ging durch die Runde, das jedoch nicht gehässig klang.

»Setzt euch zu uns«, meinte der Hausmeister schließlich. »Wer ist dein vom Schicksal gebeutelter Freund?«

»D'Ehre. Ich bin der bucklige Franz«, stellte sich dieser ohne Umschweife vor. »Und es war nicht das Schicksal, das mich verkrüppelt hat, es war mein eigener Leichtsinn. Und das da.« Franz machte eine Schluckspecht-Geste.

Der Hausmeister und seine beiden Freunde lachten auf.

»Und der bucklige Franz ist auf der Suche nach jemandem«, ergänzte Camillo.

»Soso«, gab sich der Hausmeister abwartend. »Passiert nicht oft, dass man gesucht wird, wenn man hier unten landet.«

»Genau genommen sind es derer zwei, die ich suche. Der eine ist ein Serbe, Jakub soll er heißen. Der andere ein Böhme, Leoš Svoboda.«

Der Hausmeister nahm einen tiefen Zug seiner Zigarette, trank Schnaps aus einer Flasche nach und stieß erst dann die Rauchwolken in die drückende Luft des Kanalgewölbes hinaus. »Haben dir die beiden Männer was getan? Oder jemandem, den du kennst?«

---

* Wienerisch: Habe die Ehre, Guten Tag.

»Nichts haben sie getan«, versicherte Franz. »Aber der Leoš hat ein Weib und sechs Kinder. Und nachdem er seine Anstellung in den Ziegelwerken verloren hat, ließ er sich nicht mehr blicken. Geschweige denn einen Gulden seines letzten Lohns.«

Der Hausmeister schwieg mit ernster Miene.

»Angeblich hat Jakub Leoš hier heruntergeführt.« Franz spürte, dass er ungeduldig wurde, auch wenn er wusste, dass dies nicht angebracht war.

»Jetzt hör mal gut zu«, meinte der Hausmeister. »Jeder, der hier zu uns kommt, tut dies aus gutem Grunde. Manchem wuchs die Schuldenlast über den Kopf. Mancher konnte sich sein Obdach nicht mehr leisten, hatte vielleicht nicht einmal mehr genug Geld, um als Schlafgänger unterzukommen. Der Fortschritt unserer Zeit ist gebaut auf einem Fundament aus Leibern, die es so lange stützen, bis sie unter seiner Last zusammenbrechen. Hier bei uns sind nur Gebrochene. Und in der Regel wollen sie, deren Leiber ebenso geschunden sind wie ihre Seelen, nicht verpfiffen werden.«

Franz hustete. »Ich verstehe dich voll und ganz. Erneut versichere ich, Leoš kein Haar zu krümmen, im Gegenteil. Es wäre mir schon geholfen, solltest du ihn antreffen, ihm auszurichten, er möge zu seinem Weib gehen. Dann finden wir gemeinsam eine Möglichkeit, ihm zu helfen.«

Der Hausmeister tuschelte kurz mit seinen beiden Freunden, dann blickte er Franz durchdringend an. »Ich werde tun, was ich kann. Vier Dutzend Tschick und fünf Bouteillen Wein. Abgemacht?«

Er spuckte in seine rechte Handfläche und streckte sie Franz entgegen.

Der tat dasselbe und schüttelte die Hand.

»Ein redlicher Gehilfe war er, der Michi.« Joseph Irosch, der Inhaber des Spezereien- und Delikatessenladens in der Karmelitergasse schluckte mehrmals, um seine Trauer zu unterdrücken. Er war ein Mann von kleiner Statur, dessen markantes Gesicht eine große Narbe zierte, die quer über seine linke Wange verlief.

In seinem Laden bot er Konsumwaren aller Art feil – Kaffee, Tee und Zucker, Prager Schinken, und sogar Süd-Früchte, wie er an der Ladenfront auf Schildern anpries.

»Wie lange hat er bei Ihnen gearbeitet?«, fragte Hieronymus mit sanftem Ton in der Stimme.

Irosch überlegte. »Das achte Jahr muss es wohl sein. Keinen einzigen Tag war er krank und er war immer überpünktlich. Ein guter Kerl, auf den man sich auch menschlich verlassen konnte. Ihn zu ersetzen wird nicht leicht.«

»Wissen Sie, ob der Herr Jaritz Familie hatte? Eine Gemahlin vielleicht? Sind seine Eltern noch am Leben?«

Der Inhaber schüttelte den Kopf. »So redlich der Michi im Geschäft auch war, so ein, wie soll ich sagen, Einzelgänger war er außerhalb. Ich glaube nicht einmal, dass er regelmäßig die Messe besucht hat, wissen S'. Mir schien, dass ihm das, was er hatte, genügte.« Er überlegte einen Moment lang. »Ja, der Michi war ein wahrlich genügsamer Mensch.«

Hieronymus machte sich auf einem kleinen Schreibblock einige Notizen, dann steckte er ihn weg. »Eine Frage noch: Wissen Sie, wo oder als was der Herr Jaritz sich verdingt hat, bevor er zu Ihnen gekommen ist?«

Irosch überlegte erneut. »Wenn S' mich so fragen, meine ich mich daran zu erinnern, dass wir nie darüber gesprochen haben. Nie.«

Hieronymus bedankte sich für die freundliche Auskunft und verabschiedete sich höflich.

Vor dem Ladengeschäft überflog er noch einmal in Gedanken das eben Erfahrene. Zumindest im Augenblick deutet nichts darauf hin, dass sich das Opfer irgendwelche Feinde gemacht oder sich mit Leuten abgegeben hätte, die seiner Gesundheit abträglich wären. Und dass er ein geheimes, privates Leben acht Jahre lang vor seinem Lohngeber verheimlicht hätte, dafür war er vermutlich nicht schlau genug gewesen, sonst hätte er eine andere Anstellung innegehabt.

Ungeduldig ging Hieronymus auf und ab. Im Gegensatz zum Inhaber des Spezereien- und Delikatessenladens ließ man ihn hier bei der Wiener Tramway-Gesellschaft warten wie bestellt und nicht abgeholt. Trotz seiner Urgenz schien niemand dafür verantwortlich zu sein, ihm die verlangte Auskunft zu erteilen.

Die Gesellschaft der »Glöckerlbahn«, wie der Wiener die Tramway aufgrund der Glöckchen nannte, die man den Zugpferden umhängte, hatte erst acht Jahre zuvor ihre Konzession erhalten. Doch schon jetzt betrieb sie ein Pferdebahnnetz, das mehr als fünfzig Kilometer umfasste, mit mehreren Hundert Wagen und über tausend Zugtieren. So konnte man für höchstens zehn Kreuzer bereits bis zum Prater, nach Margareten, Penzing und Döbling, und sogar bis zum Zentralfriedhof mitfahren.

Nach über zwanzig Minuten schlurfte schließlich ein Bediensteter auf Hieronymus zu, mit gelangweilter Miene und einer Körperhaltung, die einem Sack Mehl glich.

»Was haben S' denn für ein Problem, der Herr?«, begann er ohne Umschweife und ohne sich überhaupt namentlich vorzustellen.

»Ich habe überhaupt kein Problem«, begann Hieronymus, bemüht seine Ungeduld zu unterdrücken. »Und ob Sie ein Problem haben, wird sich schnell weisen. Hieronymus Holstein mein Name, ich bin im Auftrag der Wiener Polizei-Direction hier und ersuche nachdrücklich um Auskunft über einen Ihrer Arbeiter.«

Der Mann der Tramway-Gesellschaft wippte bedächtig mit dem Oberkörper auf und ab, gleich so, als müsste er das eben Gehörte erst Wort für Wort verdauen. »Na dann kommen S' halt einmal mit.«

Mit dem gleichen Elan, mit dem der Mann gekommen war, drehte er sich um und schlurfte hinfort. Es war zwar hinlänglich bekannt, dass die Kutscher der Tramways schlecht bezahlt wurden und dafür mit Ausnahme einer halbstündigen Mittagspause bis zu neunzehn Stunden am Stück schufteten. Auch, dass sie für Schäden an ihren Fahrzeugen selbst hafteten, sowie bei Verspätungen, die mehr als eine Minute vom Fahrplan betrugen, an ihren freien Tagen Strafdienste schieben mussten. Dies alles stellte jedoch für Hieronymus keine Entschuldigung für das nachlässige Gehabe dieses Bediensteten dar. Den Weg, der quer durch den großen Ziegelbau der Tramway-Direction führte, hätte jeder gesunde Mensch in weniger als fünf Minuten zurückgelegt, mutmaßte Hieronymus. So aber dauerte es mehr als doppelt so lange, bis sie eine kleine Schreibstube erreicht hatten, in der sich Regale voller Akten, vollgestopft mit losen Seiten, bis zur Decke hin türmten.

»Wie heißt nun diese Person, die Sie suchen?«

»Ladislaus Pacheleb. Er hat bei Ihnen als Tramway-schienenritzenkratzer gearbeitet.«

»Hat? Dann ist das Dienstverhältnis also gelöst worden?«

»In gewisser Weise ja. Er ist tot.«

Die Nachricht vom Ableben eines Kollegen rief in dem Mann nur ein kurzes Mienenspiel hervor, das man als »besser er als ich« interpretieren konnte.

»Dann lassen S' mich mal nachschaun«, sagte der Mann und begann langsamen Blickes, die Regale nach was auch immer abzusuchen. »Kann aber ein Zeitl dauern.«

Hieronymus rauchte sich eine Eckstein an, in der Hoffnung, dass dies seine Nerven beruhigen würde. Tat es aber nicht. »Buchstabe ›P‹ wie Pacheleb ist dort drüben, falls Sie den suchen!«

Der Mann wandte den Kopf in die gewiesene Richtung, goutierte den Hinweis mit einem Nicken und setzte sich in Bewegung.

Hieronymus nahm einen weiteren tiefen Zug, stieß den Rauch aus. Dann sprang er auf, suchte das erwähnte Regal in Windeseile ab, und zog schließlich eine Handvoll Akten hervor, wobei auf einer der Name »Pacheleb, Ladislaus« prangte.

»Oder Sie suchen selbst danach«, kommentierte der Bedienstete mit einer lapidaren Geste.

Hieronymus überflog das Personalblatt, auf dem eine kurze Personenbeschreibung zum äußeren Erscheinungsbild stand, sowie Tätigkeitszuweisung, Geburtsdatum, Wohnort und bisherige Dienstverhältnisse.

Na also!, triumphierte Hieronymus. Zumindest hier macht sich der oftmals gescholtene bürokratische Apparat bezahlt. Er überflog die Einträge. Bis 1857 hatte Pacheleb sich als Aschenmann verdingt, war also für das Einsammeln von Asche aus den Öfen der Haushalte verantwortlich, die er an Leinwandbleicher und Seifensieder weiterverkaufte. Danach war er als Gehilfe im Irrenturm tätig, ab '69 im Neuen Irrenhaus. Ab '70 dann als Gehilfe in einer Seifensiederei, wo er wohl an seine Tätigkeit als Aschenmann anknüpfen konnte. Und 1872 wechselte er schließlich zur Tramway-Gesellschaft.

Ein ungewöhnlich vielfältiger Lebenslauf, das musste Hieronymus Pacheleb attestieren, denn es war eher ungewöhnlich, in so vielen unterschiedlichen Bereichen eine Anstellung zu erhalten. Was jedoch für den Mann sprach.

Hieronymus sah aus der Akte auf. »Gekannt haben Sie Pacheleb wohl nicht persönlich?«

»Ich will überhaupt keine Seele kennen«, meinte der Bedienstete ohne jede Gefühlsregung. »Sind alles Trottel.«

Hieronymus warf die Akten mehr auf einen Stuhl, als dass er sie legte, sagte: »Dann wünsch ich Ihnen noch ein geruhsames Leben«, und ging.

Die Straßen der Inneren Stadt wimmelten von geschäftigen Leuten, und das war genau das, was Hieronymus nun brauchte – Ablenkung, damit er seine Gedanken auf das fokussieren konnte, was von imminenter Wichtigkeit war: Eine Gemeinsamkeit zwischen den Opfern zu finden. Natürlich, und das gestand er sich insgeheim ein, bestand auch die Möglichkeit, dass die einzige Gemeinsamkeit der drei der Tathergang selbst war, sprich, dass der Mörder sich einfach zufällige Opfer erwählte, die er dann auf die gleiche Art und Weise verstümmelte und tötete. Gegen diese Annahme sprach für Hieronymus einzig und allein die Tatsache, dass dem ersten Opfer nicht die Finger abgetrennt worden waren und bei Opfer Nummer drei nicht mehr Verstümmelungen begangen wurden als bei Opfer zwei. All dies spräche nämlich für einen Zusammenhang zwischen Täter und Opfer, der über reine Willkür bei der Auswahl Letzterer hinausging.

Der süßliche Duft aus einer Weißbäckerei ließ Hieronymus in seinen Gedanken innehalten, lenkte seinen Blick auf das geöffnete Ladenfenster, auf dem Backwaren aller Art appetitlich präsentiert feilgeboten wurden.

»Eine süße Versuchung gefällig, der Herr?«, lockte eine dralle Bäckerin mit einem herzlichen Lächeln, die neben dem Ladenfenster stand. »Darf's ein weiches Kipferl oder ein knackiges Semmerl sein? Oder ein Stück von unserem frisch gebackenen Gugelhupf? Ich versprech Ihnen, der ist ein Gedicht.«

Ohne zu zögern, ließ sich Hieronymus dazu hinreißen, sich mit einem süßen Stück Backwerk zu verwöhnen, und kaufte sich ein dreikantiges Stück Gugelhupf.

Die Bäckerin hatte nicht übertrieben – der flaumige Teig zerging ihm förmlich auf der Zunge, der darüber gestaubte Zucker verstärkte das geschmackliche Erlebnis um ein Vielfaches. Im Gehen betrachtete Hieronymus das Stück in seiner Hand, das vermeintlich ohne fremdes Zutun immer kleiner wurde.

Mit einem Mal hielt er inne –

Der Gugelhupf …

Vielleicht stellte dieser die Gemeinsamkeit der Opfer dar? Und damit meinte er natürlich nicht das Backwerk in seinen Händen, sondern das fünfstöckige Bauwerk, das das Volk ob seiner Rundform so nannte und das zum Allgemeinen Krankenhaus gehörte. Als Irrenturm beherbergte es seit 1874 alle Arten von Geisteskranken, die dort behandelt wurden.

Hieronymus seufzte – es half nichts …

Er musste erneut Salomon Stricker aufsuchen.

So wenig Vergnügen es Hieronymus bereitete, schon wieder den Pathologen zu sehen, so verärgert war er nun, dass er ihn im Department für Gerichtsmedizin nicht mehr antraf. Nachdem er auf den Gängen des Instituts einige Männer in weißen Kitteln nach einer hierarchisch übergeordneten Instanz befragt hatte, geleitete man ihn schließlich in den ersten Stock zu Richard Heschl. Der, so instruierte man ihn ebenso ehrfürchtig wie ungefragt auf dem Weg, wurde dereinst Erster Assistent Carl von Rokitanskys, dozierte als Professor in Olmütz und Krakau und leitete gar als Rektor die Universität in Graz, bevor es ihn im letzten Jahr wieder an die Wiener Universität verschlug, wo er nun die Position des Vorstands des anatomischen Instituts samt Museum bekleidete.

Der Raum, in den Hieronymus gebracht wurde, war voll von Regalen aus dunklem Holz, die bis an die Decke reichten und in denen unzählige Glasgefäße in allerlei Größen standen. In den Gefäßen schwammen anatomische Präparate, eingelegt in grünlich, milchigem Formaldehyd. Das alles wirkte auf Hieronymus wie der Baukasten eines wahnsinnigen Ingenieurs, der aus den menschlichen Einzelteilen ein neues, besseres Ganzes zusammenzusetzen gedachte.

Doch anstatt dieses Ingenieurs begrüßte ihn ein eher schmächtiger Mann mit bebrilltem Blick, dessen fliehende Stirn beinahe ebenso groß war wie sein Backenbart dicht.

Hieronymus stellte sich knapp und bündig vor, erklärte, dass er im Auftrag des Polizeipräsidenten hier sei und dass er eine Auskunft bezüglich des ehemaligen Narrenturms benötige.

Heschl hörte geduldig zu, während er in der Kammer des anatomischen Museums auf und ab schritt und dabei genüsslich seine Pfeife rauchte.

»Die meisten Unterlagen die Patienten des Irrenturms betreffend wurden bei dessen Schließung '69 vernichtet.« Er tippte im Sekundentakt auf den dunkelbraunen Pfeifenkopf. »Ich nehme an, das gilt ebenso für die Personalakten.«

Hieronymus runzelte die Stirn. »Und das, obwohl unsere geliebte Monarchie für ihre akribischen Aufzeichnungen bekannt ist? Finden Sie das nicht auch eigenartig?«

»Eigenartig daran ist einzig, etwas Eigenartiges darin suchen zu wollen. Ich vermag nichts derlei zu erkennen, denn um Unterlagen aufzubewahren, bedarf es Platz. Und mit Verlaub, unser schönes Wien platzt doch schon längst aus allen Nähten. Da machen die Prachtbauten am neuen Ring auch keinen Unterschied. Wenn Sie wollen, können Sie aber gern durch unseren Musealkatalog blättern. Darin finden Sie dann sogar einige der Insassen, nun, zumindest deren Präparate.«

»Werde ich gern machen, wenn meine morbiden Neigungen irgendwann die Oberhand gewinnen«, entgegnete Hieronymus mit einem leichten Schaudern beim Anblick der Glasbehälter, bei denen nicht eindeutig zu bestimmen war, ob darin ein Stück Mensch oder Tante Paulas Kirschkompott schwamm.

»Ihr Zugang überrascht mich nicht im Geringsten«, meinte Heschl und zog an seiner Pfeife. »Den meisten

Menschen bleibt es verwehrt, das Schöne im Krankhaften zu erkennen. Doch nur so kann die Medizin Neues erlernen und zum Wohle aller umsetzen.«

Hieronymus nickte gelehrig, auch weil er merkte, dass der Professor sich gerade gerne dozieren hörte und er auf dessen Wohlwollen angewiesen war. »Wer leitete während der letzten Jahre seines Bestehens das Irrenhaus?«

»Von Rokitansky natürlich«, antwortete Heschl mit der Selbstverständlichkeit einer Antwort auf eine dumme Frage. Er klemmte sich das Mundstück der Pfeife zwischen die Zähne und holte seine Taschenuhr heraus. »Wenn Sie sich beeilen, treffen Sie ihn vielleicht noch auf dem Campus«, sagte der Professor, nun wieder in versöhnlichem Ton, während seine Zähne auf dem Mundstück klapperten. »Er pflegt, um die Uhrzeit mit seinem Hund am Campus spazieren zu gehen. Ist immer noch eine stattliche Erscheinung. Von Rokitansky, nicht sein Hund.«

Hieronymus verabschiedete sich mit einem schiefen Grinsen, eilte die weitläufige Treppe hinab ins Erdgeschoss und weiter hinaus auf einen der vielen Innenhöfe des Allgemeinen Krankenhauses.

XIV

Voller Skepsis schnüffelte der Dackel an Hieronymus' Hand, stieß ein gutturales Knurren aus und begann mit dem Schwanz zu wedeln, was aussah, als hätte man ein Metronom zu schnell eingestellt.

»Sie scheinen Giovanni zumindest nicht ganz zuwider zu sein«, meinte von Rokitansky mit spitzbübischem Lächeln.

Hieronymus erhob sich aus der Hocke. »Ich schätze, das beruht auf Gegenseitigkeit. Bei so wilden Jagdhunden muss man immer Vorsicht walten lassen.«

Von Rokitansky nickte wissend. »Was kann ich also meinem alten Marx Gutes tun?«

»Herr Marx hat mich mit der Aufgabe betraut, etwas über die Mordserie herauszufinden, die Wien gerade heimsucht.«

Die graublauen Augen des Freiherrn blitzten auf. »Ah, wo den Opfern die Augen herausgeschält werden? Ich hatte doch den werten Herrn Stricker mit der Obduktion beauftragt. Konnte er noch keine Hinweise finden?«

»Hinweise wohl. Aber die Zusammenhänge sind es, die zu wünschen übriglassen.«

Die beiden Männer setzten sich in Bewegung, während Giovanni ihnen eifrig hinterherdackelte.

»Vielleicht gibt es ja auch keine Zusammenhänge«, mutmaßte von Rokitansky, der den Flanierstock mehr des eleganten Auftretens denn seines Alters wegen zu führen schien. »Haben Sie daran schon gedacht?«

Hieronymus seufzte resigniert. »Natürlich. Und doch vermeine ich, einen solchen hergestellt zu haben. Was mich heute zu Ihnen führt.«

Der Freiherr zog überrascht die buschigen Brauen nach oben. »Dann lassen Sie hören, welches Rädchen ich in der ganzen Geschichte spielen soll.«

»Wir haben derweilen drei Opfer«, begann Hieronymus. »Michael Jaritz, Gehilfe in einem Spezereien- und Delikatessenladen, Ladislaus Pacheleb, einen Tramwayschienenritzenkratzer, und seit gestern Dr. Eugen Gasser. Ach ja, und seine Gattin. Die fand man ebenfalls ermordet an seiner Seite. Doch bei ihr gehe ich davon aus, dass sie sich einfach nur zur falschen Zeit am falschen Ort befunden hatte.«

»Gasser?« Rokitansky blieb wie angewurzelt stehen. »Hat er nicht hier im Krankenhaus gearbeitet?«

»Hat er«, stimmte Hieronymus zu. »Laut Herrn Stricker wurde er bereits vor drei Tagen in seiner Wohnung in der Esslinggasse ermordet, mit dem gleichen Modus Operandi.«

»Schrecklich.«

Giovanni bellte, als wollte er zustimmen.

»Nur leuchtet mir noch immer nicht ein«, fuhr Rokitansky fort, »wie ich Ihnen weiterhelfen kann.«

»Sie waren doch Leiter der Pathologischen Anatomie?«

»Das war ich«, bekräftigte der Freiherr. Sein Blick wurde verklärt. »Nachdem Herr Wagner, mein geschätzter Vorgänger, so unerwartet von uns gegangen wurde, übernahm ich '43 die Leitung, wurde zudem Kustos des Museums und Prosektor*.«

---

* Berufsbezeichnung für den Sezierer, dem auch die Entnahme von Präparaten aus obduzierten Leichen obliegt.

»Also«, begann Hieronymus. »Ich versuchte, den Lebensweg der erstgenannten Arbeiter zu rekonstruieren. Bei Jaritz blieb ich weitgehend erfolglos. Aber Pacheleb hat sich mehr als zehn Jahre lang hier im Irrenhaus verdingt, bis es aufgelassen wurde. Danach im Neuen Irrenhaus am Brünnlfeld.«

»Ach du liebe Güte, das Brünnlfeld«, entfuhr es Rokitansky. »Die haben ab '52 oder '53 all jene aufgenommen, die nicht so schwer dem Wahnsinn anheimgefallen waren – von der Trinksucht verwirrte Geister, Gemütskranke, an Melancholie Leidende. Wir im Gugelhupf hingegen widmeten uns dann hauptsächlich den unheilbaren Irrsinnigen, die an schweren Psychosen litten.«

Die beiden Männer samt Dackel schritten auf das kreisrunde Bauwerk aus roten Ziegeln zu, das einst auf Betreiben Kaiser Josephs II. als fortschrittlichstes und in Europa erstes Bauwerk überhaupt zur Behandlung von Irren geplant und erbaut worden war.

»Pacheleb … Pacheleb …«, murmelte der Freiherr, als würde ihm dies das Durchforsten seiner Erinnerungen erleichtern.

»Ein Bär von einem Mann, wie man mir berichtete.«

Rokitansky zuckte mit den Schultern. »Ich kenne natürlich noch so manchen Namen meiner Kollegen, die hier mithalfen. Doktor von Ofen. Doktor von Pattai. Doktor Mahlknecht. Der von Fechtenberg oder der schrullige Allbach-Retty.« Er stieß ein kurzes Lachen aus. »Meiner Seel'! Heschl hat sicherlich noch all ihre Namen. Aber an einen Pacheleb erinnere ich mich beim besten Willen nicht. Ausschließen kann ich es jedoch natürlich nicht.«

»Von ihm habe ich dokumentiert, dass er hier seinen Dienst versah«, erklärte Hieronymus. »Die Wiener Tramway-Gesellschaft scheint mehr Sorgfalt auf ihre Dokumente zu verwenden als die Stadt, wie mir scheint.«

Der Freiherr hob tadelnd den Finger. »Nun seien Sie mal nicht päpstlicher als der Papst. Ich will Ihnen nichts versprechen, aber soweit ich mich erinnere, gab es ganz oben im Turm einen Raum, in dem einige Kisten voll Akten standen. Vielleicht haben wir ja Glück.«

Hieronymus bedankte sich mit einem Nicken, auch wenn er sich kaum Chancen ausrechnete.

Männer und Hund durchwanderten den durch eine ringförmige Mauer abgeteilten Bereich vor dem Turm, den die Insassen einst als Garten nutzen durften und so vor der rohen Neugierde der Schaulustigen geschützt blieben. Akazien und Kastanienbäume warfen einen sanften Schatten.

Schließlich passierten sie einen torähnlichen Eingang, dessen schweres ehernes Gitter von einem Portier bereits in dem Augenblick geöffnet wurde, als dieser den Freiherrn erspähte.

»Danke, Ludwig«, gab sich Rokitansky jovial und führte Hieronymus durch die gewölbte Vorhalle in den Innenhof des kreisrunden fünfstöckigen Bauwerks.

Diesen Hof durchschnitt ein ebenso hohes Quergebäude und teilte es in zwei Hälften, in dem früher die Wärtersleute und der Portier wohnten, heute nur mehr Letzterer. Die schmucklosen, weiß gekalkten Mauern durchbrachen eine Vielzahl an vergitterten Fenstern.

»Schön hell war es auf den Gängen, wie auch in den einzelnen Kammern«, erinnerte sich Rokitansky. »Jedes Stockwerk beherbergte achtundzwanzig an der Zahl, und alle verliefen entlang der fünf Außenringe, die sie miteinander verbanden.« Sein Blick wanderte zum Dachstuhl, auf den er nun auch mit seinem Flanierstock deutete. »Kommen Sie, wir haben eine ganze Menge Stufen vor uns.«

Mit einer Leichtigkeit, als würde er einen gemütlichen Spaziergang im Grünen unternehmen, ging der Freiherr voraus.

Fünf Stockwerke später hatten sie es schließlich geschafft. Rokitansky atmete zufrieden aus. Hieronymus hingegen war bemüht, sich nicht anmerken zu lassen, wie sehr er außer Atem war.

»Körperliche Ertüchtigung trägt schon in jungen Jahren Früchte«, konstatierte der Freiherr mit einem Zwinkern zu seinem Dackel.

Die beiden Männer durchschritten eine kleine Stube, die das Stiegenhaus mit dem Gang verband, den man mit roten Ziegelsteinen gepflastert hatte.

»Hier drin wohnten die Wärtersleut'«, sagte Rokitansky. »Und da die Kammern nur durch den Gang und der wiederum nur durch eben diese Stube zu betreten ist, vermochte der Wärter verwirrte Seelen schnell wieder einzufangen. Keine schlechte Bauplanung, wie ich meine.«

»Ich dachte, die Irren wären hinter Schloss und Riegel?«

Rokitansky schüttelte den Kopf. »Ein allgemeiner *Irr*-Glaube.« Er lachte ob seines eigenen Wortwitzes. »Anfangs besaßen die Kammern nicht einmal Türen. Erst später wurde offensichtlich, dass es zum Vorteil aller gereichte, wenn man die Kammern mit Türen versperren konnte. Übrigens wurden sie im Winter nach Meißners Methode durch erwärmte Luft geheizt«, erklärte Rokitansky mit Stolz in der Stimme. »Jene Untergebrachten, die sich friedlich und leise verhielten, konnten sich jedoch immer frei bewegen. Manche kamen und gingen gar, wie es ihnen beliebte. Nur die Tobenden wurden mittels Gurten an die Bettstatt gefesselt oder mit Jacken daran gehindert, sich und andere zu verletzen. Die Unreinen schliefen auf Strohsäcken, die man schnell tauschen konnte, und für die epileptischen Kranken hatten die Bettstellen eine niedrigere Höhe, sodass sie sich nicht verletzen konnten, wenn sie aus den selbigen fielen. Sie sehen, hier wurde an vieles gedacht! Die schwersten Fälle hielt man übrigens hier oben fest, im fünften Stock.«

Hieronymus stieg ein Geruch aus feuchtem Kalk und schimmligem Holz in die Nase. Das weiße Mauerwerk bröckelte vielerorts, die Fensterbalken waren morsch. Überall hinterließ das eingedrungene Regenwasser gelblich grüne Flecken. Es schien, als hätte man mit der Verlegung der Kranken auch die Sorgfaltspflicht über das Gebäude abgegeben.

»Welche Erkrankung musste man haben, um hier eingesperrt zu sein?«

Rokitansky fuhr sich durch den Backenbart. »Tobsucht, Phrenitis*, Schwarzgalligkeit, Wahnwitz. All jenes auffällige Verhalten, bei dem die Familie nicht mehr weiterweiß, und wo Aderlass oder Brechmittel keinerlei Wirkung zeigen.« Er schnaubte kurz und voller Unverständnis. »Wie sollen auch Behandlungen des Körpers die Seele kurieren?«

Die beiden Männer waren bei einer Kammer angekommen, die gegenüber dem Stiegenhaus lag.

»Ich denke, hier müsste es sein«, sagte Rokitansky und zog die hölzerne Tür mit dem kleinen Sichtfenster aus

---

* Phrenitis: anhaltender Verwirrtheitszustand mit Fieber;
  Schwarzgalligkeit: schwere Melancholie.

Eisenblech auf. Dahinter stapelten sich Holzkisten, die keinerlei Beschriftung aufwiesen.

»Vielleicht werden Sie hier fündig. Meines Wissens sind das die einzigen noch verbliebenen Unterlagen. Lassen Sie sich Zeit.« Der Freiherr klopfte Hieronymus auf die Schulter. »Genug der Ertüchtigung. Giovanni und ich haben noch etwas zu erledigen, Sie entschuldigen uns sicher.«

»Danke für Ihre Hilfe«, sagte Hieronymus.

»Grüßen Sie mir den alten Marx lieb, wenn Sie ihn das nächste Mal sehen, ja?«

»Das werde ich.«

Rokitansky wollte gerade gehen, als er noch einmal innehielt. »Und lassen Sie sich nicht drängen. Im Dachgeschoss des Quergebäudes ließ sich Kaiser Joseph II. ein eigenes Zimmer einrichten, wo er ungestört seinen Studien nachgehen konnte. Die Irrsinnigen waren ihm also lieber als der lästige Adel, der ihm ständig am Rockzipfel hing.« Er zwinkerte. »Wahnsinn ist also nur eine Frage der Perspektive.«

Hieronymus musste ob der Anekdote schmunzeln. Dann wandte er sich den Kisten zu, worauf sein Schmunzeln augenblicklich erstarb. Er hatte eine ungeheure Menge an Arbeit vor sich.

Das Rauschen des Wienflusses wurde langsam leiser, als Franz den Kanal hinter sich ließ. Im schwachen Schein der Petroleumlaternen trottete er unter dem Nachthimmel entlang des Rinnsals der Wien, bis er zu einer eisernen Leiter kam, die aus dem gemauerten Flussbett hinauf in die Oberwelt führte.

Nachdem er den ganzen Tag im Untergrund verbracht und die letzten Stunden mit dem Hausmeister und seinen

Freunden getrunken hatte, empfand Franz das nasskühle Wetter und den leichten Wind, der ihm den Nieselregen ins Gesicht trieb, wie eine kaum gekannte Erfrischung an Körper und Geist. Kaum hatte er auf das Trottoire einen Fuß gesetzt, reckte er sein Antlitz in den wolkenverhangenen Himmel, wusch sich Hände und Gesicht im Regen und atmete so tief ein und aus, dass ihm schwindelig wurde, nur um das Gefühl zu haben, auch seine Atemwege zu reinigen.

Vereinzelt ratterten Kutschen über die regennassen Pflastersteine an ihm vorbei, schallte Hundegebell aus irgendwelchen Gassen und war hie und da noch ein Bürger unterwegs, den Mantel hochgekrempelt, den Blick auf den Weg vor sich gerichtet.

Trotz aller Jovialität seiner Bewohner empfand er die Lebensverhältnisse der Ärmsten der Armen als dermaßen unwürdig, dass er nicht umhin konnte zu hinterfragen, warum der Herrgott seinen Schäfchen so etwas zumutete. Waren schon die Ziegelbehm mit einem selten harten Los geschlagen – aber dieses wirkte im Gegensatz zu den Strottern tatsächlich wie ein Leben, das erstrebenswert erschien.

Aber es waren nicht nur die Gedanken an das Erlebte, die Franz einen schweren Schädel bescherten. Es war auch die innere Zerrissenheit, die sich seiner bemächtigt hatte, als ihn Anezka gebeten hatte, ihren Gemahl zu suchen. Denn wenn er aufrichtig in den Spiegel blickte, musste er zugeben, dass er für die Frau mehr empfand als die bloße Freude über die gelegentlichen körperlichen Zuwendungen. Seit er vor wenigen Monaten mit ihr im Arm im Schindelwagen aufgewacht war, verspürte er ein wohliges Kribbeln in der Magengegend, wenn sie sich in seiner Nähe befand. Verspürte er Sehnsucht nach ihr, wenn sie es nicht war.

Und obwohl sich Anezka offenbar nicht an den ehelichen Treueschwur gebunden fühlte, so blieb sie doch eine verheiratete Frau, die ihren Mann suchen ließ. Und genau hierbei empfand Franz die Zerrissenheit – er wollte Anezka helfen. Aber tief in seinem Inneren ertappte er sich auch dabei, wie er sich wünschte, Leoš nicht aufzufinden, ihn nicht mehr zu Anezka führen zu müssen und ihm nicht dabei zu helfen, wieder Fuß im Alltag zu fassen. Eine schnöde Notiz von diesem mit dem Wortlaut »Adieu, Anezka, ich versuche mein Glück in der Ferne« wäre das Einzige, was er ihr gerne überbringen würde.

Aber Franz wusste, dass er sich mit derlei Gedanken versündigte. Nicht nur am Herrn, sondern vielmehr an sich selbst, war er doch bemüht, sein Leben redlich und anständig zu gestalten.

Gib zumindest zu, dass du diese aufsässige, fluchende und zuweilen widerspenstige Frau liebgewonnen hast, schrie ihn sein Gewissen förmlich an. Sie und ihre sechsköpfige Brut mit dazu. Aber das würde er nicht zulassen, niemals. Es durfte eben nicht sein, was nicht sein durfte.

Franz stülpte sich den Kragen seines Mantels hoch und schlug den Weg Richtung Süden ein, hinaus aus der Stadt mit ihren lichtbeglänzten Flaniermeilen, der Vorstadt entgegen, die mit ihren gebeugten Dächern und schmutzigen Fassaden zumindest eines war – ehrlich.

XV

Das grosse Bogenfenster gab einen sensationell schönen Blick auf die Festung Hohensalzburg frei, die hoch oben am Festungsberg thronte und über die Stadt unter ihr zu wachen schien. Angestrahlt im weichen orangefarbenen Licht der untergehenden Sonne wirkte das Bollwerk jedoch zart und verletzlich, wie ein riesiges verwundetes Tier, das stoisch seinem unausweichlichen Ende entgegenharrte.

Dem Mann lief eine Träne über die Wange.

Diese war jedoch nicht dem Anblick des Naturschauspiels geschuldet oder den sentimentalen Gedanken, denen er nachhing, sondern vielmehr der Erkenntnis, dass sich sein eigenes Leben dem Ende näherte. Und das nicht, weil sein Körper an die Grenzen des Machbaren gestoßen wäre – seit frühester Jugend ertüchtigte er regelmäßig seinen Leib, rauchte nicht und ernährte sich hauptsächlich von Obst, Gemüse und Fisch. Auch nicht, weil er einer tückischen Krankheit anheimgefallen wäre – während der letzten zehn Jahre hatten ihn nur zweimal die Zähne geplagt, ansonsten kannte er weder Fieber noch Husten.

Der Grund für diese Erkenntnis an jenem wunderschönen Spätsommerabend war, dass er einfach nicht mehr leben wollte. Zu sehr quälte ihn die Pein, die man ihm während der letzten zwei Tage zugefügt hatte. Zu sehr marterte ihn die Angst davor, dass die Tortur schon in der nächsten Minute aufs Neue beginnen könnte.

Zwei Finger seiner linken Hand hatte er bereits verloren, von seiner Rechten war nur der Stumpf geblieben. Des Lichts des linken Auges hatte man ihn beraubt, seinen Oberkörper mit glühenden Eisen und Schnittwunden verheert. Die Füße so oft mit kochendem Wasser verbrüht, dass die Haut an Schienbeinen und Waden in Fetzen herabhing.

Und man hatte ihm versichert, dass dies erst den Auftakt dessen darstellte, was mit ihm geschehen würde.

Nein, François de Flavigny wollte keine Sekunde länger am Leben bleiben. Doch an einen Stuhl gefesselt wusste er auch, dass dies nicht mehr seiner Entscheidungshoheit oblag. Er war seinem Peiniger ausgeliefert, und auch wenn er verstand, dass Fehler, die er in der Vergangenheit begangen hatte, auf seltsam verschlungenen Pfaden zu dieser Tortur geführt hatten, so wies er doch beharrlich jegliche Schuld von sich.

Das Knarren einer Tür verriet, dass jemand das Zimmer betrat. Eine Person schien auf halbem Weg zu ihm stehen zu bleiben, während sich ihm eine andere näherte, bis er ihren Atem über sich wahrnahm.

»Es ist wieder an der Zeit«, raunte die Gestalt. »Wo haben wir heute Mittag aufgehört?«

XVI

MIT EINEM KRACHEN flog die Tür zum Schindelwagen auf. Franz, der bis eben noch selig geschlummert hatte, fuhr auf der ausgeklappten Holzpritsche hoch, die ihm als Nachtlager diente, und griff zu einem Dolch, der daneben lag.

»Ruhig bleiben im Hoserl«, ätzte Hieronymus, ein Blatt Papier in der Hand, das er triumphierend in die Höhe reckte.

Franz ließ den Dolch sinken und rieb sich die Augen. »Wo haben's denn dir eingebrochen? Ich hätte dich beinahe abgestochen.«

»Aber nur beinahe, mein buckliger Freund.«

Franz hob den Dolch wieder. »Ist schnell korrigiert.« Dann gähnte er lauthals. »Nun rück schon raus, was hast du da?«

»Schön, dass du fragst«, meinte Hieronymus und setzte sich zu Franz auf die Pritsche. »Ich habe die ganze Nacht lang Papiere über Papiere gewälzt, habe Listen mit Namen überflogen, Notizen über Irrsinnige und deren Verhalten, Behandlungsversuche –«

»Ich wette, es war so spannend, wie es sich anhört«, sprach Franz mit einem Gähnen. »So fahre dennoch fort.«

»In der vorletzten Kiste wurde ich schließlich fündig!« Hieronymus drückte seinem Freund das Blatt Papier in die Hand. »Michael Jaritz. Hat sich von '65 bis '68 im Gugelhupf als Knecht verdingt. Damit ist der Zusammenhang hergestellt. Der Mörder tötet Personen, die alle vor der Schließung im Irrenturm gearbeitet haben. Über die Knechte gibt es kaum noch Aufzeichnungen. Aber die Doktoren kann man unter Schutz stellen und so den Mörder fangen.«

Franz nickte bedächtig. »Klingt schlüssig. Aber warum die herausgeschälten Augen und die abgeschnittenen Finger?«

Der andere zuckte mit den Schultern. »Vielleicht haben sie etwas angeschaut, was sie nicht hätten sehen sollen. Oder dem Mörder blieb es verwehrt, etwas zu sehen, was er sehen wollte?«

»Vielleicht ebenfalls ein ehemaliger Knecht?«

»Gut möglich, mein Lieber. Ich werde nun Marx darüber informieren. Der soll bei sämtlichen ehemaligen Doktoren des Irrenturms Sicherheitswachen abstellen.«

»Das werden eine ganze Menge sein in der Kaiserstadt. Hast du gut gemacht.«

»Danke. Was gibt's bei dir Neues?«

»Nicht viel. Außer dass mich die Anezka nicht mehr ins Haus lässt, weil sie meint, ich stinke selbst nach einem Vollbad noch wie ein Kanalratz.«

Hieronymus schnüffelte kurz und kräftig. »Nach Rosen duftest du wirklich nicht.«

»Was soll ich machen? Wegen der Anezka war ich überhaupt erst dort unten. Der Gestank kriecht einem förmlich unter die Haut.«

Hieronymus erhob sich von der Pritsche und tätschelte Franz den kahlen Hinterkopf. »Ertrage es wie ein Mann.«

Der hob skeptisch die Braue. »Du meinst mit Schnaps?«

»Na sicher. Mit Schnaps.«

Der junge Mann der Sicherheitswache, der tags zuvor mit hochrotem Kopf beinahe nächtlichen Latrinendienst ausgefasst hätte, betrat ruhig den dunkel getäfelten Raum, salutierte zackig und erstattete ordnungsgemäß Meldung.

Marx winkte ihn an seinen Schreibtisch und nahm das Schriftstück entgegen, das dieser in Händen hielt. »Er kann wegtreten.«

»Sehr wohl«, entgegnete die Wache und verließ wieder den Raum.

Der Präsident der Polizei öffnete das Schriftstück und überflog seinen Inhalt. Dann reichte er es an Hieronymus weiter, der in einem Stuhl vor dem Schreibtisch Platz genommen hatte.

»Zehn Namen«, murmelte er. »Nur zehn Namen?«

»Alle anderen sind entweder tot oder wohnen nicht mehr hier«, meinte Marx. »Ich bin mir sicher, Heschl verbürgt sich für die Richtigkeit der Auflistung.«

»Dann werden Sie veranlassen, dass die Herren Doktoren Personenschutz erhalten?«

Marx nickte.

»Und alle anderen, die im Irrenturm ihren Dienst versahen? Wir wissen ja nicht, auf wen im Speziellen der Mörder sinnt.«

»Zunächst dürfte es ob der fehlenden Unterlagen äußerst schwer sein, alle Personen zu eruieren, die dort jemals ihren Dienst versahen.« Der Präsident seufzte. »Und dann ist da auch noch die Frage der Verhältnismäßigkeit.«

»Sie meinen der Kosten, die ein solches Aufgebot verursacht?«

Marx' Schweigen war Antwort genug.

Hieronymus lehnte sich vor. »Dann kann ich davon ausgehen, dass Sie meinem Gesuch bezüglich František Skorkovský stattgeben?«

»Wenn wir den Mörder dingfest gemacht haben, dann kann er davon ausgehen.«

Hieronymus verstand. Er hatte sich also in Geduld zu üben und zu hoffen, dass der Mörder in die Falle ging. Ansonsten würde er keine Erlaubnis bekommen, im Melderegister nach Karolínas Bruder zu suchen.

»Ich danke für die Zusammenarbeit«, meinte Hieronymus und stand auf, um die Polizei-Direction zu verlassen.

»Ich ebenso. Und –« Marx hielt kurz inne. »Er ist ein recht geschickter Bursch. Wenn er einmal das Bedürfnis verspürt, sein Können unter den Dienst Seiner Majestät zu stellen, dann soll er mich nur benachrichtigen. Ich werde für ihn ein gutes Wort einlegen.«

Hieronymus nickte höflich. »Das werde ich«, sagte er, ohne die Absicht, je auf das Angebot einzugehen. »Das werde ich.«

Unter wohligem Schnauben schüttelte sich Roswitha, während Hieronymus die Stute mit der Bürste in der Hand striegelte. Er ließ seine Gedanken schweifen, hoffte, dass man den Mörder möglichst bald dingfest machen würde und er so vielleicht Karolínas Bruder aufspüren könnte – und in weiterer Folge sie selbst.

Doch so sehr er auch damit zufrieden war, dass es ihm gelungen war, nicht nur eine Verbindung zwischen den Opfern herzustellen, sondern auch potenzielle weitere Opfer vor einem grausamen Tod zu bewahren, so wenig wich das flaue Gefühl in seinem Bauch, dass er etwas übersehen haben könnte …

Was, wenn die vermeintliche Verbindung zwischen den Opfern zwar bestand, diese jedoch nur dem Zufall geschuldet war? Was, wenn morgen wieder ein Mensch gefunden wurde, tot und mit ausgeschabten Augen? Natürlich würde ihn, Hieronymus, niemand dafür zur Rechenschaft ziehen. Aber trotzdem müsste er mit der Gewissheit leben, nicht alles in seiner Macht Stehende unternommen zu haben, um dies zu verhindern.

Er legte die Bürste beiseite, nahm ein Eisen und begann, dem Pferd die Hufe auszukratzen.

Als er Roswithas Pflege beendet und sie zudem noch ausgiebig getätschelt hatte, setzte er sich auf den hölzernen dreibeinigen Schemel vor dem Schindelwagen. Er nahm die gestrige Sonntagsausgabe der »Neuen Illustrirten Zeitung« zur Hand und genoss die Strahlen der Abendsonne, die immer noch kräftig genug waren, um ein sanftes Prickeln auf der Haut hervorzurufen.

Auf der ersten Seite prangte unter dem Titelkopf großflächig ein Entwurf von Josef Hoffmann zu »Rheingold« mit dem Verweis auf den Text im Inneren des Blattes. Auf der nächsten Seite war das Ende des Romans von Heinrich Blechner »Der Sohn des Staats-Kanzlers« abgedruckt, doch Hieronymus fehlte die Muße, den langen Text zu lesen. Schnell blätterte er weiter, vorbei an der idyllischen Abbildung der Burg Deltz an der Mosel, überflog einen wortgewaltigen Beitrag, der »Wiener Frauen-Beschäftigungen« titelte und sich dabei bereits eingangs über einen französischen Feingeist empörte, der mit den Worten zitiert wurde: »Les femmes s'habillent, babillent et se deshabillent!« – Die Frauen ziehen sich an, plappern und ziehen sich wieder aus.

Hieronymus schloss die Gazette wieder, zu oberflächlich und trivial erschien ihm das Gedruckte. Er ließ den Blick über die letzte Seite schweifen, auf der unter anderem über »Verbrechen und Unglücksfälle« und »Entdeckungen und Reisen« berichtet wurde sowie eine Totenliste gedruckt war.

Und eine Schach-Problemstellung.

Die stilisierte Abbildung des Brettes, auf dem nur mehr neun Figuren standen, war untertitelt mit »Weiß zieht an und setzt in 3 Zügen matt«. Darunter waren die Züge einer anderen, gesamten Partie aufgelistet, die im Jahre 1872 in London gespielt wurde und in der Schwarz im achtundvierzigsten Zug aufgegeben hatte.

Mit einem Mal durchfuhr Hieronymus eine entsetzliche Erkenntnis –

Die Zeichenfolge auf dem zusammengeknüllten Stück Papier, das er im Salon von Doktor Gasser gefunden hatte, stellte keine wirre Notiz dar, oder gar eine unbekannte mathematische Formel. Es war ein Schachzug! Er konzentrierte sich, versuchte sich zu erinnern …

»19.Lb2–f irgendwas«

Hieronymus durchsuchte die Zugauflistung des Schachteils der Gazette. Tatsächlich. Es könnte der 19. Zug sein, »L« für Läufer stehen, der vom Feld b2 diagonal nach oben zieht, auf f … f6. Etwas anderes kam nicht in Frage. Er runzelte die Stirn, strich sich fahrig über den Kopf. Versuchte sich die Fotografie in Erinnerung zu rufen, die er vom Ort des Verbrechens angefertigt hatte. Stand auf einer der Kommoden nicht auch ein Schachbrett, die Figuren nicht in Ausgangsstellung, sondern so, als hätte man eine Partie jäh unterbrochen? Er war sich beinahe sicher, dass dem so war. Aber was genau bedeutete das?

Hieronymus sprang auf, sodass der Schemel umkippte.

Der Zettel konnte nur bedeuten, dass jemand Doktor Gasser den Zug zukommen hat lassen, also vermutlich ein Partner, mit dem er Fernschach spielte. Hieronymus begann, im Kreis zu gehen. Und wenn schon? Warum sollte diese Erkenntnis irgendeine Relevanz haben? Doktor Gasser war mausetot. Und wenn schon!

Hieronymus griff sich seine Lodenjacke, die über das hintere Wagenrad hing, und lief los. Er würde die nächste Kutsche, die er erspähte, für den schnellsten Weg zur Wohnung des Doktors entlohnen, und dann –

Dann würde er schon weitersehen!

Nachdem Hieronymus sich mehrmals gegen die verschlossene Tür der Wohnung im zweiten Stock in der Esslinggasse geworfen hatte, hielt er mit schmerzender Schulter inne.

»Geh beiseite, Bürschchen«, knurrte Franz.

Die beiden Freunde hatten sich getroffen, als Hieronymus vor Anezkas Hof auf eine Kutsche wartete. Ohne zu zögern, war der ehemalige Mönch mitgekommen, hatte sich auf der Fahrt hierher erklären lassen, woher die Eile rührte.

Franz trat einige Schritte zurück, zog den Kopf ein und stürzte sich dann mit aller Kraft gegen die Wohnungstür. Diese flog mit dem Krachen von splitterndem Holz auf.

Die beiden Männer eilten durch die Salons. Die Petroleumlampen, die sie in Händen hielten und die sie sich zuvor beim Lohnkutscher gegen ein Entgelt geliehen hatten, ließen scharfkantige Schatten in der dunklen Wohnung tanzen.

Hieronymus und Franz schritten über den dunklen Fleck auf dem Teppich, wo Gassers Frau gelehnt hatte, und suchten dann den Raum ab.

»Hier hat wohl der Doktor gelegen?«, meinte Franz mit Blick auf den zweiten, ebenfalls dunklen Fleck am Boden.

Sein Freund nickte wortlos.

Dann fiel ihr Blick zeitgleich auf etwas: Scheinbar verborgen hinter drei mächtigen Folianten, die auf einer Kommode standen, blitzte das Karomuster eines hölzernen Schachbretts sowie darauf stehende Figuren aus Elfenbein hervor.

Hieronymus eilte hin, versuchte das Gesamtbild der Figurenkonstellation zu erfassen.

»Der weiße Läufer steht auf h6«, sagte Franz. »Dies beweist zumindest, dass deine Annahme zutrifft, dass die Angaben auf dem Papier für das standen, wofür du sie gehalten hast.«

»Wenn Doktor Gasser also tatsächlich mit einem anderen Fernschach gespielt hatte, dann ist es nur wahrscheinlich, dass er sich auch die anderen Züge aufgehoben hat. Du weißt schon, damit nicht die ganze Partie umsonst war, wenn ein Dienstmädchen oder sonst wer in ungeschickter Unachtsamkeit beim Saubermachen eine Figur verrückt.«

Die beiden Männer öffneten Kommoden, durchwühlten Laden und blätterten Fibeln wie Folianten durch – nichts.

Schließlich entdeckte Franz eine kleine hölzerne Schatulle, in deren Deckel die Konturen von Schachfiguren – eines Königs und einer Dame – mit verschiedenfarbigen Furnieren kunstfertig eingelegt waren. Vermutlich diente sie einst zur Aufbewahrung der Spielfiguren, mutmaßte Franz. Er öffnete die Schatulle, und tatsächlich – in ihr befanden sich lauter Notizen, auf denen kryptische Buchstaben und Zahlen geschrieben standen, fein säuberlich nach Zugnummer sortiert. Hieronymus nahm den Stoß heraus und blätterte durch. Kein Hinweis auf den –

Zuletzt lag ein Faltbrief im Stapel, frankiert mit einer roten Fünf-Kronen-Briefmarke, die das Profil Kaiser Franz Josephs zierte. Getrieben versuchte Hieronymus, aus dem Gekrakel darauf den Absender zu identifizieren.

»Dr. Vinzenz von Pattai, Wienergasse, Baden bei Wien, wenn ich mich nicht irre.« Er überlegte. »Von Pattai. Diesen Namen hat auch Rokitansky erwähnt.«

»Allem Anschein nach hat der Doktor also seinen Wohnort nach Baden verlegt.«

Hieronymus und Franz wussten, was das bedeutete: Von Pattai war nicht mehr im Melderegister aufzufinden, weshalb ihm Marx mit Sicherheit auch keinen Schutz zukommen lassen konnte.

»Knapp vier Meilen*«, murmelte Hieronymus, sich nicht darum kümmernd, dass er das alte Längenmaß verwendete – denn seit 1. Jänner dieses Jahres war in der Monarchie das metrische System in Kraft getreten. »Zwei Stunden mit dem Pferd.«

Ein plötzlicher Donner, laut wie ein Kanonenschlag, ließ beide Männer zusammenzucken. Erschrocken blickten sie zum Fenster, wo böiger Wind Regentropfen gegen die Glasscheibe peitschte. Die Nacht hatte einen Sturm mitgebracht.

Hieronymus fluchte innerlich, auch wenn das Wetter nicht von Belang schien. Sie mussten, so schnell sie konnten, zum nächsten Telegrafenamt, um Marx sowie die Gendarmerie in Baden zu verständigen.

---

* Ca. 30 Kilometer.

XVII

Wer reitet so spät durch Nacht und Wind?
Es ist der Vater mit seinem Kind;

WARUM GENAU HIERONYMUS nun Goethes Ballade vom Erlkönig einfiel, wusste er selbst nicht genau. Vermutlich spielten die Nacht, durch die er ritt, der peitschende Regen und die Tatsache, dass es ebenfalls um Leben und Tod ging, eine gewisse Rolle. Wie den Vater in dem Gedicht starrten auch ihn die Bäume an, durch Blitze aus der Finsternis gerissen wie grausame Geister mit spindeldürren Fingern, in der Bewegung erstarrt. Und das Kind, das er sinnbildlich in Armen trug, war wohl die Hoffnung, etwas ausrichten zu können.

Der Grund, warum er sich auf dem Rücken eines Pferdes durch den Sturm kämpfte, bestand einzig darin, dass ihm und Franz die Telegrafenstation mitteilen musste, keine Verbindung mit dem Süden aufbauen zu können. Vermutlich hatte das Unwetter Masten geknickt oder Bäume darauf stürzen lassen und so die Leitungen unterbrochen. Damit wussten beide Freunde, was sie tun mussten. Franz eilte zur Polizei-Direction, um dort Wilhelm Marx über Hieronymus' Vorahnung in Kenntnis zu setzen, während dieser sich ein Pferd lieh und gen Baden ritt, da Franz ob seiner Verkrüppelung nicht so schnell zu reiten vermochte.

Mein Sohn, was birgst du so bang dein Gesicht? –
Siehst, Vater, du den Erlkönig nicht?

Doch, Hieronymus sah den Erlkönig, während ihm der Regen unter das Gewand kroch, eiskalt den Nacken hinunterlief, sich im Schritt auf dem Sattel sammelte, um schließlich in seine Stiefel hinabzurinnen. Und er sah ihn auch vor seinem inneren Auge, als das drohende Unheil, das in Baden seinen teuflischen Plan in die Tat umzusetzen gedachte. Die Ahnung, dass dies heute Nacht stattfinden würde, war natürlich nur Hieronymus' Bauchgefühl geschuldet. Aber welch trefflicheren Zeitpunkt gäbe es, sich an den Qualen eines anderen zu delektieren, als heute Abend, während die Welt im Sturm versank und mit ihr die Schreie des Gepeinigten?

»Ich liebe dich, mich reizt deine schöne Gestalt;
Und bist du nicht willig, so brauch' ich Gewalt.«

Hieronymus' Gedanken verfinsterten sich zusehends. »Bist du nicht willig …« Womöglich ging es dem Mörder nicht um Rache allein. Denn was sollte ihn sonst daran hindern, die Taten hintereinander zu begehen, so schnell er nur konnte? Zwei in einer Nacht, einen Weiteren am nächsten Tag und so fort. Dies würde seine Chancen erheblich erhöhen, unentdeckt zu bleiben, denn bis der Polizeiapparat erst einmal angelaufen käme, hätte er seinen mörderischen Feldzug bereits wieder beendet.

Es musste also einen Grund dafür geben, warum zwischen den beiden ersten Opfern zwei ganze Tage vergangen waren, danach sogar drei, wollte man der Totenbeschau des Pathologen Glauben schenken. Nun waren erneut drei Tage vergangen, es galt also anzunehmen, dass eine neuerliche Tat imminent sei. Dieses vierte Opfer könnte Doktor Gasser vorgegeben haben: Vinzenz von Pattai, ein weiterer Arzt des Irrenturms und – besser noch – nicht in Wien wohnhaft!

Dem Vater grauset's; er reitet geschwind,
Er hält in Armen das ächzende Kind.

Ein feiner Lichtschimmer, der über den Wipfeln der Bäume die regendurchpeitschte Nacht durchbrach, kündete von der nächstgelegenen Stadt. Baden bei Wien. Obwohl das Pferd erbärmlich keuchte und sein Atem in der Kälte des Sturms scheinbar gefror, trat ihm sein Reiter noch einmal in die Flanken, spornte es an, sein Letztes zu geben, so wie er selbst ebenfalls bereit war, das Seine zu tun, koste es, was es wolle. Denn eines wollte Hieronymus mit aller ihm verbliebenen Kraft vermeiden: ein Ende wie in Goethes Ballade.

Erreicht den Hof mit Mühe und Not;
In seinen Armen das Kind war tot.

XVIII

Doktor Vinzenz von Pattai wollte in diesem Jahr seinen fünfundsechzigsten Geburtstag feiern. Ein großes Fest sollte es werden, ein Wiedersehen mit alten Freunden, die er teils eine gefühlte Ewigkeit schon nicht mehr gesehen hatte, eine Zusammenkunft mit ehemaligen Kollegen, die er irgendwann aus den Augen verloren hatte.

Nachdem er vor vier Jahren hier in Baden eine kleine Villa erstanden hatte, um mit seiner Gemahlin Leonore einen geruhsamen und sorgenfreien Lebensabend zu verbringen, waren auch seine sozialen Kontakte geschrumpft, was von Pattai jedoch nicht störte – genoss er doch die lauen Sommerabende auf der Veranda, gemeinsam mit einem Gläschen Sherry und einer Kartenpartie Rummy mit seiner Frau.

Dieser Genuss endete jedoch abrupt, als von Pattai eines Morgens im letzten Herbst aufwachte und Leonore nicht. Offenbar hatte sie der Herr während der Nacht zu sich geholt, und so vereinsamte der Doktor in den folgenden Monaten zusehends.

Doch in diesem Winter sollte alles anders werden. Am zweiten November, seinem Geburtstag, wollte er der Einsamkeit entgegentreten, wollte ein rauschendes Fest veranstalten, an das man sich noch lange erinnern sollte. Und er gedachte, in Folge brachliegende Kontakte aufzufrischen, das hatte er sich und seiner seligen Gemahlin geschworen. Er würde öfter nach Wien reisen, um dort jene Lebensfreude wiederzufinden, die ihm einst innewohnte.

Leonore … er spürte ihre Gegenwart, roch ihr blumiges Parfüm, und –

Ein pochender Schmerz im Kopf zerriss die liebliche Erinnerung, ließ sie in sich zusammenstürzen wie ein Kartenhaus, von dem man geglaubt hatte, es könnte der Ewigkeit trotzen. Wie in Trance öffnete er die Augen, sah seine Beine abgewinkelt unter sich, als gehörten sie jemand anders. Sah den großen Fleck im Schritt, der die Leinenhose dunkel verfärbte. Bemerkte, dass sich seine Handgelenke taub und unbeweglich anfühlten, wohl, weil sie mit Seilen an die Sessellehnen gefesselt waren. Und er erblickte den Schatten einer Gestalt, die hinter ihm stand und die er nur rasselnd atmen hörte.

»Guten Morgen, Sonnenschein.«

Die Worte waren ebenso unpassend gewählt, wie die Stimme klang, die sie aussprach. Krächzend und singend zugleich, wie bei jemandem, der seinen Stimmbändern zu lange zu viel zugemutet hatte oder der in einem Rhythmus Zigaretten rauchte, in dem andere atmeten.

»Was … was geht hier vor sich? Wer sind Sie?«

Er hörte seine eigenen Worte, trocken und kraftlos, gleich so, als hätte sie jemand anders gesprochen, nur mit seinem Mund.

»Einen Schritt nach dem anderen, mein Lieber.« Die Gestalt ging hinter ihm auf und ab, eigenartig leichtfüßig.

»Mein Erspartes«, japste von Pattai. »Sie finden es dort drüben, in der untersten Schublade meines Sekretärs.«

Als Antwort folgte ein tadelndes Schnalzen mit der Zunge. »Geld mag für die meisten Ansporn genug sein im Leben«, sagte die Gestalt. »Doch das, was ich mir so sehnlich wünsche, kann man nicht käuflich erwerben. Das, was ich mir wünschte, wurde mir genommen. Genommen von Menschen wie Ihnen, die meinten, sie handelten im besten Wissen und Gewissen. Und ersparen Sie uns beiden das Erflehen von Gnade und Erbarmen. Ich kann es einfach nicht mehr hören.«

»Bitte …« Von Pattais Stimme wurde rührselig. »So sagen Sie mir, was Sie von mir wollen. Ich habe stets ein redliches, ein christliches Leben geführt, habe den Menschen in meiner Tätigkeit als Arzt geholfen, bin –«

»Oh, ich verneine nicht, dass Sie dieser Überzeugung sind. Doch wissen Sie, mit Überzeugungen ist es so eine Sache – sie sind nur so lange haltbar wie die Sachverhalte, auf denen sie gründen. Die europäischen Kolonialmächte sind sehr wohl der Überzeugung, das Richtige zu tun. Andere Völker zu versklaven, zu schänden und auszubeuten, ist nur so lange haltbar, solange man die anderen als minderwertig und sich selbst darüber gestellt sieht. Fällt dieser vermeintliche Sachverhalt weg, ist ebenso die Überzeugung nicht mehr aufrechtzuerhalten.«

»Sie … Sie sind bei mir eingebrochen, um mit mir über Weltbilder zu philosophieren?« Von Pattai reckte den Kopf nach hinten, um endlich erkennen zu können, wer ihn marterte.

»Mitnichten, mein Lieber. Ich bin gekommen, um Ihr Weltbild zu zerschmettern. Ihr Weltbild und anschließend Sie selbst.«

Die Gestalt trat vor den Gefesselten, gekleidet in einen erdfarbenen Umhang mit Kapuze. Mit ihren behandschuhten Händen griff sie die Kapuze zu beiden Seiten, dann streifte sie diese zurück.

Doktor Vinzenz von Pattai traute seinen Augen nicht.

Vor ihm stand eine große, jedoch fragil wirkende Frau. Die Haut ihres Gesichts war weiß wie Alabaster, als hätte sie noch nie einen Sonnenstrahl erblickt. Tiefe Falten auf der Stirn zeugten von einem Leben voll Gram und die vielen noch helleren Linien von einer Vielzahl an Verletzungen. Trotz ihres geschätzten Alters von Ende dreißig hatte sie bereits schlohweißes Haar, zu einem Zopf geflochten. Ihr linkes Auge wirkte milchig, der Ausdruck auf ihrem Gesicht sah aus wie der von jemandem, dem in seinem Leben so gut wie ausschließlich Leid widerfahren war.

»Ich … kann mich an Sie erinnern«, japste der Doktor. »Sie wurden zu uns gebracht … muss '64 oder '65 gewesen sein.«

Die Frau wartete geduldig, während der Gefesselte sein Gedächtnis bemühte. »Ein nicht alltäglicher Name, eine … Alliteration?« Von Pattai sah der Gestalt in die Augen, dann packte ihn die Erkenntnis. »Adelheid Adalgrimm!«

»Ihre Erinnerung spricht für Sie, mein Lieber.«

»Aber … Warum wollen Sie mir etwas antun, nach all den Jahren? Ich habe mich allen Patienten gegenüber immer redlich verhalten.«

Adelheid lächelte traurig. »So redlich man sich in einer derartigen Situation eben verhalten kann. Aber es sind nicht die gelegentlichen unsittlichen Berührungen meines Körpers, die mich heute hierherbringen. Es sind auch nicht die Versuche, ›Ihr Bestes zu geben‹, um mich von meiner angeblichen Tollheit zu kurieren. Es ist die Überheblichkeit, die Anmaßung von Leuten wie Ihnen, die meinen, nur weil ihnen berichtet wurde, dass eine wie ich dem Wahnsinn anheimgefallen ist, dies widerspruchslos und ohne weiter zu hinterfragen als die Wahrheit anzunehmen und dann dementsprechend zu verfahren.«

»Sie *sind* wahnsinnig!«, entfuhr es dem Doktor.

»Bin ich das?« Adelheid verzog ihr Gesicht, sodass es beinahe albtraumhaft wirkte. »Vermutlich bin ich es heute. Aber das wären Sie auch, mein Lieber, wenn Sie von Ihrem eigenen Bruder im zarten Alter von achtzehn Jahren zu manisch Kranken gesperrt worden wären, zu Angstbesessenen, zu Wüterichen, zu Alkoholkranken. Wenn sich tagsüber die Wärter an Ihnen vergangen hätten und nachts die Insassen.«

»So etwas kam bei uns nie vor!«, empörte sich von Pattai.

»Das kam es«, korrigierte ihn Adelheid. »Wenn auch nur ganz selten, da haben Sie recht. Aber als ich zu Ihnen kam, hatte man mich bereits neun ganze Jahre lang gequält, mich zur Ader gelassen, mit eiskaltem Wasser übergossen, mich erbrechen lassen. Tag für Tag, Woche für Woche, Jahr für Jahr.«

Der Doktor schwieg. Er wusste, wie mit Kranken in anderen Anstalten zu deren vermeintlicher Genesung verfahren wurde.

»Diese Art von Torturen hatte mit meiner Überstellung in Ihr Irrenhaus ein Ende, fürwahr. Und trotzdem war jeder Knecht und jeder Arzt Ihrer Anstalt davon überzeugt, dass etwas mit meinem Geist nicht stimmte!« Sie machte eine kurze Pause, wischte sich eine Träne aus dem milchigen Auge. »Ich schwöre Ihnen, wenn Sie einen beliebigen Menschen aus Ihrer Familie in eine solche Anstalt sperren und die einhellige Meinung herrscht, derjenige sei des Irrsinns, dann kann derjenige sich noch so vernunftbegabt verhalten – Sie würden ihn trotzdem behandeln.«

Von Pattai senkte den Kopf. Er wusste einfach nicht, was er entgegnen konnte.

Adelheid zog aus der Innentasche ihres Umhangs eine Zange und einen Dorn und legte die Werkzeuge neben den Gefesselten auf die Kommode.

»Sagen Sie mir, was ich tun kann, um Sie umzustimmen«, flehte der Doktor mit blankem Entsetzen in den Augen.

Donnergrollen drang von draußen in den Wohnsalon.

»Sich Ihrem Schicksal ergeben«, sprach Adelheid ohne jede Gefühlsregung. »Genau so, wie ich es erlernen musste, über all die Jahrzehnte.«

Sie legte einen Schürhaken ins offene Feuer des Kamins, das behaglich knisterte. Dort verharrte sie regungslos, während leichte Zuckungen ihren Leib durchfuhren. Schließlich wandte sie sich um, einen verklärten Ausdruck im Gesicht.

»Hab keine Angst, mein Junge. Mit dem glühenden Eisen will ich deine Wunden behandeln, damit du nicht gleich verblutest.« Sie sprach die Worte wie eine liebevolle Mutter, die ihr Kind verbinden wollte, das sich leicht in den Finger geschnitten hatte.

Von Pattai schüttelte ungläubig den Kopf. »Adelheid. Was ist mit Ihnen?«

Die strich dem Gefesselten sanft mit dem Handrücken über die Wange. »Keine Sorge, es wird nicht lange dauern. Man gewöhnt sich an den Schmerz, mein Junge, ich weiß das. Ich habe es selbst erlebt.«

Sie griff zur Zange.

Von Pattai rutschte hektisch auf dem Stuhl hin und her. Er wand sich in seinen Fesseln, während ihm Schweißtropfen die Stirn hinunterliefen.

»Normalerweise würde ich dir nun einen Knebel in den Mund stopfen. Aber dank des Gewitters wird dies nicht nötig sein. Du darfst also so laut schreien, wie dir zumute ist. Und glaube mir auch das, mein Junge: Es hilft sogar ein wenig.«

Adelheid ging um den Doktor herum. Sie kniete sich hinter ihn, setzte die Zange beim ersten Gelenk des kleinen Fingers an, verharrte erneut regungslos.

Dann drückte sie mit aller Kraft zu.

Hieronymus zügelte das Pferd, sprang von ihm ab. Er hatte die Esslinggasse in Baden erreicht. Mit einer schnellen Schlinge um einen Pfahl band er das Tier fest, dessen ganzer Körper so stark dampfte, dass es wirkte, als würde in ihm ein Feuer lodern.

Dann stampfte er die Gasse entlang, schnellte mit seinen Blicken zwischen den niedrigen Häusern hin und her, die ob ihrer opulenten Bauweise alle bezeugten, dass in ihnen vermögende Herrschaften wohnten. In den meisten brannte kein Licht, Fenster und Spalten zwischen zugezogenen Vorhängen waren stockfinster. Auch waren die wenigen Namensschilder an den Eingängen der vorgelagerten Gärten aufgrund der schwachen Gaslaternen kaum zu entziffern.

Hieronymus wurde immer banger zumute. Trotzdem er völlig durchnässt dastand, spürte sich seine Kehle trocken an, seine Hände zitterten, aber nicht aufgrund der Kälte. Er beschleunigte seine Schritte, wirkte wie ein Volltrunkener, der sich seinen Weg nach Hause ertorkelte. Was sagte ihm sein Bauchgefühl? Wo nur sollte er zu suchen beginnen?

Im ersten Stock einer kleinen Villa brannte Licht in einem der Zimmer. Hieronymus hastete zum Gartentor, suchte das Namensschild. »Dr. Vinzenz von Pattai & Leonore«. Er hielt einen Augenblick lang inne.

Bewegte sich dort oben jemand? Zumindest nicht merklich.

War etwas zu hören? Nichts außer dem prasselnden Regen und das Donnergrollen in der Ferne.

Sei's drum, dachte sich Hieronymus. Er kletterte über das schmiedeeiserne Tor und lief den gepflasterten Weg zum Haus, der leicht anstieg und so Unmengen an Regenwasser ihm entgegenlotste.

Knapp zwei Schritte bevor Hieronymus das Haustor erreicht hatte, rutschte er auf den nassen Pflastersteinen aus, fiel hin und stauchte sich das rechte Handgelenk. Ein stechender Schmerz durchfuhr seinen Arm bis zum Ellbogen, doch für Befindlichkeiten hatte er im Moment keinen Platz. Er rappelte sich wieder auf, betätigte völlig außer Atem den Türklopfer.

Adelheid zog den eisernen Dorn zurück. Der linke Augapfel des Doktors wurde trüb und füllte sich mit Blut. Sein Kopf zuckte hin und her, seine Atmung ging stockend, als könnte er sich nicht entscheiden, ob er Luft holen oder schreien wollte.

Die Frau legte den Dolch zur Seite und setzte sich auf einen Stuhl, den sie gegenüber ihrem Opfer aufgestellt hatte.

»Ich weiß, die ersten Minuten sind ausgesprochen quälend«, sagte sie, erneut mit einem liebevollen Klang in der Stimme, und deutete auf ihr eigenes milchiges Auge. »Da versucht man sein Bestes zu geben, und verursacht doch nur Leid und Schmerz. Die Ironie der Medizin.«

Ihre Worte klangen ehrlich, in ihrem Gesicht suchte man vergebens Anzeichen von Hohn, Spott oder Befriedigung. Beinahe schien es, als würde sie die Tortur des anderen selbst quälen.

»Es ist jedoch erstaunlich«, fuhr sie fort, »was der Mensch zu ertragen fähig ist. Wie man lernt, mit Schmerzen und Qualen umzugehen, selbst wenn man weiß, dass die Zukunft keine Besserung bringen wird. Ich gestehe, dass ich mir mehr als einmal den Tod herbeigesehnt hatte. Jenen Zustand wiedererlangen wollte, der mich umfing, bevor ich ohne meinen Willen in den Schoß dieser Welt gepresst wurde. Darin zumindest sind wir mit allen anderen Lebewesen gleich – man kommt und man geht und dazwischen bildet man sich ein, etwas tun zu müssen, etwas bewegen oder verändern zu können, etwas Bedeutungsvolles. Von der Ameise bis zum lieben Kaiser. Und doch ist dies alles nur ein Trugbild, eine Täuschung, streng genommen sogar nur eine Lüge. Verstehst du, was ich meine, mein Junge?«

Von Pattai röchelte, schien jedoch langsam wieder zu Sinnen zu kommen.

»Ja, ich glaube zu wissen, was du meinst.«

Adelheid erhob sich, nahm den Schürhaken aus der Glut. »Wer erinnert sich schon an irgendeinen Menschen, der vor Tausenden von Jahren irgendetwas erfunden hat? Hätte er es nicht getan, würden wir heute vielleicht anders leben. Sinnerfüllender ist unser Dasein jedoch trotzdem nicht, auch wenn wir die Fähigkeit erlangt haben, uns derart kapriziöse Fragen stellen zu können.«

Mit einem Mal presste sie das glühende Eisen auf des Doktors Schulter.

Der schrie auf, während sich der Geruch von verbrannter Baumwolle und gegrilltem Fleisch ausbreitete.

»Das sind wir in Wahrheit«, meinte Adelheid. »Ein Haufen schmerzerfüllten Fleisches, das sich ab einem gewissen Grad nichts sehnlicher wünscht, als nie gewesen zu sein. Und je eher du das verstehst, mein Junge, desto eher kannst du loslassen.«

Sie legte den Haken zurück in den Kamin, seufzte.

»Erbärmlich sind wir, weil wir uns sträuben, dies zu akzeptieren und danach auch zu handeln. Wie würde unser aller Leben wohl sein, wenn wir unseren Mitmenschen jenes Leben ermöglichen, das wir selbst gerne führen würden? Stattdessen quälen wir uns, zerhacken, zerteilen, vergewaltigen, erschießen wir uns, sprengen uns in die Luft für jene hehren Ziele, die man uns vorgaukelt, dass sie es wert sind. Für Reichtum und Glück! Für die Ehre! Für Gott und Vaterland!«

Adelheid spie die letzten Worte förmlich aus. Dann schien sie zu erkennen, dass sie sich in ihre Gedankenwelt verstrickt hatte. Sie schüttelte mehrmals den Kopf, während ein eigentümliches Lächeln ihre Mundwinkel umspielte.

»Es ist schön zu erfahren, wie es ist, wenn einem jemand zuhört. Aber es hilft alles nichts, mein Junge.« Sie zuckte unschuldig mit den Schultern. »Die restlichen Fingerchen schneiden sich nicht von allein ab.«

Sie griff erneut zur Zange.

Ein Klopfen an der Haustür!

Adelheid runzelte die Stirn, die von kleinen Narben übersät war. Sie schien zu überlegen, dann veränderte sich ihr Antlitz, weg von der liebenden Mutter, hin zu der, als die sie gekommen war. Seit sie vor zwei Tagen begonnen hatte, das Haus des Doktors zu beobachten, hatte er keinen einzigen Menschen empfangen, vom Milchjungen abgesehen.

Ein erneutes Klopfen, diesmal energischer. Beinahe anklagend, kam ihr in den Sinn. Aber wer würde einem bei solch einem Hundewetter freiwillig einen Besuch abstatten?

Sie warf sich den Umhang um, schob die Kapuze auf den Rücken, verließ den Raum, den eisernen Dorn in der rechten Handfläche versteckt.

Hieronymus war gerade im Begriff, das Rankengitter an der Hauswand hochzuklettern, als er vernahm, wie von innen die Tür entriegelt wurde –

Sich einen Spaltbreit öffnete –

Und sich das Gesicht einer Frau mit schlohweißem Haar aus der Finsternis schälte.

»Sie wünschen?«, fragte sie mit rauer Stimme, bemüht, ein Lächeln aufzusetzen.

»Gestatten, Hieronymus Holstein«, stellte dieser sich vor, immer noch nach Luft ringend. »Ich möchte zu Herrn von Pattai.«

»*Doktor* von Pattai ruht gerade in seinem Arbeitszimmer«, gab die Frau in aller Ruhe vor. »Ich denke nicht, dass er zu solch später Stunde noch jemanden empfängt. Wenn Sie vielleicht morgen wieder –«

»Hören Sie«, unterbrach sie Hieronymus. »Es geht um Leben und Tod. Und damit meine ich sein Leben.«

Die Frau musterte ihn von oben bis unten, bevor sie mit kurzem Blick zu prüfen schien, ob sich außer dem nächtlichen Störenfried sonst noch wer auf dem Grundstück befand. Dann öffnete sie die Eingangstür ganz. »So kommen Sie doch bitte herein, um Himmels willen! Sie sind ja völlig durchnässt.«

»Tut mir leid, war ein weiter Weg, den ich geritten bin«, meinte Hieronymus und betrat den Vorraum, von dem aus eine geschwungene Treppe in den ersten

Stock führte. Dorthin, wo das warme Licht einer Lampe erstrahlte.

»Folgen Sie mir, Herr Holstein.« Sie ging voraus, setzte bedächtig einen Fuß vor den nächsten, ungeachtet dessen, wie eilig es der Gast hinter ihr hatte.

Als sie die Balustrade erreicht hatten, erhob die Frau die linke Hand. »Wenn Sie hier warten möchten, ich werde Sie ankündigen.«

Sie verschwand in dem Raum, aus dem das warme Licht fiel.

Hieronymus nickte verständnisvoll, auch wenn ihn irgendetwas, was zu benennen er nicht fähig war, an der Frau irritierte ... Jedoch nicht ihre weißen Haare, die so gar nicht zu ihrem Alter zu passen schienen. Oder das milchige Auge, auf dem sie vermutlich blind war. Es war etwas an der Art und Weise, wie sie sich bewegte, angespannt, gleich ob sie jeden Augenblick einen Schlag oder Tritt erwartete und diesem zuvorkommen wollte. Wie ein Hund, der nur Prügel kannte und der immer zurückzuckte, auch wenn man ihn nur streicheln wollte.

Gemurmel drang aus dem Raum. Dann rief die Frau mit krächzender Stimme: »Sie mögen eintreten, Herr Holstein!«

Als Hieronymus den Salon betrat, umfing ihn die wohlige Wärme des flackernden Kaminfeuers, in dem ein Schürhaken steckte. Die Frau begegnete ihm mit einem Lächeln, wies ihn mit der Hand, zu seiner Rechten zu blicken –

Wo ein Mann an einen Stuhl gefesselt saß, einen Knebel im Mund. Der Teppich um ihn mit einer dunkelroten Lache vollgesogen, darauf abgezwickte Finger. Aus dem linken Auge des Mannes lief Blut.

Hieronymus fuhr herum, spürte noch, wie ihn eine eherne Stange am Hinterkopf traf und er zu Boden fiel, während gleißendes Licht ihm die Sicht raubte …

XIX

GÄNZLICH DURCHNÄSST SCHÄLTE Franz sich Hemd und Hose vom Leib, hängte die nassen Kleidungsstücke auf Stuhllehnen. Danach stellte er sich nackt vor den eisernen Ofen, in den er gleich bei seiner Rückkehr einige Scheite Holz nachgelegt hatte, und genoss die brennende Hitze auf Oberschenkeln, Wanst und Händen – und natürlich auch am Gemächt.

Zögerlich wurde die Tür in den Raum geöffnet. Anezka streckte ihren Kopf durch den Spalt, die Augen nur halb offen, die Haare durcheinander, als hätten Vögel darin genistet.

»Franz?« Ihre Stimme klang heiser.

»'tschuldige, ich wollte dich nicht wecken.«

»Wie spät ist es? Wo ist Herr Holstein?«

»Schon weit nach Mitternacht«, antwortete Franz und

drehte dem heißen Ofen den Rücken zu. »Hieronymus musste auf schnellstem Weg nach Baden reiten, und ich war auf der Polizei-Direction, um zu berichten, was wir herausgefunden haben. Allerdings wollte mich dann niemand nach Baden mitnehmen, so bin ich zu Fuß hergegangen, weil selbst den Fiakern der Sturm zu stark erschien. War ein zauberhafter Nachhauseweg.«

Anezka tapste aus ihrer Schlafstube, eine Decke um Schultern und Leib gewickelt.

»Pass bloß auf, dass du dir keine Verkühlung einfängst«, sagte sie schlaftrunken und setzte sich an den grob gezimmerten Esstisch, der in der Mitte des Raumes stand.

»Ach, Unkraut vergeht nicht«, meinte Franz mit einem Schmunzeln. Dann schnappte er sich von seiner Bettstatt ebenfalls eine Decke, die er sich um den Körper wickelte, und setzte sich zu Anezka an den Tisch. »Mit etwas Glück endet unsere Suche nach dem Mörder, der seinen Opfern die Augen rausschält, heute Nacht.«

Die Vermieterin holte unter dem Tisch eine Flasche Schnaps und zwei Becher hervor. »Schluckerl Sliwo? Wärmt dich von innen.«

Franz nickte. Dann nahm er den Becher, trank gleichzeitig mit der Gastgeberin.

»Ich glaube, Anezka hat sich noch nicht richtig bei dir bedankt, dass du all diese Mühsalen auf dich nimmst, um den Leoš zu finden. Also děkuji. Danke.«

Franz wiegelte ab. »Die Kinder brauchen ihren Vater.«

Anezka prustete aus. »Da hast du teilweise recht. Sie brauchen *einen* Vater. Aber ob dies das besoffene Mannsbild von Leoš ist, bezweifle ich. Anezka kann sich kaum mehr erinnern, wann er das letzte Mal Zeit mit ihnen verbracht hat.«

»Ich meine, er tut trotzdem, was er kann. Nach allem, was ich mir angehört habe, ist die Arbeit in der Ziegelei keine leichte.«

»Welche Arbeit ist das schon? Es geht doch nur darum, wie sehr sich einer bemüht. Und in den letzten Jahren war Leoš nur bemüht darin, sich um den Verstand zu saufen.«

Franz wollte etwas entgegnen, aber er wusste nicht, was. Schließlich fasste er sich ein Herz. »Schau, vielleicht kommt der Leoš ja schon morgen bei der Tür reinspaziert und offenbart, dass er eine neue Anstellung gefunden hat, eine, die ihm erlaubt, mit weniger Plackerei mehr zu verdienen. Und dass er daher auch wieder mehr Zeit mit dir und den Kindern verbringen kann.«

Sie tätschelte Franz die Hand. »Du hast das Herz am rechten Fleck, Franziskus Rudolphi, auch wenn Anezka glaubt, dass du nicht ganz richtig im Schädel bist. Derlei Dinge geschehen nur im Märchen.«

Franz trank den Becher leer. »Man soll die Hoffnung nicht verlieren. Sonst ist man verloren, das zumindest weiß ich gewiss.« Er stand auf, gab Anezka einen Kuss auf die Stirn. »Schlaf gut. Morgen schaut die Welt schon wieder anders aus.«

Anezka löschte die Funzel. Dann stand auch sie auf, ging zu Franz' Bettstatt, legte sich neben ihn und drückte sich an ihn.

»Damit dir nicht so schnell wieder kalt wird, darfst du Anezka noch im Arm halten.«

Franz brummte seine Zustimmung, tat, wie ihm geheißen, und war Augenblicke später bereits eingeschlafen.

XX

»Guten Morgen, Sonnenschein.«

Die Stimme der Frau, rau und krächzend.

Hieronymus hob den Kopf, der ihm dröhnte, als würde darin Trommel gespielt werden. Für einen Augenblick wusste er nicht, wo er sich befand oder was ihm widerfahren war. Die Frau. Der Gefesselte. Der Schlag auf den Kopf. Nun ergab alles wieder Sinn. Auch dass er gegenüber dem Doktor saß und ebenso gefesselt war wie dieser.

»Sagen Sie nicht, Sie seien hier mit Absicht hergekommen.« Sie hatte sich an den Kaminsims gelehnt, ein Glas Sherry schwenkend in der Hand.

»Oh, das bin ich aber«, gab Hieronymus zu. »Und meine Verstärkung wird jede Minute hier eintreffen.«

Die Frau hob überrascht die Augenbrauen. »In der Tat? Ich frage mich nur, warum Sie mir das erzählen.«

Hieronymus schwieg.

»Aber selbst wenn in diesem Augenblick ein Dutzend Gendarmen den Garten da unten stürmen würden, bliebe mir noch genügend Zeit, um sowohl den Doktor als auch Sie zu töten.« Sie machte eine kurze Pause. »So wollen wir drei übereinkommen, uns ab sofort nur mehr die Wahrheit zu sagen, ja? Das Leben ist zu kurz für Lügen, Herr –«

»Holstein. Hieronymus Holstein.« Er nickte zustimmend. Der Doktor tat dies ebenfalls, wenn auch schwach.

»Mein Name ist Adelheid. Ich frage also erneut: Warum sind Sie hier, Herr Holstein?«

»Um ihn zu warnen«, sagte Hieronymus mit Blick auf von Pattai. »Und um Sie aufzuhalten.«

Die Augen der Frau verengten sich zu Schlitzen. »Gefunden haben Sie mich, und dafür zolle ich Ihnen Respekt. So wie Sie jedoch auftreten, stehen Sie nicht in polizeilichen Diensten.«

»Ich stehe, jedoch nur kurzzeitig. Um einen Gefallen zu erhalten.«

»Ah! Eine Hand wäscht die andere, die Grundlage unserer schönen Monarchie. Ein Gefallen ist das dann aber keiner, es ist ein Geschäft. Quid pro quo.« Sie entspannte sich wieder. »Natürlich geht das für einen selbst nur so lange gut, wie man etwas einzusetzen hat. Misst man den Einsatz, ist man mutterseelenallein.«

»Ist die Welt nicht ein grausamer Ort?«, spottete Hieronymus und bereute es, noch bevor ihm die Frau dafür mit der Zange auf die rechte Hand schlug.

Hieronymus schrie auf.

»Wie ich sehe, haben auch Sie etwas eingebüßt«, stellte sie überrascht fest, als sie bemerkte, dass dem Gefesselten der kleine Finger der rechten Hand fehlte.

»Nicht nur Sie haben Ihren Rucksack an leidvollen Erinnerungen zu tragen.«

»Dann hoffe ich, dass dies nicht bloß einem Unfall mit einer Gerätschaft oder einer trunkenen Rauferei geschuldet ist. Sondern etwas, an dem Sie wachsen konnten.«

Hieronymus atmete tief durch. »Etwas, was mich gebrochen hat.«

Adelheid schien überraschend berührt von der Antwort. »Aber etwas, was Sie zu überwinden imstande waren?«

»Den gewaltsamen Tod eines geliebten Menschen kann man nicht überwinden. Man kann nur lernen, mit dem Schmerz zu leben.«

Die Frau legte die Zange beiseite, holte sich einen weiteren Stuhl und setzte sich mit dem Rücken zum wärmenden Kaminfeuer. »Auch wenn Sie es mir nicht glauben, Herr Holstein, aber das tut mir aufrichtig leid für Sie. Und Sie müssen mir glauben, dass alles, was heute Nacht noch folgen wird, nichts mit Ihnen zu tun hat.«

»Ich fürchte den Tod nicht«, sagte er und meinte jedes Wort.

»Dann kann ich Ihnen versprechen, dass es schnell vonstattengehen wird. Ich würde Sie ja am Leben lassen, aber ich habe noch nicht erreicht, was ich mir vorgenommen hatte. Zumindest noch nicht alles. Der Doktor hier ist nur eine weitere Perle auf einer Kette, die mir einst den Hals zuschnürte, und die ich nun Schmuckstück für Schmuckstück auflöse. Symbolisch gesprochen, natürlich.«

Hieronymus beobachtete die Frau, während sie sprach, beobachtete, wie sie sich gab und bewegte. Eine tiefe Unsicherheit schien ihr innezuwohnen, eine unendliche Verletzlichkeit, die wohl aus erlebtem Grauen herrührte. Sie entsprach in keinster Weise dem Bild, das er sich über den Täter gemacht hatte. Neben der Vielzahl an kleinen Narben in ihrem Gesicht fielen ihm zwei besonders auf, vermutlich, weil sie symmetrisch verliefen, entlang des Nasenbeins und direkt auf das jeweilige Auge zu. Eine Sache konnte er aber jetzt schon mit Sicherheit erkennen: Sein Gegenüber war ebenso Opfer wie Täter. Die Frage war nur, wie sie dazu werden konnte.

»So erzählen Sie mir doch«, bat er. »Warum ist der Doktor eine solche Perle? Wie kann es sein, dass jemand wie Sie –«

»Ein Frauenzimmer wie ich, meinen Sie?«

»Ja. Dass jemand wie Sie solchen Schrecken verbreitet. Wenn Sie mich heute Nacht töten, dann ist es doch einerlei, welches Wissen ich ins Nichts mitnehme, oder nicht?«

»Ins Nichts? Das klingt nicht gerade nach einem Jünger der katholischen Lehre.«

»Die katholische Lehre ist Brot und Spiele für die Armen und Hoffnungslosen.« Hieronymus' Miene blieb unbewegt. »Aber es soll jeder nach seiner Façon glücklich werden.«

Ein feines Lächeln umspielte die schmalen Lippen der Frau und ließ weitere kleine Narben auf ihren Wangen zum Vorschein kommen.

»Wenn Sie es wünschen, warum nicht.« Sie trank einen Schluck Sherry. »Ich entstamme einer begüterten Familie aus Salzburg. Mein Vater verstand es, mit geschickten Investitionen in verschiedene europäische Eisenbahnen ein Vermögen zu machen. Und anders als vielen seiner Zeitgenossen bereitete es ihm Freude, seinen Wohlstand auch mit mir und meiner Mutter zu teilen. Doch Mama verstarb an der Grippe, als ich fünf Jahre alt war.«

Sie machte eine kurze Pause, nippte am Sherry.

»Erst neun Jahre später sollte Vater erneut heiraten, eine Französin namens Claire de Flavigny. Anders als ich Mama in Erinnerung hatte, war diese Frau kühl und unnahbar, selbst zu ihrem eigenen Sohn François. Doch gerecht war sie allemal. Nie hatte ich das Gefühl verspürt, sie würde mir ihren eigenen Sohn vorziehen. Gleich nach meinem sechzehnten Geburtstag starb Vater bei der Explosion eines Dampfkessels, ein Jahr darauf meine Stiefmutter. Sie fiel einfach tot um. So blieben nur François und ich übrig, und auch wenn ich mich nie besonders gut mit meinem Stiefbruder verstand, so hatte ich doch das Gefühl, dass wir zusammenhalten sollten, nachdem unsere Familie so sehr geschrumpft war.«

Adelheid rang nach Atem, schien sich selbst beruhigen zu wollen.

»Eine Zeitlang ging es mir gesundheitlich immer schlechter, ich musste fast jede Nahrung hinausspeien, hatte Fieber und war oft tagelang nicht ansprechbar. Doch dank der Fürsorge meiner lieben Gouvernante befand ich mich langsam auf dem Weg der Genesung, bis sie eines Tages nicht mehr ihren Dienst antrat und für immer verschwunden blieb. Eine Woche vor meinem achtzehnten Geburtstag war es schließlich so weit. François –«

Ihr versagte die Stimme. Adelheid trank einen Schluck Sherry, sah starr an Hieronymus vorbei, zum Fenster hinaus in die regendurchpeitschte Nacht.

»François, der zwei Jahre älter war als ich, ließ mich mitten in der Nacht mit einer Kutsche in ein Irrenhaus bringen, das irgendwo am Land lag. Ich erfuhr, dass er die dortigen Leiter bestochen hatte, damit sie dafür sorgten, dass ich nie wieder entlassen würde. So wurde er zum alleinigen Erben des Vermögens meines Vaters. Und ich, die sich nichts sehnlicher wünschte, als wieder frei zu sein, und nicht wohlhabend, blieb hinter Schloss und Riegel, eingepfercht mit Leuten, deren Verhalten der Bezeichnung ›Irrsinn‹ auch gerecht wurde.«

Trotz seiner misslichen Lage empfand Hieronymus ehrliches Mitleid mit der Frau, der das Leben auf so schicksalhafte Weise grausam mitgespielt hatte.

»Das tut mir aufrichtig leid«, sagte er schließlich. »Ich verstehe Ihren Groll, Ihr Ansinnen auf Rache. Doch sehe ich Ihren Stiefbruder in der alleinigen Verantwortung, niemand anders. Und da Sie nun frei sind –«

»Frei?«

Adelheid schrie das Wort förmlich hinaus, wieder jenen seltsam entrückten Ausdruck im Gesicht, der ihr innegewohnt hatte, just bevor Hieronymus an die Tür geklopft hatte.

»Wie könnte ich jemals frei sein, mein Junge? In deiner Welt werde ich nach wie vor gejagt!« Sie tippte sich auf den Kopf. »Und in meiner Welt werde ich auch niemals frei sein!«

Hieronymus sah die Frau irritiert an, die nun so ganz anders wirkte als die melancholische Person, die sie noch vor wenigen Augenblicken war. »Aber wenn Sie Doktor von Pattai töten, wird Ihnen das auch nicht weiterhelfen.«

»Da hast du recht, mein Junge«, stimmte Adelheid zu. »Aber bestrafen kann ich ihn für seine Untaten, wie dies jede Mutter tun würde, wenn sich ihr Balg ungezogen verhielt. Ihn und anschließend diesen –«

In dem Augenblick schoss von Pattai in die Höhe, der irgendwie die linke Hand aus den Fesseln an der Lehne hatte befreien können. Mit der Rechten schwang er den Stuhl mit aller Kraft gegen seine Peinigerin, die mit einem spitzen Schrei getroffen zu Boden fiel.

Der Stuhl zerbrach in seine Einzelteile.

Mit der rechten Hand packte der Doktor nun Adelheid an den weißen Haaren, zerrte sie zum offenen Kamin und drückte ihren Kopf mit dem Gesicht nach unten ins Feuer, einen infernalischen Schrei ausstoßend.

In einer hellen Stichflamme verbrannten ihre Haare, verbreiteten einen sengenden Gestank. Doch von Pattai ließ nicht ab von ihr, ungeachtet dessen, dass ihm die eigene Hand ebenfalls verbrannte.

Erst als Adelheids Gewimmer verstummte und sie sich nicht mehr regte, zog er die Hand zurück, schien sich erst jetzt gewahr zu werden, was er getan hatte.

Der süßliche Geruch verbrannten Fleisches erfüllte den Salon, während auf dem Umhang der Frau feine Flämmchen tanzten.

Hieronymus ließ sich samt Stuhl zu Boden fallen, konnte den Dorn greifen und mit ihm als Hebel seine Fesseln lösen.

Er packte Adelheid bei den Beinen und zog sie aus dem Feuer, riss ihr den Umhang vom Leib und schleuderte ihn in den Kamin.

Schwer atmend stand er da, eine Leiche samt verkohltem Kopf zu seinen Füßen. Ihm gegenüber, zusammengesackt am Boden, der bewusstlos gewordene Doktor. Seine Linke bestand nur noch aus Stummeln, die andere Hand wirkte wie ein Stück Wurst, das man zu lange ins Lagerfeuer gehalten hatte. Und von seinem linken Auge war nichts mehr als ein roter Fleck geblieben.

Erschöpft ließ Hieronymus sich auf den Sessel fallen, erkannte niedergeschlagen sein Versagen bei der vermeintlichen Rettung. Während der Umhang knisternd im Kamin verbrannte, trank er den Sherry, den Adelheid sich geholt hatte, auf ex aus.

XXI

EINE BAHRE MIT dem darauf liegenden und notdürftig ver-
arzteten Doktor von Pattai wurde gerade von zwei Hel-
fern aus dem Salon getragen, als Marx mit ernster Miene
an Hieronymus herantrat, der immer noch auf dem Stuhl
saß, den Blick starr.

»Er hat sich tapfer geschlagen, das muss ich ihm lassen«, meinte der Präsident, diesmal ohne seine Anerkennung zu verhehlen.

Der Angesprochene nickte müde. »Und doch bin ich
viel zu spät gekommen.«

»Ich würde sagen, er ist gerade noch rechtzeitig erschienen. Von Pattai wird es vermutlich überleben. Und die
Mörderin hat bekommen, was sie verdiente.«

Hieronymus blickte zu seinen Füßen, wo immer noch
der Leichnam Adelheid Adalgrimms lag. Er war sich nicht
mehr so sicher, ob diese Behauptung zutraf. Sicherlich war
es unentschuldbar, auf solch einen Rachefeldzug zu gehen.
Wenn dies ein jeder täte, würde die Gesellschaft, wie man
sie kannte, aufhören zu existieren. Andererseits mussten
zum Glück auch nur die wenigsten ein solches Füllhorn
an Qualen und Torturen über so viele Jahrzehnte durch-
leben wie sie. Und wer wusste, was Jaritz und Pacheleb
und womöglich auch der Doktor der Frau tatsächlich
angetan hatten.

»Mit der Gewalttätigkeit ihrer Taten hat sie uns gehörig an der Nase herumgeführt«, meinte Marx. »Und ich
gebe ohne Umschweife zu, niemals ein Weibsbild solch

scheußlicher Vergehen beschuldigt zu haben. Es soll mir eine Lehre sein.«

»Wen sie wohl als Nächsten aufgesucht hätte?«, murmelte Hieronymus mehr beiläufig, während er seinen Schnurrbart zwirbelte.

Marx zuckte mit den Schultern. »Wen interessiert es? Der Kriminalfall ist hiermit geschlossen. Die Mörderin wird in einem Armengrab verscharrt und hat damit hoffentlich auch ihre selige Ruhe gefunden.«

Zwei Gendarmen traten an Marx heran, fragten ihn etwas, der nickte. Dann packten sie Adelheid an Schultern und Beinen und hoben sie hoch, um sie fortzutragen.

»Halten Sie einen Augenblick ein!«, rief Hieronymus den beiden zu, die überraschend gehorchten.

Er stand auf, ging zur rechten Seite der Frau und schob ihr den Rock Richtung Hüfte hoch. Die beiden Wachmänner schauten unsicher zu Marx, der mit besorgtem Blick zu Hieronymus trat.

»Holstein, was macht er da?«

Doch Hieronymus ließ sich nicht beirren. Mit einem Mal erblickten die Männer, was er erahnt hatte: Auf Adelheids rechten Oberschenkel waren Namen eintätowiert.

Marx deutete den Gehilfen, die Leiche wieder auf den Boden zu legen.

»Was hat das zu bedeuten?«, fragte einer der beiden wohl lauter, als es ihm zustand, zumindest Marx' strafendem Blick nach zu urteilen.

Hieronymus kniete sich nieder. Die Namen schimmerten in hellem Blau durch die Haut, blass und bereits unscharf, was darauf hindeutete, dass die Tätowierungen schon älter sein mussten. Und sie waren so in die Haut gestochen worden, sodass sie Adelheid selbst lesen konnte, wenn sie an sich heruntersah.

»Ladislaus Pacheleb«, entzifferte Hieronymus. »Dr. Gasser. Michael Jaritz. François de Flavigny.«

Unter dem letzten Namen prangte eine Narbe, die aussah wie fleischgewordenes Wurzelwerk und die nur durch eine Verbrennung hätte hervorgerufen werden können.

»Drei der Herren kennen wir bereits«, meinte Marx nachdenklich. »Dieser de Flavigny sagt mir gar nichts.«

»Ist ihr Stiefbruder gewesen. Wohl aus Salzburg.«

Marx winkte einen weiteren Gendarmen heran. »Mach er sich den Namen zur Notiz und berichte er mir, ob er den Mann ausfindig machen kann.«

Der Gendarm tat, wie ihm geheißen.

»Ich vermute, dass sie ihn nur mehr tot auffinden werden«, sagte Hieronymus ruhig.

»Wie kommt er darauf?«

»Ich hätte ihn zuallererst getötet.«

Marx hielt kurz inne. Dann begann er breit zu schmunzeln. »Er versetzt sich ins Gehirn des Täters. Gefällt mir. Nichtsdestotrotz –«

»Ich frage mich, warum sie sich die Namen wohl eintätowiert hat.«

»Wer weiß das schon, bei einem dermaßen verwirrten Geist.«

»Ja …« Hieronymus kratzte sich nachdenklich über die Bartstoppel auf seiner Wange. »Vielleicht ist das der Grund. Vielleicht war sie ob der vielen Torturen nicht mehr in der Lage, sich verschiedene Dinge zu merken. Immerhin hatte sie eigenartige Gemütsschwankungen durchlebt. Als wohnten zwei Seelen in ihrer Brust.«

Sein Blick fiel auf den Gendarmen mit der Notiz in Händen, der sich sichtlich bemüht den notierten Namen zu verinnerlichen versuchte.

»Das könnte es sein!«, stieß Hieronymus aus. »Adelheid stach sich die Namen ihrer Peiniger in die Haut, damit sie sie nie mehr vergaß.«

»Wenn er meint, warum nicht«, meinte Marx lapidar. »Nichtsdestotrotz hat er gute Arbeit geleistet. Und da der Täter gefasst wurde, braucht er sich auch nicht mehr seinen Kopf zu zermartern. Ein wenig Ruhe würde ich ihm raten, vielleicht in Karlsbad zur Kur. Meine Louise schwört darauf.«

In dem Moment erst spürte Hieronymus, wie unsäglich sein Leib schmerzte. Kopf, Handgelenke, einfach alles. Außerdem war er durchgefroren bis auf die Knochen, die Kälte des Ritts durch den Regen steckte ihm buchstäblich in allen Gliedern.

Sobald er zu Hause war, würde er Anezka für ein heißes Vollbad entlohnen, würde darin bis zum Kinn untertauchen, eine Flasche Schnaps leeren und darauf hoffen, alles Erlebte der heutigen Nacht für immer zu vergessen.

XXII

DAS HEISSE BAD, die Flasche Schnaps und der anschlie-
ßende Schlaf hatten die Schmerzen in Hieronymus' Kopf
und in der Hand nicht vertreiben können, auch die Erinnerungen an die Geschehnisse in der Nacht waren bereits
im Augenblick des Aufwachens erneut schrecklich gegen-
wärtig gewesen. Aber zumindest war das Gefühl der Kälte
gewichen, auch dank zweier zusätzlicher Decken aus Filz,
die Anezka geholt und ihn damit zugedeckt hatte.

Hieronymus wusch sich gerade den Kopf mit dem kalten Wasser des Brunnens vor dem Hof, als die Glocken
der Kirchtürme zwölf schlugen.

Franz kam des Weges, angestrengt kauend, ein Stück
Trockenfleisch in der Hand. »Wie hast du geschlafen?«,
nuschelte er die Frage mehr als er sie sprach.

Der andere richtete sich auf, wischte sich das nasse
Gesicht im Ärmel seiner Jacke ab. »Wie ein Stein. Auch
wenn sich mein Schädel heute anfühlt, als würde da drin
mit Dynamit gesprengt werden.«

»Anezka hat mir schon erzählt, was sich gestern Nacht
zugetragen hat.« Franz lehnte sich mit dem Hintern an
die Mauer des Brunnens. »Tut mir leid, dass die Kiberer
nicht schneller bei dir sein konnten. Aber bis man mich
vom Eingang der Direction bis zu Marx gelassen hat, dauerte es bereits eine Ewigkeit.«

Er packte Hieronymus freundschaftlich am Oberarm.
»Es tut gut zu sehen, dass dir nichts Ernsthaftes widerfahren ist, mein Freund.«

Hieronymus winkte ab. »Mach dir keine Sorgen. Unkraut vergeht nicht.« Er gähnte und streckte dabei den Rücken durch. »Wie schaut's aus? Ich möchte noch mit meinem besonderen Freund, dem Pathologen, sprechen. Hast du Muße, mich zu begleiten?«

Franz blickte in den Himmel, der in tiefem Blau erstrahlte, da ein angenehm kühler Herbstwind alle Wolken vertrieben hatte. »Gehen wir auf dem Rückweg eine Kleinigkeit essen?«

Hieronymus schmunzelte. »Nichts anderes war mein Plan.«

»Was wollen denn Sie noch hier?« Salomon Stricker machte keinen Hehl aus seiner Abneigung.

»Ich freue mich auch, Sie zu sehen, Herr Stricker«, erwiderte Hieronymus. »Zunächst möchte ich Ihnen aber meinen liebsten Weggefährten vorstellen. Franziskus Maria Rudolphi.«

Franz humpelte zu dem Pathologen, streckte ihm ungelenk die Hand entgegen. »F-f-freut mich. Ich b-bin der b-bucklige F-f-franz.«

Salomon wirkte überrascht und irritiert zugleich. Dann schüttelte er der Form halber die Hand des Krüppels, wenngleich auch nur so lange, wie es der Anstand gebot.

»Sie scheinen ein Herz für die Absonderlichkeiten des Lebens zu haben, Herr Holstein.«

Franz' Augen glänzten. »D-der ist aber f-f-freundlich.«

Hieronymus strafte seinen Freund mit einem stechenden Blick. Warum der gerade jetzt den schwachsinnigen Narren spielte, erschloss sich ihm einfach nicht.

»Genau aus dem Grund suche ich Sie erneut auf«, entgegnete er Strickers Feststellung. »Denn auf Absonderlichkeiten scheinen Sie sich ebenfalls gut zu verstehen. Ich nehme an, Sie konnten unsere Mörderin bereits näher begutachten?«

Stricker machte keinerlei Anstalten, zu antworten, sondern maß die beiden anderen nur mit einem verachtenden Blick.

»Wie Sie wünschen«, meinte Hieronymus. »Komm, Franz, dann können wir Herrn Marx, wenn wir ihn im Anschluss besuchen, eben nur berichten, dass es nichts zu berichten gibt.«

Salomon rollte mit den Augen, presste dabei die Lippen aufeinander, dass sie weiß wurden. »Hier drüben«, stieß er schließlich hervor. Mit Blick auf Franz, der sich gerade genüsslich mit der Hand eines präparierten Skeletts die Glatze kratzte, fügte er hinzu: »Und achten Sie darauf, dass Ihr Freund hier nichts angreift!«

»Das t-tut g-g-gut«, raunte dieser.

Hieronymus ballte die Faust, während ihn Franz dreist angrinste.

Salomon warf ein Tuch aus Leinen zurück, enthüllte den verkohlten Kopf Adelheid Adalgrimms. Die Haut hing in schwarzen Fetzen vom Fleisch, Lippen und Nase waren nicht mehr vorhanden. Dafür wirkten jene Zähne, die sie noch hatte, beinahe strahlend weiß. Anstelle ihrer Augen klafften nur zwei Höhlen im Schädel.

Hieronymus atmete tief durch, konnte kaum fassen, dass dies jener Mensch war, mit dem er sich Stunden zuvor noch unterhalten hatte.

Der Pathologe räusperte sich. »Also, dem Zustand ihrer Zähne nach zu urteilen, war die Frau um die vierzig Jahre alt. Sie muss zeitlebens mangelhafte Nahrung zu sich genommen haben, was die vielen Zahnruinen in ihrem Mund bezeugen. Auch ihre Knochen sind wesentlich poröser, als sie es sein sollten. Ihr gesamter Körper – und ich meine wirklich beinahe jeder Quadratzentimeter – ist übersät von Narben. Manche durch Ungeziefer hervorgerufen, aber größtenteils vom Menschen. Brüche, Verbrennungen, Narben von Peitschen, von Gerten und Ruten, von stumpfen Gegenständen wie Stangen. Anhand der Blässe der Vernarbungen lässt sich auch feststellen, dass ihr diese Verletzungen über einen langen Zeitraum zugefügt worden sein mussten, und ich spreche hier nicht von Monaten, sondern von Jahren, eher Jahrzehnten. Ähnliches sieht man nur bei Männern, die zeitlebens als Soldaten gekämpft und immer wieder Verletzungen unterschiedlichen Ausmaßes davongetragen haben.«

»Die Frau wurde von einem Irrenhaus zum nächsten gereicht, seit sie achtzehn Jahre alt war. Zumindest hat sie das behauptet.«

»Wohl aus gutem Grund«, meinte Salomon ohne jede Gefühlsregung. »Niedere Subjekte finden immer einen Grund, ihre Taten zu entschuldigen.«

»Und Hochwohlgeborene brauchen keinen zu finden und handeln trotzdem ähnlich.«

Salomon schwieg.

»Wie auch immer«, fuhr Hieronymus fort, »mir fiel auf, dass Adelheid zwei ungewöhnliche Narben besaß, die entlang des Nasenbeins zu den Augen führten. Wodurch könnten diese hervorgerufen worden sein?«

»Aufgrund der großflächigen Verbrennungen des Gesichts ist es völlig unmöglich, derlei Details nachzuvollziehen«, sagte Salomon.

Da Hieronymus' Blick ihn zu durchbohren schien, griff er schließlich eine spitze Pinzette und ein Skalpell, beugte sich über den verkohlten Schädel und legte Schicht um Schicht entlang des Nasenbeins frei, bis er auf den Knochen stieß.

Er schüttelte den Kopf. »Was auch immer Sie zu sehen geglaubt haben, es war nicht tief genug, um das Os nasale zu verletzen. Vielleicht ein unglücklich geleiteter Splitter? Wie ich hörte, soll die Frau auf einem Auge ja blind gewesen sein.«

»Ja, auf dem linken.« Hieronymus überlegte. Salomon Stricker schien ihm keine große Hilfe mehr zu sein, zumindest nicht im Augenblick. »Dann danke ich für die Auskunft. Komm, Franz.«

»Der i-ist aber f-freundlich«, stotterte Franz erneut und winkte dem Pathologen grinsend und ungelenk zu. Der erwiderte die Geste, wenn auch mit offensichtlichem Widerwillen.

»Ach, eine Frage noch«, sagte Hieronymus beim Hinausgehen. »Wohin kamen all die Irren, nachdem man den Gugelhupf aufgelassen hatte?«

»Woher soll ich das wissen?«, antwortete Salomon unwirsch und sah den beiden Männern nach, wie sie den Saal verließen.

Dann deckte er Adelheid Adalgrimm wieder mit dem Laken zu.

Nachdem sie das Allgemeine Krankenhaus hinter sich gelassen hatten, wandte sich Hieronymus an Franz.

»Warum zur Hölle hast du da drin den zurückgebliebenen Stotterer gemimt?«

»Dem unfreundlichen Preußen war ich sichtlich unangenehm. Allein das war's schon wert«, meinte Franz mit hämischem Grinsen. »Der gehört doch der Art von Menschen an, die sich allein aufgrund ihrer Geburt für etwas Besseres halten. Und wenn man ihnen dann mit dem Arsch ins Gesicht fährt, haben sie nicht die Eier, einem Einhalt zu gebieten.«

»Oh, der Herr ist heute wohl mit feiner Klinge bewaffnet«, schmunzelte Hieronymus. »Aber du hast recht.«

»Was ich nicht ganz verstehe, ist, warum du mit dieser Adelheid nicht abschließen willst. Was ihr auch Schreckliches zugestoßen ist, sie hat drei Männer gemeuchelt und einen vierten schwer verwundet. Und vor allem: Sie ist tot.«

Hieronymus seufzte. Er wusste natürlich, dass sein Freund recht hatte, ebenso wie Marx. Aber irgendetwas in ihm befahl, es nicht darauf beruhen zu lassen, denn für ihn waren noch lange nicht alle Fragen geklärt.

»Adelheid wurde 1869 aus dem Gugelhupf entlassen«, begann er erneut seine Gedanken zu wälzen. »Warum hat sie acht Jahre zugewartet, bevor sie mit ihrem Rachefeldzug begann?«

Franz zuckte mit den Schultern. »Vielleicht war sie danach weiterhin unfrei. Vielleicht wurde sie woanders eingesperrt?«

»Das glaube ich auch. Sie erzählte, dass es ihr Bruder war, der sie einst wegsperren ließ, um alleine das Familienerbe anzutreten. Daher vermute ich auch, dass er ihr erstes Opfer war.«

»Als ehemaliger Mann der Kirche kann ich dazu nur eins sagen«, meinte Franz ernst. »Verdientermaßen.«

»Wohl wahr. Zurück zu meiner ursprünglichen Frage. Wo war Adelheid Adalgrimm zwischen 1869 und heute, und wer könnte das wissen?«

»Dieser Rokitansky?«

»Möglich. Allerdings meinte er zuletzt, er würde seinen Sohn an der Universität in Graz besuchen fahren.«

Franz überlegte. »Vielleicht fällt Don Cavallo dazu etwas ein.«

Hieronymus sah seinen Freund fragend an.

»Ein Banerstrotter. Ein ehemaliger Arbeiter, der irgendwann beschlossen hatte, dass aller weltlicher Besitz nur Ballast darstellt, und der seither in der Kanalisation lebt. Mir deucht, er erzählte mir, dass er einst für die Anstalt am Brünnlfeld arbeitete. Ein seltsamer Kauz, aber du wirst ihn mögen.«

»Abwarten«, gab sich Hieronymus zurückhaltend. »Aber ein Versuch kann nicht schaden.«

»Das meine ich wohl auch.«

»Und jetzt?«

»Jetzt gehen wir etwas essen, und zwar einen Schmarren mit Zwetschkenröster. Danach holen wir uns von Marx endlich die Adresse von František Skorkovský.«

»Da, nimm er sie.« Marx streckte Hieronymus ein gefaltetes Blatt Papier entgegen.

Der nahm es, hielt es mit beiden Händen fest. Ihm war, als würde er endlich ein lange gesuchtes Heiligtum besitzen, etwas, was zu kostbar war, um es auch nur anzusehen. Doch bevor Hieronymus es anzusehen gedachte, galt es, noch etwas zu tun.

»Ich danke herzlich für die Information«, begann er, »und muss Sie doch um einen weiteren Gefallen ersuchen.«

Marx zog seine rechte Augenbraue in die Höhe.

»Von einer Bekannten von mir, Anezka Svoboda, ein redliches Weibsbild aus Böhmen, ist der Mann verschollen. Die Frau steht nun ohne Einkommen da und hat sechs Mäuler zu stopfen.«

»Er will … Geld von mir?«

Hieronymus wiegelte sogleich ab. »Nichts läge mir ferner.« Und fügte mit einem Schmunzeln hinzu. »Für gewöhnlich erpresse ich eine Person nur einmal.«

Auch Marx konnte sich bei der Erinnerung an Hieronymus' gefährliches Spiel mit seiner Kurtisane ein Schmunzeln nicht verkneifen.

»Ich bitte Sie, bei der Hofkanzlei für die Frau eine Legitimation als Fratschlerin* zu erwirken. Mit den Einnahmen, die sie am Naschmarkt erzielt, könnte sie sich und ihre Brut wohl über Wasser halten.«

Marx fuchtelte gedankenverloren mit der Hand in der Luft herum. »Schon gut, ich will sehen, was ich für ihn tun kann.«

Hieronymus verbeugte sich. »Ach, und bevor ich's vergesse: Das Fräulein Elsbeth lässt Sie schön grüßen. Der Sommer war kein leichter für sie, und ich bin mir sicher, dass sich ihr Peterchen über eine kleine finanzielle Zuwendung freuen würde.«

Marx nickte abwesend, als hätte er nicht richtig zugehört oder als wäre er mit den Gedanken woanders. Aber Hieronymus wusste, dass dem nicht so war.

---

* Obstverkäuferin ohne festen Stand.

XXIII

IMMER WIEDER SCHNELLTE Hieronymus' Blick zwischen
dem handschriftlichen Wort auf dem Papier und der Tafel
aus Zinkguss, die an der Hausmauer angebracht war, hin
und her. Auf beiden stand übereinstimmend »Salvatorgasse«. Auf dem Papier war noch eine Nummer hintan-
gefügt. »7«.

Hier war es also. Hier würde Hicronymus erfahren,
ob er vor wenigen Wochen einer Sinnestäuschung erlegen war oder ob er tatsächlich Karolína erspäht hatte. Er
atmete tief durch, zwang sich zur Räson. Eigentlich war
es unmöglich, dass sie noch lebte.

Nachdem er sich damals von den Verletzungen, die
ihm die vier Halsabschneider zugefügt hatten, einigermaßen erholt hatte, stellte er Jindřich Skorkovský, Karolínas Vater, zur Rede. Immerhin war er es gewesen, der
die Liaison zwischen seiner Tochter und Hieronymus
missbilligte. Er hatte die vier Männer geschickt, um ein
Exempel zu statuieren, hatte sein Haus niederbrennen
und ihm den kleinen Finger abschneiden lassen. Doch
eines hatte Jindřich Skorkovský nicht bedacht – die tiefe
Liebe, die seine Tochter für den jungen, unstandesge-
mäßen Mann empfand, der Hieronymus einst gewesen
war. Und die Entscheidung, dass sie ohne ihren Liebsten keinen Tag mehr zubringen wollte – und sich daher
das Leben nahm.

Auch wenn Hieronymus ihren Leichnam nie zu
Gesicht bekommen hatte, so offenbarte sich ihm seither

doch immer das gleiche, grausame Bild – ein Deckenbalken, ein Strick und Karolínas lebloser Leib, baumelnd und bar jeder Hoffnung.

Wie auch immer, jetzt war nicht die Zeit sich Gedanken über die Vergangenheit zu machen. Jetzt war es an der Zeit, das eigene Schicksal in die Hand zu nehmen.

Hieronymus fasste sich ein Herz und öffnete das Tor unter der Hausnummer sieben. Er stieg zur Beletage* hoch und klopfte an die große braune Doppelflügeltür.

Stille.

Dann gemäßigte Schritte, die näher kamen. Ein Schloss, das entsperrt wurde.

Ein Flügel öffnete sich, ein gedrungener Mann in dunklem Rock öffnete mit gelangweilter Miene.

»Der Herr wünschen?«, fragte er mit näselnder Stimme.

»Georg von Pückler«, stellte sich Hieronymus unter falschem Namen vor, denn als jener hatte er František Skorkovský auf Oppenheims Soirée kennengelernt. »Ich wünsche Herrn Skorkovský zu sprechen.«

»Der Herr des Hauses ist geschäftlich im Ausland unterwegs«, sagte der Diener.

Hieronymus war, als hätte er einen Schlag in die Magengrube erhalten. Aber zumindest stimmte die Adresse, die ihm Marx gegeben hatte.

»Wann wird Herr Skorkovský zurückerwartet?«

Der Gedrungene rümpfte kurz die Nase. »Am Beginn der nächsten Woche.«

»Ab dem elften, also?«

Der Diener nickte. »Welches Anliegen darf ich meinem Herrn vorbringen?«

---

* Erster Stock.

Eigentlich wollte Hieronymus dem wichtigtuerischen Mann eine in die Gosch'n hauen*, wie der Volksmund so schön sagte – für dessen überhebliches Benehmen und die Enttäuschung, dass Skorkovský nicht hier war. Aber er hielt sich unter Kontrolle.

»Ich bin wegen Belangen hier, die ich nur unter vier Augen zu besprechen gedenke. So will ich Ende nächster Woche erneut mein Glück versuchen.«

Ohne eine Antwort abzuwarten, wandte sich Hieronymus ab. Mit pochendem Herzen nahm er die weitläufige Treppe mit großen Schritten nach unten und konnte immer noch nicht glauben, dass er nach neun Jahren tatsächlich Karolínas Bruder ausfindig gemacht hatte.

XXIV

NEBEN DEM CARLTHEATER, das nach einer Bauzeit von nur sieben Monaten und nach den Plänen von August Sicard von Sicardsburg und Eduard van der Nüll errichtet worden war, begann mit der Hausnummer eins die Weintrau-

---

* Österreichisch für: eine aufs Maul hauen.

bengasse. Im Erdgeschoss lag eine der ältesten Gaststätten der Leopoldstadt, das Wirtshaus »Zur Tigerhöhle«, das neben erschwinglichem Speis und Trank auch einen beliebten Treffpunkt für Künstler darstellte.

Drei Männer hatten rund um einen Tisch Platz genommen, der an ein großes Doppelfenster grenzte, das sperrangelweit geöffnet stand.

»Warum genau wolltest du gerade in diesem Etablissement speisen?«, wollte Hieronymus wissen und beäugte dabei Camillo Cavalieri kritisch.

Der gab sich geheimnisvoll. »Das wirst gleich sehen, werter Herr. Oder besser gesagt: sinnlich erschnuppern.«

Der Ober brachte drei Krüge voll Bier, stellte diese inmitten des Holztisches ab und rümpfte die Nase ob des Gestanks, den einer der drei verströmte. Etwas zu sagen wagte er jedoch nicht.

»Für mich das Gulasch«, bestellte Franz.

»Für mich ebenso«, stimmte Hieronymus mit ein.

Camillo strich sich genießerisch über den flachen Bauch. »Und für mich die Spezialität des Hauses, die Kuttelflecksuppe, bittschön.«

Der Ober ging mit einem Nicken, um das ihm Aufgetragene weiterzuleiten.

»Die Kuttelflecksuppe ist ein Gedicht. Früher, als ich noch besitzend war, habe ich hier einmal die Woche gespeist.« Er lachte müde. »Jetzt kennt mich nicht einmal mehr der Ober. Aus den Augen, kurzer Sinn.«

Hieronymus wollte gerade ansetzen, die Redewendung richtigzustellen, da bedeutete ihm Franz, es sein zu lassen.

»Auf unseren Gönner, den Hieronymus«, stimmte der mit festlicher Stimme an und griff sich einen der Krüge.

»Hört, hört«, schloss Camillo sich an.

Hieronymus tat es ebenso.

Nachdem die Männer einen guten Schluck getrunken hatten, beugte Camillo sich mit verschwörerischer Miene vor. »Das Wirtshaus ist auch für einen herrlichen Schwank bekannt«, begann er mit einem Zwinkern. »Josef Matras, ein gottbegnadeter Schauspieler und Volkssänger, hat hier dereinst vor einem Tisch voller Gäste geprahlt: ›Schildkrötensuppe, ein Beefsteak mit Spiegelei und ein Viertel Gansel. Das alles zusammen gibt es für nur fünfundsechzig Kreuzer!‹« Camillo machte eine kurze theatralische Pause. »Daraufhin riefen die Gäste der Tafelrunde natürlich: ›Wo? Wo gibt's denn das?‹ Darauf erklärte der Matras in aller Seelen Ruhe: ›Ja, wenn i das wüsst', ging ich selber hin.‹«

Camillo brach in heiteres Gelächter aus, Franz und Hieronymus mussten ebenfalls lachen. Ob wegen des Erzählten oder der ansteckenden Fröhlichkeit ihres Gastes, wussten wohl beide nicht.

Nachdem Camillo sich wieder beruhigt hatte, wurde er ernst. »Also, der Franz hat gemeint, dass du was von mir wissen willst?«

Hieronymus nickte. »Ganz recht. Ich bin dem traurigen Schicksal einer Frau auf der Spur, mit der es das Leben ganz und gar nicht gut gemeint hat. Auf alle Fälle war sie bis zu seiner Auflösung im Gugelhupf eingesperrt, danach verliert sich ihre Spur. Franz vermutete, du wüsstest vielleicht, was mit den Insassen passiert ist?«

»Ja, schon.« Camillo trank einen kräftigen Schluck Bier. »Das muss so in etwa um '68 oder '69 gewesen sein. Ich hab damals in der Kaiserlich-Königlichen Irrenheilanstalt am Brünnlfeld gearbeitet. Auch wenn die Leiter vom Gugelhupf das nie gern gehört haben, aber wir waren die

Ersten, die die Irren wie Kranke behandelt haben, also wie jemanden, der ob eines körperlichen Leidens Heilung bedurfte. Nur dass eben nicht der Körper erkrankt war, sondern der Geist.«

»Als was hast du dort gearbeitet?« Für Hieronymus wirkte Camillo aufgrund seiner fahrigen Art selbst wie ein Patient.

»Ich ging dort jedem zur Hand, der meine Hilfe benötigte, ungeachtet der Abteilung oder der Art der Tätigkeit. Amtsschreiber, Kleiderverwahrer, Totenträger, Wärter. Zuweilen sogar Sekundarwundarzt, auch wenn mir das niemand schriftlich bestätigt hätte. Viel hab ich gesehen, und nicht alles konnte ich vergessen.«

Hieronymus nickte bedächtig, wartend auf die Antwort auf seine Frage. Doch sie kam nicht. »Bezüglich der Entlassenen aus dem Gugelhupf?«

»Sternkreuzdiwidomini!«, entfuhr es Camillo so laut, dass es kein Gast in der Stube hätte überhören können. »Also«, fuhr er in normalem Tone fort. »Von den Irren haben wir damals nach und nach alle aufgenommen. Alle, die zuvor im Narrenturm untergebracht waren.«

»Wurde darüber Buch geführt?« Franz gab dem Ober ein Zeichen, dass es an der Zeit war, nachzuschenken.

»Wir waren die Kaiserlich-Königliche Irrenheilanstalt. Selbstverständlich wurden Bücher geführt.«

»Wie viele Geheilte konnten im Laufe der Jahre wieder entlassen werden?«

Camillo überlegte. »Gute Frage. Aber von den schweren Fällen nur die wenigsten. Zumeist, wenn sie verstarben.«

Wahrscheinlich, so mutmaßte Hieronymus, galt auch Adelheid als »schwerer Fall«. Zumindest hatte wohl ihr Bruder dafür Sorge getragen, dass sie als solcher angesehen wurde. Und doch musste sie irgendwie freigekommen sein. Die Frage war nur, wann …

»G'statten S'.« Der Ober stellte zwei tiefe Teller mit herrlich würzig duftendem Rindsgulasch auf den Tisch samt zweier backfrischer Kaisersemmeln und einen Suppenteller, in dem nebst Stücken von Tomaten und Gurken längliche, in Streifen geschnittene Kutteln schwammen, also der Pansen vom Rind. Ein intensiver Geruch nach Essig und Innereien breitete sich aus.

Franz verzog das Gesicht. »Ich ess ja sonst alles, was nicht bei drei auf dem Baum ist, aber dass einem Kutteln schmecken hab ich noch nie verstanden.«

Camillo ließ sich seine Leibspeise nicht schlechtreden, wachelte sich den Dampf der Suppe Richtung Nase. »Wenn's nach mir geht, fress' ich die in der Früh, zu Mittag und am Abend. Und zwischendurch.«

»Dann lass es dir schmecken«, meinte Hieronymus, bemüht, nicht ebenfalls das Gesicht ob des eigenartigen Geruchs zu verziehen.

Nachdem Camillo einige Löffel Suppe samt Einlage verspeist hatte, wobei er jeden Bissen zelebrierte, als äße er ein kaiserliches Festmahl, griff er das Gespräch wieder auf.

»Ich denke, ein Besuch in der Kaiserlich-Königlichen Irrenheilanstalt würde euch beiden nicht schaden. Im Gegenteil. Erst dort kam mir in den Sinn, was im Leben wirklich zählt.« Er tippte sich auf den Kopf. »Das hier, und nur das. Was nützt einem größter Reichtum, wenn der Verstand es nicht versteht, ihn zu genießen.«

»Da hast du bestimmt recht«, pflichtete Hieronymus ihm bei. »Allein, ein wacher Geist erfreut sich kaum der Armut.«

»Sternkreuzdiwidomini!«, brüllte Camillo, dass die anderen Gäste den dreien erneut argwöhnische Blicke zuwarfen. »Es kommt doch darauf an, was man unter arm und reich versteht. Ist man arm, wenn man frei wie der Wind ist, jedoch mittellos? Oder reich, wenn man sein Dasein im güldenen Käfig fristen muss, umringt von Neidern? Nein, meine Herren, ein jeder ist seines Glückes Schmidl – oder eben Schmied.«

»Da ist schon was Wahres dran«, meinte Franz, während er den dunkelbraunen Gulaschsaft genussvoll vom Löffel schlürfte.

»Wie gestaltet sich das Leben in einer solchen Anstalt?«, fragte Hieronymus und bestellte drei weitere Bier.

»Zunächst muss man sich die Anstalt von außen vorstellen wie ein herrliches Lustschloss, dem ein ebenso herrlicher, mehr als fünfundfünfzigtausend Quadratklafter* großer Garten vorgelagert ist. Jeder Patient, der arbeiten konnte, hatte dies auch zu tun, und zwar in dem Berufe, in dem er vor seiner Krankheit tätig war. Also als Gärtner oder Bauer, Maler, Bildhauer, Musiker, Schriftsteller. Die Frauen als Näherinnen, Strickerinnen, Flechterinnen oder Wäscherinnen. Denn in einem arbeitslosen Leben wird der hellste Geist stumpfsinnig. Die Patienten trugen auch keine Anstaltsuniformen, sondern kleideten sich ihrem Stand angemessen.«

»Das klingt wie ein Sanatorium«, warf Franz kauend ein.

»Das ist ja auch der Sinn dahinter«, entgegnete Camillo. »Ebenso wie ein gebrochener Körper in ruhiger und sauberer Umgebung besser heilt als mitten auf dem Felde, so genest auch der Geist eher. Dies gilt für alle Rekon-

---

* Ca. 1,5 Hektar.

valeszenten, also all jene, die es verstehen vernünftig zu sprechen und die sich auch so benehmen wie jeder andere Verstandesgesunde. Vorausgesetzt natürlich, man berührt ihre schwache Seite nicht und versteht es, sie zu beherrschen.«

»Einem jeden ist es also gestattet, seiner Profession nachzugehen und sich frei zu bewegen«, fasste Hieronymus zusammen. »Auch den schweren Fällen?«

Camillos Miene trübte sich ein. »Nein, denen natürlich nicht. Für die schweren Fälle gibt es einen eigenen Trakt. Die Corridors.«

Hieronymus und Franz warfen sich einen fragenden Blick zu.

»Wie kann ich mir diese Corridors vorstellen?«, wollte Ersterer wissen. »Wie die Kammern im Irrenturm?«

Camillo schüttelte den Kopf. »Im Vergleich dazu mutete der Irrenturm wie ein Folterinstrument aus grauer Vorzeit an. Nein. Sie bestanden hauptsächlich aus einem sehr langen Saal, an den zwölf Seitenkabinette grenzten. Diese waren mit einem Tisch, einem Stuhl und einem Bett eingerichtet, und alles hatte man fest mit dem Boden verankert. Jedes Kabinett hatte ein großes helles Fenster, und mittels einer Maschine vermochte man, dieses innerhalb weniger Sekunden gänzlich zu verdunkeln. Die meisten der schweren Fälle waren Menschen, die nicht mehr fähig waren, am täglichen Leben teilzunehmen. Sie hatten Wahnvorstellungen, hielten sich für Tiere oder andere Lebewesen aus der Natur. Ich erinnere mich an einen Mann mit Reimwut, der aus verschmähter Liebe nur mehr in Versen von seiner Geliebten sprach.«

Camillo zerkaute genussvoll eine Kuttel.

»Und all das hast du aufgegeben? Warum?« Hieronymus wischte mit dem Stück einer Semmel den Teller aus
und verspeiste es.

»Ich bin mir natürlich gewahr, dass dies seltsam klingen
mag. Aber trotz des Jochs, unter dem man als Strotter lebt,
fühle ich mich zum ersten Mal in meinem Leben frei und
innerlich ruhig. Bar jeder Hatz, jedes Zwangs, jeder Ver-
pflichtung. Und ich verstehe sehr gut, was für ein Privileg
dies ist. Denn so gut wie jeder dort unten würde keinen
Augenblick zaudern, dieses Leben hinter sich zu lassen,
um wieder an der Oberfläche zu leben, einerlei, wie groß
die Bürde im Alltag auch sein mag. Nur eben nicht ich.«

Die Anhöhe am Brünnlfeld bot einen herrlichen Aus-
blick. Das sanft-hügelige Gebirge von Klosterneuburg,
Dornbach und Grinzing lag gen Südwesten, ihm gegenüber erstreckte sich nordöstlich das unglaublich dichte
Häusermeer der Kaiserstadt.

Hieronymus und Franz durchquerten den Park und
stellten fest, dass Camillo nicht übertrieben hatte. Brunnen, Rasen, Büsche und Bäume wirkten ebenso gepflegt
wie die im Volksgarten oder in Schönbrunn und die zwei-
geschossige Irrenanstalt selbst glich einem adeligen Lustschloss.

»Ich halte es für ratsam, hier nicht den stotternden Narren zu mimen«, raunte Hieronymus seinem Freund zu.

Der zuckte mit dem rechten Auge. »W-w-warum nicht,
H-herr?«

Hieronymus grinste mit aufeinandergepressten Zähnen.

Am Eingang der Anstalt wurden sie vom Direktor der-
selben empfangen, einem resolut wirkenden Mann mit
Nickelbrille, dem man ohne Zweifel abnahm, dass er sich

nicht nur in Bücher vertiefte, sondern auch mit anpackte, wenn es die Situation gebot.

»Doktor Ludwig Schlager«, stellte er sich mit tiefer Stimme vor. »Man trug mir zu, dass Sie der geschätzte Herr Polizeipräsident schickt?«

»Das entspricht der Wahrheit. Hieronymus Holstein. Und das ist mein Assistent, Franz Rudolphi.«

Ein kräftiges Händeschütteln später führte der Direktor die beiden Männer ins Gebäude. Die Gänge waren breit und hoch, die Säle weitläufig und luftig.

»Wir sind auf der Suche nach einer Patientin, die mit größter Wahrscheinlichkeit 1869 zu Ihnen überstellt worden ist«, erklärte Hieronymus. »Adelheid Adalgrimm. Wir vermuten, mit dem Vermerk, dass sie als schwer zu kurieren galt.«

Schlager nickte bedächtig. »Dies war vor meiner Zeit hier, wohl unter einem meiner beiden Vorgänger, Josef Gottfried von Riedel oder Karl Spurzheim. Deren Amtsübergabe fand in dem genannten Jahr statt.«

»Eine wohltuend lichtdurchflutete Anstalt, der sie vorstehen«, meinte Franz.

»Dies ist neben der Arbeitstherapie einer unserer wichtigsten Ansprüche. Heilung beginnt bereits mit dem Umfeld. Im zweiten Stock haben wir Wohnungen für betuchte Patienten samt einem Bedienten, in der zweiten Klasse wohnt man mit einem oder zwei anderen zusammen. Im ersten Stock befinden sich die Schlafräumlichkeiten, in denen jeweils nur zehn bis höchstens fünfzehn Betten stehen.«

»Das sollten die Ziegelbehm am Wienerberg besser nicht hören«, entfuhr es Franz.

Der Direktor schüttelte nachdenklich den Kopf. »Wem

sagen Sie das, mein Lieber. Die Ausbeutung der Arbeiter dort ist eine Schande für das ganze Kaiserreich. Hier zu ebener Erde befinden sich die Handwerksstätten und die Konversationssäle.«

Schlager öffnete eine holzgetäfelte Tür und führte durch einen der angesprochenen Säle. Dann wies er auf ein dunkelblau gepolstertes Sofa, vor dem ein niedriges Tischchen stand. »Wenn die Herren hier Platz nehmen wollen, ich lasse einen Kanzlisten die entsprechenden Bücher aus '69 zu Ihrer Verfügung bringen. Sollten Sie sonst noch etwas bedürfen, sagen Sie es einfach.«

Die Männer verabschiedeten sich, Hieronymus und Franz nahmen Platz.

»Ich war schon vom Gugelhupf überrascht, aber dies hier übertrifft meine Erwartungen«, meinte Hieronymus. »Dort liegen Bücher und Zeitungen auf, wohl zur freien Verwendung. Dort steht ein Fortepiano und hinter uns ist gar ein Billardtisch. So mancher Herrensalon ist schlechter ausgestattet.«

»Wohl wahr. Sollte diese Adelheid hierhergekommen sein, dann stelle ich mir schon die Frage, warum sie hier wieder ausbrach.«

»Ich verstehe es ebenso wenig. Aber manche Dinge entziehen sich der Ratio.«

Ein drahtiger junger Mann kam schnellen Schrittes auf die beiden zu, einen Folianten in Händen. »Werte Herren, unsere Aufzeichnungen des Jahres 1869.« Er stellte das Buch auf das Tischchen, das unter der Last ächzte. »Sollten Sie weiteres Material benötigen, Sie finden mich durch die Tür zum Verwaltungstrakt im ersten Zimmer rechts.«

Hieronymus bedankte sich, nahm den obersten Folianten und blätterte ihn auf. Auf der Doppelseite befand sich ein Raster, nach Datum aufsteigend penibel ausgefüllt.

»Das kann ja heiter werden«, bemerkte Franz trocken.

»Kannst du laut sagen. Ich fange an und gebe es an dich weiter, wenn mir die Augen bluten«, bestimmte Hieronymus und begann, eine Zeile nach der anderen nach Adelheid Adalgrimm zu durchsuchen.

»Ich hab sie!« Franz stemmte triumphierend den Folianten in die Höhe.

Hieronymus, der durch ein hohes Fenster in den Garten blickte und seinen Augen Ruhe gönnte, eilte zum Sofa.

»Adelheid Adalgrimm«, las Franz vor. »Aufgenommen am 22. März 1869.« Er blickte ernst zu seinem Freund hoch. »Und wie du vermutet hast, ist sie in die Corridors gekommen.«

Hieronymus winkte den Kanzlisten herbei, der gerade den Saal durchquerte. »Wir haben gefunden, wonach wir gesucht hatten. Eine Frage: Wie viele Ausbrüche gab es im heurigen Jahr aus Ihrer Anstalt?«

Der junge Mann schien überrascht. »Keinen einzigen. Schon seit Jahren nicht. Die Patienten fühlen sich bei uns gut aufgehoben.«

Nun war Hieronymus überrascht. »Keinen? Sehen Sie, wir suchen nach einer Ihrer Patientinnen, Adelheid Adalgrimm. Das Datum ihrer Aufnahme haben wir gefunden und, soweit wir wissen, hat sie keinerlei Verwandtschaft, die sich ihrer annehmen würde. Trotzdem ist sie abgängig.«

Dass dies nicht ganz der Wahrheit entsprach, nahm Hieronymus in Kauf, denn der Kanzlist sollte nur das Notwendigste erfahren.

»Wenn Frau Adalgrimm nicht mehr unsere Patientin ist, dann muss sie entlassen worden sein. Eine andere Möglichkeit gibt es nicht. Wünschen die Herren, die Bücher mit den Entlassungseinträgen einzusehen?«

Franz nickte. Der Kanzlist eilte davon und kehrte eine Viertelstunde später wieder zurück, diesmal mit fünf Folianten. »Ich habe mir erlaubt, die letzten vier Jahre abzudecken. Sollten Sie mehr benötigen, dann –«

»Wissen wir, wo wir Sie finden«, vollendete Hieronymus den Satz. »Verbindlichsten Dank.« Er setzte sich ebenfalls auf das Sofa, nahm das oberste Buch und blätterte die erste Seite auf.

»Auf ein Neues.«

Die Dämmerung hatte bereits eingesetzt, im ganzen Haus war es still geworden, wohl, weil die bereits verordnete Bettruhe ausnahmslos eingehalten wurde.

Franz schnarchte mit nach hinten gelegtem Kopf und weit geöffnetem Mund, Hieronymus war nach vorne gebeugt, wo eine Petroleumlampe gerade genügend Licht zum Lesen spendete. Doch der Raster aus Namen, Datum und Beschreibung schien kein Ende nehmen zu wollen.

Immer wieder fielen Hieronymus die Augen zu.

Geweckt durch sein eigenes lautes Aufschnarchen blickte Hieronymus erschrocken um sich, schien für einen Moment nicht zu wissen, wo er sich befand und warum. Dann zwang er seinen Blick wieder auf die gelblichen Buchseiten, wo mittig das stand, wonach er gesucht hatte. Er drückte den Finger auf die Zeile und gab Franz einen sanften Tritt.

»Aufwachen, Dornröschen!«

Der sah sich ebenfalls verwirrt um. »Bin ich einge-nickt?«

»Nur kurz. Für die letzten drei Stunden oder so«, meinte Hieronymus. »Aber ich hab sie gefunden.«

Franz rückte näher, beugte sich ebenfalls zum Buch. »Tatsächlich. Adelheid Adalgrimm. Entlassung am 27. November 1874. Jedoch nicht aus den Corridors, sondern aus der regulären Anstalt.« Die beiden Männer tauschten einen überraschten Blick.

»Sie hat hier als Wäscheflickerin gearbeitet. Daher hatte sie vielleicht die Nadeln für ihre Tätowierungen.«

»Hat sie jemand abgeholt?«

Hieronymus nickte. »Ja, sie wurde der Obhut eines Mannes anvertraut. Unterzeichnet von einem gewissen Roderich von Breithaupt.«

»Sagt dir der Name etwas?«

Hieronymus schüttelte den Kopf. »Aber ich will ver-dammt sein, wenn wir das nicht herausfinden.«

XXV

Aufgescheucht wie ein Huhn kam Anezka auf Hieronymus und Franz zugelaufen, einen Zettel in der Hand, den sie durch die Luft schwenkte, als wäre er eine Siegesfahne.

»Franz! Schau nur, was ein Bote heute Anezka gebracht hat!« Sie hielt ihm den Zettel vor die Nase.

Der las zögerlich: »Eine ... Legitimationskarte für die Tätigkeit einer Fratschlerin?«

»Na so was«, mimte Hieronymus den Unwissenden. »Da ist eine bald nicht mehr auf den Erwerb ihres Gemahls angewiesen.«

»Du warst das?« Franz runzelte fragend die Stirn.

»Schaden kann es nicht, dachte ich, und wenn ich schon einmal etwas gut habe bei unserem werten Herrn Polizeipräsidenten, sollte man das nutzen.«

»Sie haben das für Anezka getan?« Die Augen der Frau füllten sich mit Tränen.

»Nur damit Sie nicht andauernd negerant* sind und meine Zigaretten schnorren«, log Hieronymus. »Und wer weiß, ob uns der nächste Besitzer dieses Hofs ebenfalls hier logieren lässt.«

»Jessasmariaundjosef!«, entfuhr es Anezka. »Vergelt's Gott.« Dann umarmte sie ihn so fest, als wollte sie ihm das Genick brechen.

»Gleich morgen will ich anfangen!« Mit einem Mal wurde sie fahl im Gesicht. »Oh mein Gott, ich weiß ja

---

* Wienerisch: pleite sein.

noch gar nicht, was ich anziehen soll!« Sie eilte ins Haus zurück.

»War schön von dir«, meinte Franz.

»Ich weiß.«

»Niemand mag Einiraunzer*.«

Die beiden Männer teilten ein Schmunzeln.

»Wenn Adelheid also '74 aus dem Brünnlfeld gekommen ist«, begann Hieronymus von Neuem, während sie auf den Schindelwagen zuschritten. »Was hat sie dann die letzten zwei Jahre über getan?«

Franz kratzte sich den kahlen Schädel. »Vielleicht war sie liiert?«

»Kann ich mir kaum vorstellen. Der Blick in ihren Augen … Sie wirkte getrieben, wie ein Tier, das um sein Leben kämpft. Ich vermeine zu glauben, dass es für sie nur eines gab – Rache.«

Franz zuckte mit den Schultern.

»Gleich morgen will ich herausfinden, ob dieser Roderich von Breithaupt in Wien gemeldet ist. Wenn nicht, werden wir ihn kaum ausfindig machen.« Hieronymus seufzte. »Apropos ausfindig machen: Hast du nun irgendeinen Hinweis erhalten, wo sich der Leoš aufhält?«

Franz schüttelte den Kopf. »Aber ich habe noch nicht aufgegeben. Camillo hört sich auch noch um. Viribus unitis, und so. Kann aber sein, dass uns das noch eine Kuttelflecksuppe kostet.«

»Gern, wenn er uns dafür hilft. Der Gute wirkt ein bisschen wie eine verlorene Seele, auch wenn er vorgibt, glücklich zu sein.«

Franz brummte seine Zustimmung.

---

* Schleimer.

XXVI

Auch wenn ihn die Nachricht nicht überrascht hatte, so hatte sie Hieronymus doch zumindest enttäuscht – in Wien war kein Roderich von Breithaupt gemeldet, und nicht nur das: auch kein anderes Familienmitglied, das den Titel von Breithaupt trug. Die Spur war zu einer Sackgasse verkommen.

Auch hatte Marx Hieronymus ein weiteres Mahl ermahnt, seine Zeit nicht mit der Suche nach einer Toten zu verschwenden, was dieser zwar stoisch zur Kenntnis genommen hatte, aber nicht im Traum daran dachte, sich daran zu halten.

Nun war Hieronymus auf dem Weg zum Naschmarkt. Nicht, weil er kontrollieren wollte, ob Anezka ihre neue Tätigkeit auch wirklich aufgenommen hatte, sondern um sie um einen Gefallen zu bitten.

Dieser Markt, auf dem seit 1793 alles auf Fuhrwerken nach Wien geführte Obst und Gemüse verkauft werden musste, und der seit 1819 auch als Approvisionierungsmarkt* eine Aufwertung erfuhr, wurde täglich vor dem Freihaus auf der Wieden abgehalten. Die einzelnen Verkaufsstände mussten von den Händlern teuer erworben werden und wurden nicht selten vererbt.

Zwischen den einzelnen Obst- und Gemüseständen, deren Ware die Verkäufer mit großen Schirmen schützten, drängten sich Passanten, Schaulustige und Taschendiebe. Musikanten spielten mit Ziehharmonika oder

---

* Versorgungsmarkt.

Flöte auf, und Greisler bahnten sich mit ihren oft von einem Hund gezogenen Handwagen ihren Weg durch das Markttreiben. Als wäre das alles nicht schon Drängerei genug, boten dazwischen Fratschlerinnen lautstark ihre Waren feil, sei es Obst oder Gemüse, Milch, Fisch oder Huhn.

Der Lärm war ohrenbetäubend, der Geruch sinnesraubend.

Nachdem Hieronymus dreimal den gesamten Markt durchquert hatte, erspähte er endlich Anezka, die ein dunkelrotes Kleid anhatte, das zwar schon zerschlissen aussah, trotzdem alle Blicke auf das pralle, enggeschnürte Dekolleté zog. Stimmgewaltig und wild gestikulierend pries sie ihre Äpfel an, die sie in einer Bütte neben sich stehen hatte.

»Frau Svoboda!«, rief Hieronymus ihr mit einem Winken zu, während er sich durch die Passanten drängte.

Die Frau kniff die Augen zusammen. »Herr Holstein? Was machen Sie denn hier? Und sagen S' nicht, Sie wollen einen Apfel von Anezka kaufen.«

»Ich werde Ihnen doch die Kundschaft nicht wegschnappen«, meinte der gelassen. »Wie laufen die Verkäufe?«

»Besser als erhofft«, antwortete sie und wischte sich den Schweiß von der Stirn.

In dem Moment stellte sich ein halbwüchsiger Junge vor Anezka.

»'tschuldigen S'«, murmelte er, den Blick auf ihr Dekolleté gerichtet. »Was kosten die beiden Apferl?«

»Die kannst nicht kaufen«, entgegnete Anezka. »Die muss man sich verdienen. Tak, was willst du für Anezka tun?«

Doch den Jungen verließ der Mut. Mit hochrotem Kopf ergriff er die Flucht, gefolgt von zwei weiteren Halbwüchsigen, die allem Anschein nach eine Wette abgeschlossen hatten.

»So geht das schon den ganzen lieben langen Tag«, meinte die Frau.

»Tut mir leid.«

»Was? Nein! Anezka liebt den Trubel. Die anderen Fratschlerinnen lassen sich auch nichts gefallen. Ich kann Ihnen gar nicht genug danken.«

»Wenn das so ist«, schmunzelte Hieronymus. »Ich hab im Übrigen auch eine Bitte.«

Er holte eine Ausgabe der »Wiener Abendpost« aus seiner Weste. »Auf Seite drei wird davon berichtet, dass einer Mörderin das Handwerk gelegt werden konnte. Einer Frau mit schlohweißen Haaren. Ich bin mir sicher, der eine oder andere Händler hat das ebenfalls gelesen. Vielleicht könnten Sie sich umhören, ob jemand weiß, wo die Frau sesshaft war, oder ob man sie in dem einen oder anderen Hieb* oder Tschocherl kennt?«

Anezka sah Hieronymus scharf an, dann grinste sie schief. »Lassen Sie nur, Anezka wird das schon machen.«

»Danke, ich –«

Die Fratschlerin machte einen Schritt auf ihn zu und schlug mit der Hand nach unten. Hieronymus wich erschrocken zurück, sah, dass sie einem Buben einen saftigen Schlag auf den Hinterkopf verpasst hatte, der sich gerade anschickte, einen Apfel aus ihrer Bütte zu stehlen.

»Du Hundskrüppel!«, schimpfte die Frau dem Jungen nach, der weinend davonlief. »Das nächste Mal hackt dir Anezka die Hufe ab!«

---

* Wienerisch: Bezirk.

Hieronymus sah sie überrascht an, doch sie wiegelte ab. »Ich mag es hier wirklich.«

»Schon streckte Abraham seine Hand aus und nahm das Messer, um seinen Sohn zu schlachten«, las Franz mit Leidenschaft aus dem Alten Testament vor, während Anezkas Kinder auf ihren Strohsäcken lagen, die Augen groß, die Decken vor Spannung bis unter die Nasenspitzen gezogen. »Da rief ihm der Engel des Herrn vom Himmel her zu: Abraham, Abraham!«, polterte Franz. »Der antwortete: Hier bin ich. Und jener sprach: Streck deine Hand nicht gegen den Knaben aus und tu ihm nichts zuleide! Denn jetzt weiß ich, dass du Gott fürchtest. Du hast mir deinen einzigen Sohn nicht vorenthalten. Als Abraham aufschaute, sah er: Ein Widder hatte sich hinter ihm mit seinen Hörnern im Gestrüpp verfangen. Abraham ging hin, nahm den Widder und brachte ihn statt seines Sohnes als Brandopfer dar.«

Franz schlug das Buch zu, fuhr mit ruhiger Stimme fort. »Was lernen wir daraus?«

»Dass wir alles tun müssen, was Gott von uns verlangt?«, flüsterte der achtjährige Pavel.

»So mag es auf den ersten Blick erscheinen«, erklärte Franz. »Aber vielleicht wollte der Herr uns auch lehren, nicht alle Befehle blindlings zu befolgen. Ob sie nun vom Vater kommen, vom Dienstherrn, einem König oder dem Allmächtigen selbst. Denn Abraham hätte ja auch hinterfragen können, wie Gott ihn lieben konnte, wenn er ein solches Opfer von ihm forderte. Wollt ihr jemandem hörig sein, der so etwas von euch verlangt?«

Die sechs Kinder schüttelten einhellig die Köpfe.

»Und das ist gut so«, sagte Franz und löschte die Petroleumfunzel. »Nun schlaft gut.«

»Na, wieder eine Gutenachtgeschichte aus dem Buch der Liebe vorgelesen?« Hieronymus grinste dreist.

»Manch einer liest, der andere versteht«, erwiderte Franz und schloss die Tür zur Kammer der Kinder. »Aber für den einfältigen Geist haben wir die wichtigsten Geschichten in Bildern auf die Wände unserer Kirchen gemalt. Solltest du einmal versuchen.«

Hieronymus reichte dem anderen eine Flasche mit Sliwowitz. »Wo Anezka bleibt?«

Franz zuckte mit den Schultern, trank einen Schluck und setzte sich auf einen Schemel, der unter seinem Gewicht verdächtig knackte. »Vielleicht feiert sie den ersten Tag ihrer neuen Arbeit?«

Mit Schwung wurde die Eingangstür aufgestoßen. »Natürlich feiert Anezka heute!«, rief sie und kam mit der Bütte herein, in der kein einziger Apfel mehr lag. »Aber sie feiert mit euch beiden.«

»Dann hast du Freude an der Arbeit?« Franz ergriff ihre Hand, nachdem sie sich gesetzt hatte.

»Freude? Es fühlt sich an, als hätte der Herrgott Anezka dafür erschaffen.« Dann holte sie zwei Flaschen mit klarer Flüssigkeit heraus und öffnete die Korkzapfen. »Birnenbrand. Von meiner neuen Bekannten vom Markt.«

»Die Kinder schlafen schon. Hab sie ins Bett gebracht.« Franz teilte drei blecherne Becher aus, Hieronymus füllte sie zur Hälfte mit Schnaps.

»Anezka dankt dir vielmals«, sagte sie mit einem Augenzwinkern. »Und später dann noch einmal im Bett.«

Hieronymus überlief ein Schaudern. »Belassen wir es beim Anstoßen.«

Die drei stießen die Becher zusammen und tranken.

Die Frau sah verklärt zu Hieronymus. »Bei Ihnen will

ich mich auch bedanken. Und zwar habe ich herausgefunden, wonach Sie Anezka gefragt hatten.« Sie machte eine kurze Pause. »Eine Frau mit weißen Haaren ist tatsächlich so manch einem ein Begriff. Die meisten wollen sie in Kaisermühlen wohnen wissen.«

»Im zweiten Bezirk?« Franz sprach die Worte ungläubig aus.

»Na, neben dem Steffl wird sie nicht gewohnt haben, bei ihrem Ansinnen«, entfuhr es Hieronymus harscher als beabsichtigt.

»Lassen S' den Franz in Ruh!«, herrschte ihn Anezka an.

»'tschuldigung.« Hieronymus lehnte sich im Stuhl zurück. »Dann wollen wir morgen die Donau überqueren, was meinst du?«

Auch Franz lehnte sich zurück, hob seinen Becher übertrieben feierlich. »So soll es sein. Und nun trinken wir noch einmal auf Anezkas Arbeit. Na zdraví!«

XXVII

Eine Burg, die über einer Stadt thront. Eine rechte Hand, auf eine Tischplatte gedrückt. Ein unbekannter Mann, der ein kleines Beil schwang, es hinabsausen ließ, auf dass es zwischen Hieronymus' Ringfinger und kleinen Finger hackte. Und der kleine Finger, der vom Körper abfällt wie überreifes Obst von einem Baum ...

»Alles gut bei dir?« Franz rüttelte den Schlafenden, der unerkennbare Laute ausstieß, voller Angst und Pein.

Nur langsam öffnete Hieronymus die Augen, erkannte, wo er sich befand. »Es sind nur wieder ... es war ...« Er richtete sich auf, sah, dass der Morgen anbrach. »Es ist nichts, nur mein Kopf. Komm, lass uns aufbrechen.«

Franz klopfte dem anderen zustimmend auf die Schulter.

Hieronymus und Franz hatten eine Kutsche genommen, waren über den Ring und die Praterstraße gefahren, hatten beim Prater-Stern die Ausstellungsstraße genommen und in der Donaustadt schließlich den Kutscher entlohnt.

Danach warteten sie auf eine Überfuhr über die neu regulierte Donau.

Die erst im letzten Monat eröffnete, vorwiegend aus belgischem Schweißeisen hergestellte Kronprinz-Rudolf-Brücke wollten sie nicht passieren, da ein nicht unerhebliches Mautentgelt eingehoben wurde.

Trotz gehörigen Wellengangs glitt die sieben Meter

lange hölzerne Zille ruhig durch den Donaustrom und erreichte nach kurzer Zeit das andere Ufer in Kaisermühlen.

Der Name entstammte den Dutzenden Schiffsmüllern, die dort seit über dreihundert Jahren ihrem Handwerk nachgingen. Neben Getreidemühlen wurden auch Säge-, Walz- und Farbholzmühlen betrieben, zumeist von März bis Dezember. Nach der Neuregulierung der Donau, die im letzten Jahr abgeschlossen worden war, verschwanden diese jedoch zusehends, da sie ob der verlangsamten Strömungsgeschwindigkeit des Wassers nicht mehr betrieben werden konnten.

Hieronymus und Franz setzten ihren Weg zu Fuß entlang der Berchtoldgasse fort, bis sie auf die wenigen Verkehrswege der Ansiedlung stießen, die rechtwinkelig angelegt und wie mit dem Lineal gezogen verliefen.

Franz schnäuzte sich in ein Stofftaschentuch und verstaute es anschließend in seiner Weste. »Immer, wenn ich auf der anderen Seite der Donau bin, rinnt mir die Nase. Ich weiß ja, warum ich hier nicht hinwill.«

»Aber geh«, beschwichtigte ihn Hieronymus. »Einmal Rotzbub, immer Rotzbub.«

Franz lächelte seinen Freund gezwungen an. »Aber im Ernst: Wie wollen wir herausfinden, ob das, was Anezka erzählt hat, der Wahrheit entspricht?«

Hieronymus holte eine silberne Medaille mit dem Antlitz Franz Joseph I. hervor, die an einem Dreiecksband hing.

»Tapferkeitsmedaille der zweiten Klasse. Hab ich mal bei einer Kartenpartie gewonnen.« Er grinste schief. »Für uns jedoch ein legitimer Ausweis. Gestatten? Theodor Rankl, Inspekteur der k.k. Gewölbwache.«

»Gewölbwache? Ist mal was Neues. Aber ohne Uniform?«

»Ist eine zivile Wache.«

»Praktisch. Und was genau ist unser Auftrag?«

»Die Kontrolle von ebenerdigen und unter dem Straßenniveau liegenden Magazinen, Lagern und sonstigen Lokalitäten. Wir inspizieren sie auf mögliche Gelegenheiten für Einbrüche oder sonstige Gefahren, für die der Inhaber haftbar ist und für die er gegebenenfalls eine Strafgebühr zu entrichten hat.«

Franz machte große Augen. »Da schau her, da kennt sich einer aus. Das weißt du genau woher?«

»Ein langer Abend, an dem ich mit einem von der Gewölbwache getschechert* habe. War ein redseliger Kerl.«

»Und bei der Inspektion fragen wir dann beiläufig nach Adelheid Adalgrimm.«

»So ist es, mein Freund, genau so ist es.«

Ein energisches Pochen auf Holz.

»K.k. Gewölbwache! Wer hat hier die Verantwortung inne?« Hieronymus' Stimme ließ keinen Zweifel über seine Autorität zu.

Das Ladenlokal, das im Souterrain lag, war vollgestellt mit Blechplatten verschiedenster Größen, Eisengewerk und hydraulischen Pressen. Die Luft war dunstig, roch feucht und ehern, ein wenig wie Blut.

Ein älterer Mann mit schmutzigen Händen, schmutzigem Gesicht und ebenso schmutziger Lederschürze kam angelaufen. »Adolph Fleischmann, ich bin der Fabrikant. Gott zum Gruße.«

---

* Wienerisch: gesoffen.

»Mhm«, nahm Hieronymus brummig zur Kenntnis, zeigte schnell die Medaille und ließ sie sogleich wieder in einer Tasche verschwinden. »Und was genau fabrizieren Sie hier?«

»Blechplakate, bedruckte Bleche und Blechemballagen, der Herr.«

»Also alles, was mit Blech zu tun hat. So, so.« Hieronymus ließ den Blick schweifen. »Haben S' Ihre Vorratshaufen gut gesichert, dass sich keiner Ihrer Arbeiter beim Hantieren verletzen kann?«

»Selbstverständlich. Ich arbeite hier mit meinem Sohn.«

»Ein Familienbetrieb. Das ist schön zu hören.«

Der Fabrikant lächelte stolz.

Während Franz draußen wartete, schritt Hieronymus die drei Stufen hinab in die Werkstätte, beäugte streng die schmalen Fenster und den Zustand des Eingangstores, zu dem eine Rampe führte.

»Sie wissen, dass Sie für einen Einbruch bestraft werden können, der durch eine von Ihnen verschuldete Unachtsamkeit oder gar Leichtsinn erleichtert wurde?«

Der Mann zog die Brauen eng zusammen. »Ich soll verantwortlich sein, wenn in meine Werkstatt eingebrochen wird?«

»Schauen S', wenn Sie beispielsweise ihr Tor nicht ordnungsgerecht sichern, und Hinz und Kunz ganz einfach hier hereinkommt, dann ja, dann tragen Sie eine Mitschuld.«

»Das sind ja schöne Zeiten!«, redete sich der Fabrikant in Rage. »Aber seitdem man die Dampfschiffstation an das stadtseitige Ufer verlegt hat, geht es mit unserem Kaisermühlen den Bach runter. Die Fuhrwerker bleiben aus, die Wirtshäuser schließen eins nach dem anderen. Und überall lungern Gfrasta herum und betteln. Mit so einem Gesindel hätte mein Vater kurzen Prozess gemacht.«

»Ja, ja, die gute alte Zeit«, gab sich Hieronymus launig, nickte dann aber versichernd. »Aber was ich hier sehe, Herr Fleischmann, gibt keinen Grund zur Beanstandung.« Er rüttelte am Tor, das sich keine Handbreit bewegen ließ. »Sie sind noch einer vom alten Schlag, das merkt man gleich. Auf Wiederschaun, der Herr.«

Hastig griff der Fabrikant in die Tasche seiner Schürze, holte einen Gulden hervor und streckte ihn Hieronymus entgegen. »Für Ihre Mühen, Herr Inspektor.«

Der schmunzelte, denn darauf hatte er gehofft. »Lassen S' nur. Ich hätte jedoch eine Frage. Die Kollegen von der Sicherheitswache haben mich gebeten nachzufragen, ob hier jemand eine Frau gesehen hat, so um die vierzig Jahre alt, aber mit schlohweißem Haar.«

Der Fabrikant fuhr sich nachdenklich übers Kinn. »Warten S' … ja, so eine hab ich schon einmal auf dem Nachhauseweg gesehen, so eine fällt einem ja gleich auf. Irgendwo in der Nähe von der Schüttaustraße. Die ist da Richtung Norden und dann links.«

Hieronymus tippte sich an den Kopf. »Danke, das hilft mir schon weiter. Wiederschaun.«

»Wiederschaun«, wiederholte der Mann und steckte den Gulden wieder ein.

»War ja nicht unerfolgreich«, konstatierte Hieronymus, während sie in die genannte Richtung gingen.

»Stimmt. Ich frag mich nur, warum du nicht auch hier einfach gesagt hast, dass wir von Marx kommen?«

Hieronymus zündete sich eine Eckstein an und paffte die ersten Züge mehr, als er sie inhalierte. »Ich dachte einfach, aufgrund dessen, dass wir hier ganz im Norden der Residenzstadt unterwegs sind, wirkt der Name des Polizeipräsidenten weit weniger furchteinflößend als in der Inneren Stadt. Und da wir keine Uniformen besitzen, muss halt die Gewölbwache herhalten.«

»Zumindest scheint zu stimmen, was Anezka gestern aufgeschnappt hat.« Franz' Blick wurde rührselig. »Sie ist schon eine von den Guten.«

»Nach dem, was ich gestern Nacht gehört und ihr aufgeführt habt, wundert mich, dass du sie nicht als Heilige titulierst.«

Franz spitzte die Lippen. »Da gehören immer zwei dazu, mein Freund.«

Die beiden Männer hatten die Schiffmühlenstraße erreicht, die Kaisermühlen von Osten nach Westen durchschnitt.

Hieronymus deutete auf einen Laden, der neben seiner Dienstleistung als Friseur und Raseur auch noch Schminke und in- und ausländische Parfümerien anpries.

»Also, auf ein Neues.« Er nahm die Medaille in die Hand und schritt schnurstracks auf den Laden zu.

Franz hockte am Straßenrand und kaute gerade auf einem Streifen Trockenfleisch, das er mitgenommen hatte, als Hieronymus den Frisier-Salon wieder verließ.

»Und?«

»Manchmal muss der Mensch einfach Glück haben. Natürlich hat auch dieser Ladenbesitzer die Inspektion tadellos überstanden, und natürlich wollte man mich für mein Wohlwollen entlohnen, diesmal sogar mit zwei Gulden. Ehrliche Haut, die ich nun mal bin, habe ich natürlich abgelehnt, aber ich fragte wieder nach Adelheid, und siehe da – man kennt sie nicht nur vom Sehen! Der Friseur hatte zwar keinen Schimmer, aber eine seiner Kundschaften erzählte, dass die »weiße Hex«, wie die Kinder sie hier freundlich getauft haben, bei einem Polen namens Aleksander Morawski lebt. Und der wohnt in einer heruntergekommenen Hütte, die letzte am Kaisermühlendamm.«

Hieronymus zeigte nach Osten.

»Tut doch immer gut in der Seele, wenn man einen vernadern* kann.« Franz biss ein Stück Fleisch vom Streifen ab. »Worauf warten wir dann noch?«

XXVIII

IN ZACKIGE SCHATTEN gedrückt verharrte Camillo regungslos und beobachtete das Schauspiel, das sich ihm gegenüber zutrug. Auf der anderen Seite des Wienflusses standen Strotter und Griasler in Reih und Glied nebeneinander, als hätte man sie zum Appell gerufen.

Ein Mann mit zylindrischem Hut und dunklem Mantel bekleidet schritt die Reihe auf und ab, begutachtete die

---

* Österreichisch: denunzieren.

Menschenkette, als würde er frisch eingetroffenes Vieh am Markt prüfen. Von manchen verlangte er, sie mögen die Kopfbedeckung abnehmen, von anderen, sie mögen die Zähne fletschen.

Ein Sklavenmarkt der Hoffnung, kam Camillo bitter in den Sinn. Und auch wenn er wusste, dass hier weder etwas Unredliches vonstattenging, noch dass es verboten war, das Ganze zu beobachten, so fühlte er sich doch merklich wohler, dass ihn die Schatten zu einem der ihren machten und so vor allen anderen verbargen.

Manches Weib auf der anderen Seite des Kanals hatte die Bluse wesentlich weiter aufgeknöpft, als dies stattlich war, doch den Mann, der vor ihnen auf und ab lief, schien dies weder aus der Ruhe zu bringen, noch seine Entscheidungen zu beeinflussen.

Als er sich sicher zu sein schien, jeden Einzelnen ausreichend begutachtet zu haben, legte er schließlich seine rechte Hand auf die Schulter eines jungen, schmächtigen Mannes, der daraufhin wohl vor Verzückung weiche Knie bekam. Dann lief er mit einem Jauchzen an den anderen vorbei und stieg in eine schwarze Kutsche ein, die in einiger Entfernung nur auf ihn zu warten schien.

Zwei weitere bullige Männer verharrten regungslos neben dem Gefährt.

Daraufhin nahmen die Wartenden noch strammere Haltung an – die Männer drückten die Schultern nach hinten, die Frauen die Brüste nach vorn. Dessen ungeachtet legte der Mann erneut die Hand auf die Schulter einer Person, diesmal einer älteren Frau, die ihn sogleich umarmen wollte, was er mit einem Schritt zur Seite gerade noch verhindern konnte.

So lief auch sie zur Kutsche, aber mit einer Hast, als wäre der Leibhaftige persönlich hinter ihr her.

Doch nun drängte sich ein junger Strotter aus der Reihe der Wartenden, lief der Frau hinterher, schubste sie in den Schmutz, als er sie passierte, und wollte eigenmächtig in die Kutsche klettern. Doch die beiden bulligen Männer, die scheinbar zur Sicherheit aller mitgekommen waren, packten den Burschen, drückten ihn auf den Boden und verdroschen ihn so lange mit armlangen Holzknüppeln, bis er sich nicht mehr regte. Dann halfen sie der Frau auf und geleiteten sie ins Wageninnere.

Ein stummes Raunen ging durch die Reihe der Wartenden, das abrupt verstummte. Kein Einziger unter ihnen, der es auch nur wagte, noch einen Mucks zu machen.

Eine dritte Person wurde erwählt, die restlichen Wartenden mit einigen Worten in die drückende Dunkelheit des Kanals entlassen, wo sie gebückt und mit hängenden Schultern entschwanden.

Der Mann bestieg ebenfalls die Kutsche, die sich nach einem Schnalzen der Zügel in Bewegung setzte und von dannen klapperte.

Der verprügelte Bursch lag weiterhin im Schmutz, während die rote Lache unter seinem Kopf immer größer wurde.

Camillo erhob sich aus seinem Versteck, blickte dem Gefährt nach und spürte, dass das eben Beobachtete ihm wohl eine weitere Kuttelflecksuppe einbringen würde.

XXIX

Die kleine Hütte aus dunklem Holz, die vielleicht doppelt so groß war wie der Schindelwagen, wirkte morsch und desolat. Die zahlreichen Ausbesserungsarbeiten an den Dachschindeln konnte man bestenfalls als notdürftig bezeichnen, die glaslosen Fenster waren mit schweren Stoffen verhangen, um so zumindest ein wenig der Kälte der Nacht trotzen zu können. Rund um das Haus wuchs das Gras wild und struppig, und das Rauschen des nahen Donaustroms ließ vermuten, dass die Hütte wohl mit dem nächsten Hochwasser fortgerissen würde.

Hieronymus und Franz blickten sich abwartend an. Dann klopften sie an die Tür.

Drinnen klapperte und schepperte es, aber niemand antwortete.

»Aufmachen, Polizei!« Hieronymus zuckte mit den Schultern. »Wir haben nur ein paar Fragen an Sie, Herr Morawski.«

Wieder ein Scheppern, dann näherten sich knarrend Schritte.

»Was wollen Sie?« Ein Mann mit zerzausten dunklen Haaren, Stoppelbart und tiefen Ringen unter den geröteten Augen hatte die Tür geöffnet. Sein Hemd war voller Flecken, seine Hose an den Knien zerschlissen, seine Schuhe kaum noch mit der Sohle vernagelt. Er mochte Mitte oder Ende dreißig sein. Sein Atem stank nach Fusel.

Hieronymus stellte sich mit seinem echten Namen vor, da er keinen Sinn darin sah, den Mann zu belügen. »Und das ist mein Kollege, Herr Rudolphi. Wir müssen Ihnen ein paar Fragen stellen. Sie sind doch Aleksander Morawski?«

»Der bin ich«, sagte der Mann mit hartem polnischem Akzent. »Aber ich habe mir nichts zuschulden kommen lassen.«

»Wissen wir. Dürfen wir reinkommen?«

Morawski blickte getrieben hinter sich, als ob er Angst hatte, die anderen würden etwas sehen, was sie nicht sehen sollten. Trotzdem machte er einen Schritt zur Seite. »Bitteschon.«

Im Inneren des Hauses roch es so, wie sein Äußeres es vermuten ließ. Herber Schweiß und der Geruch fauliger Speisereste mischten sich mit morschem Holz und dem Gestank eines Aborts, der viel zu nahe an der Behausung ausgehoben worden war.

Die Hütte war in zwei Zimmer unterteilt, im Türrahmen hing nur ein fleckiger Kotzen. Tisch und Stühle standen schiefwinkelig, an den drei Truhen, die mit allerlei Gewand vollgestopft waren, fehlten die Deckel.

Morawski setzte sich auf einen der Stühle, wies Hieronymus und Franz die anderen beiden zu.

»Besser, Sie setzen sich mit Bedacht. Sind noch gut, aber schon alt.« Dann nahm er einen Schluck aus einer schmutzigen Flasche.

Die beiden Freunde taten, wie ihnen geheißen.

»Herr Morawski«, begann Hieronymus vorsichtig. »Sie können sich vielleicht denken, warum wir hier sind?«

»Ist das so ein Ratespiel für Kinder?«

»Nein. Wir sind hier wegen Ihrer Bekanntschaft zu Frau Adelheid Adalgrimm.«

Als Hieronymus den Namen aussprach, stiegen Morawski Tränen in die Augen, die er sich aber sogleich in den Ärmel wischte.

»Dann wissen Sie es bereits? Aus den Gazetten?«

Der andere nickte.

»Unser aufrichtiges Beileid ob Ihres Verlustes«, bekundete Franz ruhig.

»Wie war Ihr Verhältnis zu Frau Adalgrimm?«

Morawski zuckte mit den Schultern. »Ich wurde sagen«, begann er, unfähig, die Umlaute richtig auszusprechen, »das Schicksal hat uns zusammengefuhrt. Wir ... haben uns gefunden, als wir einander am dringlichsten brauchten.«

»Wie dürfen wir das verstehen?«

»Na, so wie das nun mal ist in diesem beschissenen Leben.« Morawski nahm mehrere Schlucke aus der Flasche und rülpste in die vorgehaltene Faust. »Die Heidi war verloren und ganz allein auf dieser Welt, und das war ich auch. Mein Weiberl und mein Tochterchen sind vergangenen Winter an den Pocken gestorben. Mit meinem letzten Geld hab ich ihnen ein Armenbegrabnis erspart.«

Er bekreuzigte sich, Franz tat dies ebenso.

»Wozu also noch weiterleben, habe ich mich gefragt. Da habe ich die Heidi getroffen.«

»Sie ist einfach so zu Ihnen gezogen?«

»Warum nicht? Aber nicht so, wie Sie vielleicht denken. Wir haben die Nahe eines anderen Menschen gesucht, nicht das fleischliche Vergnugen. Warme, Verstandnis. All das hat die Heidi mir gespendet, und ich hoffe, ich ihr ebenso.«

»Wo genau haben Sie sich kennengelernt?«

»Im Graben.«

Hieronymus runzelte die Stirn. »Sie meinen *am* Graben, in der Inneren Stadt?«

»Nein, nein, *im* Graben. Nicht weit von hier. Die Heidi hat regungslos im Straßengraben gelegen, ich habe sie gefunden und wieder aufgepäppelt. Sonst ware sie erfroren.«

»Ein schöner Zug von Ihnen. Wussten Sie, was Adelheid vorhatte?«

Morawski schien zu überlegen, was er antworten sollte. Schließlich atmete er tief durch und beugte sich nach vorn, als wollte er ein Geheimnis erzählen. »Nun, da sie hoffentlich in Frieden ruht, ruhen auf ihr Damonen. Wissen Sie, es gibt so viele scheußliche Menschen auf der Welt, Morder, Vergewaltiger, Kriegstreiber. Sie alle sind selber schuld an ihren Damonen. Aber nicht die Heidi. Die wurde zu dem gemacht, was sie war, allen voran von ihrem Bruder.«

»Stiefbruder. François.«

»Ja, François.« Morawski spie den Namen förmlich aus, auch wenn er ihn nicht richtig betonte. »Was für ein Mensch wurde seine eigene Stiefschwester so behandeln, konnen Sie mir das sagen?«

»Nein«, antwortete Hieronymus. »Aber ich hoffe, dass es François kann, sobald wir ihn dingfest gemacht haben.«

Morawski lächelte zum ersten Mal. »Da wunsch ich Ihnen viel Gluck. Denn seine einzelnen Teile werden nichts mehr bezeugen konnen.«

Hieronymus gab sich nicht überrascht. »Ich hatte bereits vermutet, dass Adelheid ihren Stiefbruder umgebracht hat. Und da er, soweit ich weiß, in Salzburg lebt, ging ich in der Annahme, dass sie Hilfe hatte. Hilfe von Ihnen.«

Das Lächeln auf dem Gesicht des Mannes verschwand. »Ja, ich habe ihr dabei geholfen. Und wenn Sie nur einen Funke Anstand in Ihrem Leib besitzen, dann hatten Sie ihr ebenso geholfen. Wissen Sie, was dieser François sagte, als er zum ersten Mal seit zwanzig Jahren seine Stiefschwester wiedersah?«

Hieronymus und Franz schwiegen gespannt.

»›Ach herrje, wieso bist du denn noch am Leben.‹ Das hat er gesagt.« Morawski lachte bitter. »Das, was wir ihm angetan haben, war noch zu gut für den Kerl. Stuck für Stuck hat sie ihm ein Korperteil nach dem anderen abgeschnitten, abgesagt und abgehauen. Immer darauf bedacht, dass er nicht verblutet. Drei Tage hat es gedauert, dann konnte sie seinen Anblick nicht mehr ertragen und hat ihn erlost.«

Er schniefte. »So ein feiner Mensch war sie, die Heidi.«

»Ihnen ist bewusst, dass sie die Mittäterschaft an einer schweren Straftat gestanden haben?« Hieronymus sah den Mann verwundert an.

»Was macht das schon? Mein Leben hat für mich keinerlei Bedeutung mehr.« Gierig trank Morawski die Flasche leer.

»Bleiben Sie ruhig, wie gesagt, uns geht es nicht um Sie. Was mich interessiert: Wie war Adelheid als Mensch?«

»Gut war sie. Zornig war sie. Zerrissen. Eine gepeinigte Seele in einem gepeinigten Korper. An manchen Tagen voller Dusternis, ohne Erinnerung, wie ein anderer Mensch. Als ware sie in einem unsichtbaren Kafig gesperrt, aus dem es kein Entrinnen gab. Dann wieder klar, lebendig, hoffnungsvoll. Voller Tatendrang, als konne sie so ihrer Vergangenheit und ihren Erinnerungen entfliehen, sie einfach zurucklassen und –«

Morawski übermannten die Tränen, er begann tief zu schluchzen. Hieronymus und Franz schwiegen, sie wollten dem Mann die Zeit geben, die er brauchte.

»Meinen Lebenswillen hat sie neu entfacht«, sagte er schließlich und rotzte sich in den Ärmel. »Und nun wieder zum Erlöschen gebracht. Ich bedaure wenig in meinem Leben, wissen Sie? Aber ich bedaure, dass es der Heidi nicht moglich war, zu vollenden, was sie begonnen hatte.«

»Die Namensliste auf ihrem Bein.«

Morawski nickte düster.

»Und was war es, das sie zu vollenden gedachte?«

Mit einem Mal stand Morawski wankend auf. »Ich will mir noch eine Flasche holen. Einen Moment, die Herren.«

Er schob den Kotzen beiseite und torkelte in den angrenzenden Raum.

»Was sollen wir mit ihm machen?«, flüsterte Franz. »Der Mann ist nur noch ein Häufchen Elend. Wenn wir ihn mit auf die Direction nehmen, dann –«

»Das werden wir auch nicht tun«, unterbrach ihn Hieronymus, der ebenfalls flüsterte. »Denn damit helfen wir niemandem, auch nicht der Gerechtigkeit. Das Einzige, was mich noch interessiert, ist, wen Adelheid noch auf ihrer Racheliste stehen hatte, und warum.«

Franz nickte. Dann schwiegen die beiden wieder.

Aus dem Nebenzimmer drangen knarrende Geräusche, dann Stille. Dann ein heftiger Ruck, beinahe zeitgleich mit dem Knacken von Holz.

Hieronymus und Franz sprangen auf, eilten ins andere Zimmer. Dort baumelte Morawski, ein Seil um den Hals, den Kopf verdreht, mit gebrochenem Genick.

Beide wussten, dass jede Hilfe zu spät kam.

»Herr im Himmel! Das konnte er doch unmöglich alles in der kurzen Zeit gemacht haben«, sagte Franz stockend und bekreuzigte sich.

»Hat er wohl auch nicht.« Hieronymus' Blick ging zur Dachschräge, an deren Querbalken das Seil befestigt war. »Weißt du was? Ich glaube, er war gerade im Begriff eben das zu tun, als wir geklopft und ihn dabei unterbrochen haben.«

Franz nickte. »Rufen wir die Sicherheitswache.«

XXX

HIERONYMUS SASS VOR dem Schindelwagen und schnitt auf dem Albuminpapier mit einem kleinen scharfen Messer entlang der Konturen von Lucie sowie der Chaiselongue, auf der das Kind saß. Er wollte das Foto heute vollenden und in den nächsten Tagen Anna Rebiczek bringen, denn erst dann würde er seinen Lohn erhalten.

Nach den schrecklichen Ereignissen des heutigen Vormittags genoss Hieronymus es richtig, nur mit sich und seinen Gedanken zu sein. Die Mittäterschaft Morawskis an Adelheids Rachefeldzug hatten er und Franz gegenüber der Sicherheitswache verschwiegen, denn es tat keinen Unterschied mehr, dass sich der Mann schuldig gemacht hatte, allein aus dem Verlangen nach Liebe und Geborgenheit heraus. Am Ende würde man seinen Leichnam noch malträtieren, und so wie Morawski wirkte, hatte er zu Lebzeiten schon genug gelitten.

Hieronymus legte das Messer beiseite, schob den Teil der ausgeschnittenen Fotografie auf das andere Blatt Albuminpapier, auf das er nur die leere Chaiselongue belichtet hatte – und sie passten perfekt übereinander! Es sah tatsächlich so aus, als würde die kleine Lucie quietschvergnügt, in aller Ruhe und vor allen Dingen allein für ihr Foto posieren. Sein Plan war aufgegangen. Wenn sich das unter Annas Freundinnen herumsprach, so mutmaßte Hieronymus, würde er in Bälde nur noch Fotos von Säuglingen und Kleinkindern machen. Eine Vorstellung, die ihm zumindest genehmer war, als die, weiter zugerichtete Leiber von Mordopfern zu verewigen.

Denn hier lag das Augenmerk auf dem Leben, auf Lucie, und das war gut so. Adelheids Augenmerk hingegen hatte etwas anderem gegolten. Aber im Gegensatz zum klassischen Täter, dem es ausschließlich um die eigene Person ging, hatte dies die Frau offenbar nicht gekümmert. Ihr war es um die Sache selbst gegangen, darum, für sich allein abzuarbeiten, was sie so viele Jahre gequält hatte – oder besser gesagt, wer. Hieronymus konnte es nicht benennen, dieses Gefühl, das sich in seiner Magengegend breitmachte, seitdem Adelheid gestorben war. Aber wenn die Frau zu einer so grausamen Tat bereit war, was musste ihr erst derjenige angetan haben, an dem sie sich nicht mehr hatte rächen können?

Roderich von Breithaupt, oder wie auch immer sein Name war.

Hieronymus konnte nicht anders, er wollte diesen Mann finden und zur Rede stellen. Wollte wissen, warum er in Adelheids Leben aufgetaucht war, sie aus einer Anstalt holte, in der es ihr allem Anschein nach gut erging, und sie zu sich nahm. Mit welchem Kerker hatte er den ersetzt, in dem die Frau seit ihrer Überstellung aus dem Gugelhupf gelebt hatte?

Aber noch viel wichtiger als diese Fragen war jene, um die sich offenbar alles zu drehen schien: Warum hatte von Breithaupt Adelheid Adalgrimm zwei Jahre, nachdem er sie am Brünnlfeld abgeholt hatte, wieder freigelassen?

»Es tut mir leid, ehrlich«, gab der Hausmeister zu, sichtlich enttäuscht. »Ich hab nicht vermocht, den aufzuspüren, den du suchtest.« Er kratzte sich verlegen den Hinterkopf. »Ehemalige Ziegelbehm sind wahrlich keine Seltenheit, und viele wollen einfach nichts und niemanden gesehen haben. Manche fürchten gar, am Ende noch als Kiebitz beschimpft zu werden.«

Franz nickte verständnisvoll, auch wenn er sich mehr erhofft hatte.

»Daher verlange ich von dir auch nur die Hälfte des vereinbarten Lohns.«

Der Rucksack wog schwer. Franz stellte ihn trotz allem zu des Hausmeisters Füßen ab. »Nimm es, es soll dein Schaden nicht sein«, meinte er. »Aber womöglich komme ich eines Tages mit einer anderen Bitte zu dir.«

Der Hausmeister wies mit einem Handzeichen seine beiden Freunde an, die Zigaretten und die Flaschen in die eigenen Säcke umzuladen. »Dann danke ich im Voraus und versichere dir, dass meine Tür immer für dich offen steht, buckliger Franz. Oder das Kanalgitter, wennst so willst.«

Die Männer schüttelten sich die Hände, dann verschwanden der Hausmeister und seine beiden Freunde im Dunkel der Kanäle.

»Tut mir auch leid, dass ich nicht dienlicher war«, sagte Camillo, der das Gespräch stumm verfolgt hatte. »Das Glück ist eben eine Taube auf dem Dach, wie man so schön sagt.«

Franz verkniff sich, den anderen zu korrigieren, denn er wusste, was dieser sagen wollte.

»Aber«, Camillo hob den Zeigefinger. »Ich habe vielleicht trotzdem etwas beobachtet, was von Interesse für dich sein könnt.« Er leckte sich unbewusst über die Lippen.

»Natürlich zahl ich dir gern dafür eine Kuttelflecksuppe«, warf Franz sogleich ein.

»Bist einer von den Redlichen, danke. Heute Vormittag hielt am Wienfluss unten eine Kutsche. Aus ihr stieg einer, von dem ich bisher nur gehört, ihn aber noch nie zu Gesicht bekommen hatte. Man mauschelt, dass er alle paar Monate hierherkommt, um einige Auserwählte mitzunehmen. Man mauschelt weiters, dass er auf Betreiben eines reichen Gönners unterwegs sei, eines Wohltäters, der jene, die er auserwählt, von ihrem Joch befreie und zu reichen Leuten mache.«

Franz gab sich beeindruckt. Die Geschichte klang zu schön, um wahr zu sein.

»Bisher habe ich ja auch geglaubt, es sei ein Ammenmärchen. Aber seit heute bin ich geläutert.«

»Ich verstehe nur nicht, was das alles mit mir zu tun hat.«

»Eine schlaksige Gestalt, ein roter Plutzer, dunkles Haar. Klingt wie die Beschreibung dieses Leoš, die du mir gegeben hast. Und er hat sich mit ›Děkuju‹ verabschiedet.«

Franz setzte eine unschlüssige Miene auf. »Ich danke dir vielmals, ehrlich. Aber wie soll ich herausfinden, ob es tatsächlich Leoš war? Wo fuhr die Kutsche denn hin?«

»Das … weiß niemand.«

»Kennst du jemanden, der in die Kutsche stieg und wieder zurückkam, reich oder nicht?«

Camillo schwieg für einen Moment. »Es heißt jedoch, dass es den Leuten gut gehen muss, da sie eben nicht mehr auf das Strotten angewiesen sind.«

Franz knurrte unwirsch. »Dann muss ich also nichts anderes tun, als hier die nächsten Monate darauf zu warten, dass die Kutsche wiederkommt?«

Natürlich dämmerte es Camillo, dass seine Informationen nichts wert waren.

»Keine Angst, Don Cavallo«, sagte Franz mit einem Zwinkern. »Das Supperl bekommst trotzdem.«

Die Stimmung im Café Walhalla war fidel und ausgelassen. Ein Mann mit Quetschn* spielte mitreißende Lieder, auf den freien Flächen tummelten sich tanzende Paare jeden Alters. Es wirkte, als würde sich das ehemalige vornehme Tanzlokal in der Währinger Straße seiner Vergangenheit besinnen und dieser noch einmal so richtig frönen.

Hieronymus und Franz saßen an der dunkel getäfelten Bar, jeder ein Gläschen Schnaps und ein kleines Glas Liesinger Bier vor sich.

»Wir haben eine Handvoll loser Enden und keinen ein-

---

* Ziehharmonika.

zigen Faden, um anzuknüpfen«, fasste Hieronymus resigniert zusammen. »Und schön langsam gehen mir die Ideen aus, wen wir noch befragen könnten. Wo wir noch unsre Nasen hineinstecken könnten, um mehr über diesen von Breithaupt oder den Verbleib von Leoš zu erfahren.«

Er kippte den Schnaps hinunter, ließ den Blick jedoch am Plafond haften, dessen einst weiße Stuckatur schon längst eine grau-bräunliche Färbung angenommen hatte, und die aufgrund des starken Rauchs der Zigaretten wirkte, als würde man ihn durch einen Nebel betrachten.

»Und zur Abwechslung weiß auch ich nicht mehr weiter«, gab Franz zu. »All die Tage in den Kanälen habe ich umsonst dort verbracht. Manchmal sollte man einfach begreifen, dass man verspielt hat.« Auch er leerte sein Schnapsglas und gab der breitschultrigen Schankfrau ein Zeichen. »Gehen S', lassen S' doch bittschön die Luft aus unseren Glaserln aus.«

Die resolut wirkende Frau schmunzelte amüsiert, wohl ob der umständlichen Formulierung, dann füllte sie die beiden Gläser bis zur Kante mit klarem Obstschnaps. Beim Blick auf Hieronymus runzelte sie die Stirn.

»Sag einmal, warst du nicht vor wenigen Monaten schon mal hier?«

»Schuldig im Sinne der Anklage«, gestand der, bereits mit leicht trägem Zungenschlag. »Du warst so freundlich, mich auf ein paar Schnäpschen einzuladen.«

Sie nickte bedächtig. »Du hast dich nach der Jojo erkundigt. Und dann bist du dem Fredi nachgelaufen, als der von hier abgehauen ist.«

»Auch das stimmt.«

»Was ist aus dem Fredi geworden? Ich hab ihn seither nicht mehr gesehen.«

Hieronymus fuhr sich übers Gesicht, während Erinnerungen aufblitzten – wie er den jungen Mann endlich auf der Brücke eingeholt hatte. Wie dieser glaubte, Hieronymus wollte sich an ihm rächen. Und wie er sich über das Geländer in die Tiefe gestürzt hatte und auf einer Frachtzille gelandet war, gänzlich unversehrt.

»Der Fredi hat wohl sein Leben überdacht und woanders neu angefangen«, meinte er schließlich und hob abwehrend die Hände. »Ich schwör's, ich hab ihm kein Haar gekrümmt.«

Die Schankfrau griff Hieronymus' Hand und drückte sie nach unten, wobei sie diese sanft massierte. »Aber geh, das hat ja auch keiner behauptet. Gleich wie du reingekommen bist hab ich dir angesehen, dass du ein aufrechter Lackl bist.«

»Ein bisserl viel saufen tut er halt«, stichelte Franz und genoss einen Schluck des bitter-würzigen Liesinger Bieres.

»Ein Mann, der nicht sauft, ist wie ein Pferd, das lahmt«, meinte die Wirtsfrau trocken. »Kommt's, ihr zwei Hübschen, ich geb eine Runde aus.«

»Na, wenn das so ist, dann gestehe ich, ebenfalls der gleichen Neigung nachzuhängen«, sagte Franz mit einem schelmischen Grinsen.

Die drei stießen an.

»Auf dass der Abend länger dauern möge als das morgige Schädelweh!«

XXXI

SCHWER KEUCHEND WISCHTE sich Anezka den Schweiß von der Stirn und die Haare, die darin klebten. Sie war vornübergebeugt, rieb ein Wäschestück nach dem anderen an einer Waschrumpel, die in einem Bottich voll Wasser lehnte. Ihre Finger waren bereits so runzelig wie Rosinen und sie hatte mindestens noch die Hälfte der schmutzigen Kleidungsstücke ihres Nachwuchses vor sich.

Ein plötzliches Aufjohlen von Kinderstimmen ließ sie in ihrer monotonen Arbeit innehalten. War jemand an den Hof gekommen?

»Vater!«, hörte sie Jaroslav rufen. »Mutter, komm schnell! Vater ist hier!«

Anezka konnte nicht glauben, was sie vernahm. Sie ließ das Hemd in den Waschbottich gleiten, verharrte, als wäre sie erstarrt.

Konnte es tatsächlich sein, dass … nein, warum sollte er auch … heute, auf einmal …

»Dobrý den, moje panenka«, ertönte es hinter ihr.

Anezka wirbelte herum. Vor ihr stand, in saubere Weste und Hose gekleidet, Leoš, ihr Gemahl. Sein Gesicht war zwar noch immer so gerötet, wie sie es in Erinnerung hatte, aber ansonsten wirkte er, als käme er gerade von der Sommerfrische.

»Leoš«, stammelte sie. »Was … woher kommst du?«

Er beugte sich zu ihr, half ihr galant auf. »Ich komme euretwegen. Ich habe es nämlich geschafft.«

Ein breites Grinsen bemächtigte sich Leoš' Gesicht,

entblößte einige fehlende Backenzähne. Anezka war sprachlos.

»Und zur Feier des Tages habe ich frisches Brot, Kren und einige Klobassen mitgebracht.« Er wandte sich seinen Kindern zu. »Na, wer hat Hunger?«

Die sechs schrien und kreischten wonnig durcheinander.

»Du hoffentlich auch?«

Anezka nickte. Sie hatte das Gefühl, ein Fremder stünde ihr gegenüber, jemand, der nur aufgrund seines Aussehens vorgab, Leoš zu sein, jedoch nichts mit dem groben Trunkenbold gemein hatte, der alle paar Wochen hier vorbeikam.

Zögerlich nickte die Frau, folgte ihren Kindern ins Haus.

»Auf die Fügungen des Schicksals!« Feierlich hielt Leoš seinen Becher voll Wein in die Höhe, seine Frau und die sechs Kinder taten es ebenso. Dann tranken alle.

»Jetzt sag schon«, drängte Anezka, während sie sich ein fingerdick abgeschnittenes Rad Wurst in den Mund schob. »Was ist geschehen? Du hast kein Lebenszeichen von dir gegeben, Anezka dachte schon, du wärst –« Sie brach ab.

»Tot? Das war ich auch beinahe. Die Ziegelei bringt den Leuten kein Brot mehr auf den Tisch«, begann Leoš. »Sie lastet ihnen nur immer mehr Gewicht auf die Schultern, bis diese darunter zerbrechen. Natürlich habe ich das schon früh erkannt, aber ich fühlte mich dennoch zu ohnmächtig, etwas dagegen zu tun. Dann tat das Schicksal etwas für mich. Ich habe Jakub kennengelernt und er hat mir bestätigt, woran zu glauben ich nicht mehr fähig war. Dass wir unseres eigenen Glückes Schmied sind, jeder von uns. Auch du, Emil«, sprach er zu seinem jüngsten Sohn, der ihn mit vollen Backen angrinste. »Und daher habe ich es getan. Ich habe die Ziegelei ohne einen Plan verlassen, ohne zu wissen, was mich morgen erwartet, was mich morgen ernähren soll.«

»Oder uns«, rutschte es Anezka heraus.

»Ano«, sprach Leoš, sein Lächeln verschwand. Dann schlug er erbost mit der Faust auf den Tisch. »Aber hier geht es eben einmal nicht um dich!«

Er mühte sich außerordentlich, wieder ruhig zu werden, während die anderen am Tisch stumm ihre Blicke gesenkt hielten.

Dann ergriff Leoš Anezkas Hand. »Ich kenne meine Fehlungen in der Vergangenheit, glaube mir, moje panenka. Und ich weiß auch, dass ich erst zu euch hätte kommen sollen, als ich der Ziegelei den Rücken zugedreht hab. Aber manchmal braucht ein Mann eine klare Trennung, um seine Gedanken zu ordnen, um erkennen zu können, welche Richtung er im Leben einzuschlagen gedenkt. Und was sein eigentliches Ziel ist.«

»Tak?«, fragte Anezka mit ungerührtem Blick. »Hast du es herausgefunden?«

Mit stolzem Antlitz lehnte Leoš sich zurück. »Ano, das habe ich. Und auch hier war mir das Schicksal behilflich, vielleicht gar der Herr persönlich. Nachdem mich Jakub zu den Strottern in die Unterwelt mitgenommen hatte, einer Welt ›jenseits gesetzter Bürgerlichkeit‹, wie er es beschrieben hat, da wusste ich eines: So wollte ich nie enden. Ich habe kein Problem damit, mir die Hände schmutzig zu machen, hatte ich noch nie, das weißt du. Aber im Dreck zu leben, im Scheißdreck der anderen zu wühlen, das hat sich nicht erstrebenswert angespürt. Ich hab also rausmüssen aus dieser stinkenden Hölle, habe mir die Nacht um die Ohren geschlagen, während ich von einem Brandineser zum nächsten gezogen bin. Bis ich selbst den allerletzten Kreuzer vertrunken hatte. Das kann ich gut, wie du weißt.«

Leoš leerte seinen Becher, Anezka schenkte ihm unaufgefordert nach.

»Plötzlich habe ich die lauten Stimmen eines Streits vernommen. Ich schaute um die Ecke und sah, dass drei Raufbuben eine Kutsche aufgebracht hatten. Der Kutscher ist bereits am Boden gelegen, ein edel gekleideter Mann stand mit dem Rücken zum Gefährt, wurde mit Messern bedroht.«

Er machte eine einschüchternde Handbewegung, die Kinder zuckten zusammen. »Ich hab mir gedacht, dass es nur gut und recht wäre, dem Mann zu Hilfe zu eilen, also tat ich es. Die drei Gesellen hab ich schnell niedergerungen gehabt, auf dass sie die Flucht ergriffen. Dann half ich dem Kutscher hoch und sprach beruhigend auf den Edelmann ein.«

Dass er eigentlich nur die Beute des Raubes an sich reißen wollte, verschwieg Leoš, denn je öfter er die Geschichte auf diese Weise erzählte, umso mehr glaubte er sie selbst.

»Ihr könnt euch vorstellen, dass sich der Edelmann zu außerordentlichem Dank verpflichtet gefühlt hat, und so schenkte er mir nicht nur einen gehörigen Batzen Geld, er bot mir auch eine Anstellung an.«

Leoš griff in seine Jackentasche, holte einen schweren Lederbeutel heraus und warf ihn auf den Tisch, sodass er aufging und lauter Gulden herausrollten. Anezka und ihre Kinder trauten ihren Augen nicht.

»Und so stehe ich heute vor euch, meine Lieben, ein ehrenwerter Mann mit ehrenwerter Anstellung. Und zum Saufen hab ich auch aufgehört.«

Anezka rieb mit dem Zeigefinger zärtlich über die geprägte Oberfläche eines Guldens. »Wer ist der Edelmann? Ein Adeliger?«

»Das kannst du laut sagen, moje panenka. Leoš Svoboda steht in den Diensten von Doktor Johann Nepomuk von Mahlknecht!«

Silbrig schnitt die Sichel des Mondes durch den Wolkenstreifen, der sich vor ihn gedrängt hatte. Der Wind zog mit sanftem Säuseln durchs Geäst und über die Dächer der Vorstadt, schien jegliches Unbill wegzufegen, auf dass die Nacht ruhig und einsam bleiben konnte.

Anezka saß auf den Stufen vor ihrem Haus, sah den Wolken dabei zu, wie sie langsam den Mond verdeckten.

Innerlich war sie so aufgewühlt wie schon lange nicht mehr, weshalb sie auch keinen Schlaf fand. Während Leoš schnarchend in ihrer Bettstatt auf dem Rücken lag, hatte sie sich auf Zehenspitzen davongestohlen und wollte eigentlich so lange laufen, bis sie nicht mehr konnte. Stattdessen hockte sie nun hier und haderte mit ihren Gefühlen. Denn wenn sie ehrlich zu sich selbst war, hatte sie mit ihrem Gemahl längst abgeschlossen. Und sein Fernbleiben hatte in ihr zwar die Urangst genährt, sich nun auf eine Art und Weise verdingen zu müssen, die sie niemals wollte, aber sie hätte es ihren Kindern zuliebe getan.

Dass ihr Hieronymus die Legitimation als Fratschlerin organisieren konnte, hatte ihr ein ungeahntes Stück Freiheit beschert. Sie liebte es schlicht, im Menschengetümmel zu stehen und Obst zu verkaufen, die Passanten mit unflätigen Sprüchen auf sich aufmerksam zu machen oder einfach Schmäh zu führen. Und dafür auch noch entlohnt zu werden.

Aber all das stand nun auf der Kippe. Leoš wollte sie zu sich aufs Land holen, wollte irgendwo im Nirgendwo ein kleines Häuschen pachten, auf dass sie und die Kinder darin den Tag verbrachten, bis er nach Hause kam.

Grundsätzlich wäre auch diese Vorstellung nicht die schlimmste, doch wie lange würde es wohl dauern, bis Leoš wieder zu trinken begann? Wie lange, bis er wieder nächtelang nicht nach Hause kam, seine Arbeit verlor und sich die Abwärtsspirale wieder zu drehen begann, die sie alle fortreißen würde?

Nein, das wusste Anezka, das war nicht das, was sie wollte. Nicht für sich, nicht für ihre Kinder, und was Leoš mit seinem Leben tat, nun, er war ja seines eigenen Glückes Schmied, wie er so trefflich formulierte.

Doch wie sie ihm das begreiflich machen konnte, das wusste Anezka einfach nicht. Es war ihr nicht einmal eingefallen, als er sich vorhin an ihr abgearbeitet hatte – als etwas anderes konnte sie die Körperlichkeit mit ihm nicht bezeichnen. Auch dabei hatte sie bemerkt, wie fremd ihr der Mann über ihr geworden war, wie fern im Gefühl, wie noch viel ferner im Geist.

So ganz anders als dieser schwerfällige, zuweilen unbeholfene Kerl, der auf seine Art so liebenswert war, sowohl zu den Kindern als auch zu ihr. Der ihr zuhörte, ohne nur von sich sprechen zu wollen. Der sie berührte, ohne dabei nur an sich zu denken.

Anezka seufzte schwer. Zumindest konnte ihr niemand die Gedanken verbieten, und wer weiß? Vielleicht würde sie sogar noch den Mut fassen und Leoš sagen, dass sie einen anderen und nicht mehr ihn liebte.

Vielleicht … irgendwann …

XXXII

WELLEN DES SCHMERZES wogten in Hieronymus' Kopf, verursachten mit jeder Brandung ein Gefühl völliger Hilflosigkeit. Und als wäre all dies nicht genug, hämmerte es in regelmäßigen Abständen wie in der Werkstatt eines Tischlers, nur dass der Meister nicht auf Holz, sondern auf seinen Schädel einschlug.

Hieronymus riss die Augen auf, starrte auf die halbrunde hölzerne Decke des Schindelwagens, auf die ein verblichener Sternenhimmel gemalt war. Wo zur Hölle – hatte er nicht gerade eben noch an der Theke im Walhalla gesessen, und –

Erneut das Hämmern, doch diesmal schallte es von der Wagentür her.

Hieronymus rappelte sich auf. Überrascht stellte er fest, dass er sein Nachthemd über die Kleidung gezogen hatte, machte die wenigen Schritte zur Tür, wobei er sich bemühen musste, nicht auf die eine oder andere Seite zu stürzen.

»Was ist denn?«, brüllte er ins Ungewisse, nachdem er die Tür aufgerissen hatte.

Anezka machte unwillkürlich einen Satz zurück wie ein aufgeschrecktes Tier.

»Jessasmariaundjosef! Wie schaun Sie denn aus?«

»So wie Sie, Frau Svoboda«, gab Hieronymus zurück, immer noch ein wenig lallend. »Taufrisch wie der Morgen.«

»Dann schaun S' einmal, dass Sie sich mit Tau erfrischen, Herr Holstein. Und wenn das nicht hilft, dürfen S' meinen Brunnen benutzen. Danach kommen S' ins Haus, es ist was passiert.«

Mit diesen Worten schritt Anezka wieder zu ihrem Haus, rief dann noch: »Und wenn S' beim Brunnen sind, nehmen S' gleich den Franz mit. Der liegt dort auf der Erde!«

Wie in Trance blickte Hieronymus der Frau hinterher, dann schwenkte sein Kopf zum Brunnen. Warum sollte der Franz dort –

Laut schnarchend und auf dem Rücken liegend kauerte Franz neben dem Brunnen, während Jaroslav, Pavel und Jozef um ihn herumstanden und ihn belustigt mit dürren Ästen pikten, wohl gespannt, wann er aufwachen würde.

Hieronymus entledigte sich des Nachthemds und stakste zum Brunnen. Als die Buben ihn kommen sahen, warfen sie die Äste hinfort und liefen aufgekratzt lachend davon. Er kurbelte einen Eimer frischen Wassers aus der Tiefe, trank einige Schlucke gegen den pelzigen Geschmack im Mund, wusch sich den Kopf und schüttete schließlich den verbliebenen Inhalt über den am Boden liegenden Franz.

Der fuhr prustend in die Höhe.

»Guten Morgen«, trällerte Hieronymus, seinen eigenen Kater überspielend.

Gehetzt blickte der andere um sich, begann erst allmählich zu erkennen, wo er sich befand. »Wie sind wir gestern hierhergekommen?«

Hieronymus zuckte mit den Schultern. »Das weiß wohl das Pferd allein, das uns gezogen hat. Und vermutlich auch der Kutscher.«

»Und warum weckst du mich?«

»Dafür musst du dich bei Frau Svoboda bedanken, was du auch gleich tun kannst, denn sie will uns sprechen. Meinte, es sei irgendwas passiert.«

Franz erschauderte, wohl mehr aufgrund der nächtlichen Kälte denn des Brunnenwassers. Er ließ sich von Hieronymus aufhelfen. »Na, dann bin ich aber gespannt.«

»Ihr beide seid wahrlich kein schöner Anblick.«

Anezka holte zwei Becher und stellte je einen vor Hieronymus und Franz auf den Tisch, an dem die beiden lungerten und dabei wirkten, als sollte man ihnen die letzte Ölung geben.

Dann füllte sie die Becher zur Hälfte mit Rotwein. »So ein Reparaturachterl wird euch guttun. Austrinken.«

Widerspruchslos gehorchten die Männer und taten, wie ihnen geheißen.

»Und nun erleuchten Sie uns doch bitte«, sagte Hieronymus, sichtlich bemüht, dem Würgereiz nicht nachzugeben.

Anezka seufzte. Dann nahm sie ebenfalls Platz, sah Franz mit starrem Blick an. »An dem Platz, an dem du gerade sitzt, hat gestern jemand gesessen, von dem ich –«

Hieronymus schlug mit der flachen Hand auf den Tisch. »Ich fleh Sie an! Sagen Sie einfach, worum es geht, oder erlösen Sie uns von unserem Elend.«

»Der Leoš war da.«

Franz und Hieronymus tauschten einen ungläubigen Blick.

»*Der* Leoš?«, fragten die beiden unisono.

»Ano, Anezkas Gemahl, Leoš Svoboda. Er tauchte am späten Nachmittag auf, als wäre nichts geschehen, hatte zu essen und trinken dabei, sogar eine Rose für mich.« Sie atmete tief durch, kämpfte mit den Tränen.

»Dann geht es ihm gut? Hat er wieder bei den Ziegelwerken angefangen?«

Die Vermieterin schüttelte den Kopf. »Er behauptet, in den Diensten eines Adeligen zu stehen. Von Mahlknecht oder so heißt der. Leoš soll für die Instandhaltung der Kutschen und so weiter verantwortlich sein.«

Hieronymus hielt sich mit beiden Händen den Schädel. Von Mahlknecht. Wo hatte er den Namen schon einmal gehört?

»Leoš behauptete ebenso, er würde nun mehr Lohn erhalten als jemals zuvor, und dass er uns von hier fortholen will, damit wir in seiner Nähe sein können.«

Franz räusperte sich. »Du … willst ihn also zurücknehmen? Nach allem, was vorgefallen ist und wie er dich behandelt hat?«

Anezkas Blick wurde starr, sie kämpfte gegen die Tränen. »Natürlich, er ist mein Gemahl. Anezka muss. Ich habe es vor dem Allmächtigen geschworen.«

»Na dann«, presste Franz mit finsterer Miene hervor.

»Es kann doch sein, dass er sich redlich ändert, oder nicht?« Mit zitternder Hand wischte sie sich die Tränen aus den Augen. Es war nur zu offensichtlich, wie sehr sie ihren eigenen Worten misstraute.

»Vielleicht ist es ja so, wie du sagst. Und wo soll diese neue Anstellung sein?«, fragte Franz mit monotoner Stimme.

»Irgendwo in Niederösterreich. Mit der Kutsche braucht er eine knappe Stunde hin.«

»Bei der Burgruine Rauhenstein!«, rief Jan, der sich offenbar bis gerade eben hinter dem Türblatt versteckt gehalten hatte.

»Rauhenstein?«, wiederholte Hieronymus nachdenklich. »Das ist doch bei Baden. Dank dir, Jan!«

»Irgendetwas kommt mir bei der ganzen Geschichte seltsam vor«, sagte Anezka. »Ich frage mich, was Leoš dort in Wahrheit für Arbeiten zu verrichten hat.«

»Ich frage mich vielmehr, was er in Wien zu suchen hat.«

Hieronymus sah seinen Freund überrascht an. »Wie kommst du auf Wien?«

»Überleg einmal. Angenommen es stimmt, was Leoš erzählt hat. Er verdingt sich nun bei einem reichen Adeligen, der ihn als Dank für seine Hilfe in seine Dienste aufgenommen hat. So weit, so gut. Aber was, wenn nun Leoš tatsächlich der Mann war, den unser Don Cavallo beobachtet hat?«

Hieronymus kratzte sich den dröhnenden Schädel.

»Das würde heißen«, führte Franz aus, »dass dieser Adelige auch jener Wohltäter ist, der jedes Vierteljahr einer Handvoll Strottern aus ihrem Elend hilft.«

Nun sahen Anezka und Hieronymus Franz fragend an.

»Kennt ihr einen Adeligen, dem das Gemeinwohl dermaßen am Herzen liegt?«

»Anezka kennt überhaupt keine Blaublütigen«, meinte diese trocken.

»Ist vielleicht der Erste seiner –«

»Wie hast du gesagt, heißt der Mann?«, unterbrach Hieronymus seinen Freund.

»Von Mahlknecht!«, schallte es erneut hinter dem Türblatt hervor.

»Danke, Jan!« In diesem Augenblick machte Hieronymus ein Gesicht, als wäre er Zeuge einer Engelserscheinung. »Jetzt weiß ich, woher ich den Namen kenne. Rokitansky hat ihn erwähnt. Von Mahlknecht gehörte ebenfalls zu den Ärzten, die einst im Gugelhupf tätig waren.«

»Und die nicht mehr in Wien leben«, fügte Franz hinzu.

»Das heißt, dass er auch keinen Schutz vor Adelheid durch die Sicherheitswache erfahren hat, wie von Pattai, und dass ich nur durch Glück zu diesem geritten bin. Genauso gut hätte es auch von Mahlknecht treffen können.«

»Ich denke, wir sollten diesem Wohltäter einen Besuch abstatten. Dann wissen wir mehr über Leoš' neue Arbeit, über den adeligen Wohltäter –«

»Und über einen weiteren Irrenarzt, dessen Namen sich Adelheid zwar nicht auf ihren Schenkel eingestochen hatte, aber dennoch … wer weiß, was das zu bedeuten hat.«

»Danke, dass ihr nach dem Leoš schaut«, meinte Anezka und bot den Männern noch einen Schluck Rotwein an, den jedoch beide vehement ablehnten.

»Aber zuerst«, sagte Franz mit stoischer Miene, »muss ich noch eine Runde speiben* gehen.«

---

* Österreichisch: kotzen.

Ohne jede Hast zog Roswitha den Schindelwagen, vorbei an Siebenhirten und Mödling, an Pfaffstätten und weiter Richtung Baden bei Wien.

Im Westen erhoben sich sanfte Hügel, die dicht bewaldet waren, und durch die der Badener Bach über Jahrtausende eine Klamm geschnitten hatte, das Helenental. Hier hatten Carl und Elisabeth Boldrino aus Dankbarkeit, dass die Residenzstadt in den Dreißigerjahren dieses Jahrhunderts von der Krankheit verschont geblieben war, eine Cholerakapelle errichten lassen, die zu einem beliebten Wallfahrtsort der Wiener geworden war. Hier hatte auch Ludwig van Beethoven gern und viel Zeit verbracht.

Über den Badener Bach erhob sich trotzig die auf nacktem Fels errichtete Burg Rauhenstein, die während der Ersten Wiener Türkenbelagerung 1529 zerstört worden war und seither ein Dasein als Ruine fristete.

Vor einem kleinen Gasthof unterhalb der Burg zog Hieronymus an den Zügeln und hielt den Schindelwagen an.

»Ich will in der Gaststätte fragen, ob der Herr von Mahlknecht ortsbekannt ist.«

Franz gab ihm ein Zeichen mit der Hand, dass er damit einverstanden sei, da ihm noch immer schlecht war.

Wenig später kletterte Hieronymus wieder auf den Kutschbock.

»Und?« Franz sah ihn mit fahlem Antlitz an.

»Ein seltsames Völkchen, das sich hier zusammengerottet hat, das will ich dir sagen, mein Lieber. Argwöhnisch gegenüber Fremden, erst recht gegenüber Fremden, die Fragen stellen.«

Er räusperte sich und spuckte aus. »Aber als ich mit einem Gulden nachgeholfen hab, konnte dies doch die Münder öffnen. Natürlich kennt man von Mahlknecht.

Seine Besitztümer sollen unweit von hier beginnen, der Straße entlang und dann rechts in den Wald hinein. Ein großes Anwesen soll er besitzen, aber mehr war niemand bereit, preiszugeben.«

»Dann lass uns das persönlich nachprüfen.« Franz richtete sich auf, atmete tief durch und schien mit einem Male zu allem bereit zu sein.

»Bist du dir sicher, aus den richtigen Motiven heraus zu handeln? Oder möchtest du Leoš nur bloßstellen?«

Franz' Miene wurde zornig. »Das kann dir ja wohl einerlei sein, oder nicht? Habe ich dich gefragt, warum du so dringlich František Skorkovský gesucht hast? War es seinetwegen, ihretwegen oder doch nur deinetwegen?«

Hieronymus schluckte, denn um ehrlich zu sein, traf wohl Letzteres zu. »Entschuldige, ich … ich meinte es nicht so. Lass uns einfach sehen, was wir herausfinden können, einverstanden?«

Franz knurrte. »Einverstanden.«

Sie gaben Roswitha die Zügel. Das Pferd zog sie entlang des Badener Bachs. Nachdem sie die Ruine passiert hatten, nahmen sie den ersten Weg in den Wald hinein.

Das Laubdach der Bäume wurde dichter, bis es scheinbar einen Tunnel formte, der immer tiefer in den Wald hineinführte. Eigenartigerweise hatten Hieronymus und Franz das Gefühl, dass das Unterholz zunehmend dichter wuchs und die Sonne immer weniger Licht zu ihnen zu schicken vermochte.

Einige Windungen später erspähten sie eine mannshohe Mauer, in die ein großes schmiedeeisernes Tor eingelassen war. Davor standen zwei Männer, mit Revolvern bewaffnet.

Hieronymus hielt den Wagen an, in der Hoffnung, noch nicht gesehen worden zu sein.

»Seltsam, dass von Mahlknecht sein Anwesen derart schwer bewachen lässt, findest du nicht auch?«

»Vielleicht musste er bereits Erfahrungen mit Räubern oder Mordbuben machen. Wenn man hier, inmitten des Waldes, lebt, eilt einem keiner so schnell zur Hilfe.«

»Auch wieder war. Und was nun? Mir deucht, die beiden werden uns nicht so einfach Einlass gewähren.«

Franz überlegte. Dann kniff er listig die Augen zusammen. »Versteck dich im Wageninneren. Ich hab eine Idee.«

»Halt! Wohin des Weges?«

Der linke Wachmann schritt auf den Kutschbock zu, während der rechte bereits das Zaumzeug des Pferdes festhielt.

»Ich ü-überstelle diesen W-w-wagen, mitsamt der R-roswitha.«

Die linke Wache legte die Hand auf den Griff seines Revolvers und sah sich verwundert um. »Wer zur Hölle ist Roswitha?«

Franz entblößte ein dämliches Grinsen. »S-so heißt das Pferdchen.«

»Der Gaul heißt Roswitha?«

Kopfnicken.

»Und du sagst, du überführst den Wagen zu uns? Wer hat dir das aufgetragen?«

»So ein B-behm. L-leoš Svoboda.«

»Das ist der Neue, der im Stall das Sagen hat«, meinte die rechte Wache.

Der Linke ging um den Wagen herum, riss die Tür am Heck auf und warf einen prüfenden Blick ins Wageninnere.

»Ist leer«, kommentierte er das Offensichtliche. »Aber es stinkt da drin wie beim Brandineser.« Dann ging er wieder zum Kutschbock vor. »Wenn du den Wagen hierlässt, wie kommst du wieder von hier weg?«

»N-na mit meinem F-f-füßen. Ich bin ja kein K-rüppel.«

Der Linke nahm die Hand von der Waffe, gab dem anderen ein Zeichen. »Lass den Trottel passieren, in Gotts Namen.«

Franz lächelte ein »Danke«, ließ die Zügel schnalzen und fuhr geradewegs durchs Tor hindurch.

In weitem Bogen zog sich der Weg über einen leichten Hügel, dessen Gras penibel geschnitten war. Dahinter kam das Anwesen in Sicht, eine weitläufige zweistöckige Villa, unterteilt in einen Mitteltrakt sowie zwei Seitenteile, die jeweils in turmartige Bauten aus groben Steinen mündeten.

»Schau dir das an«, sagte Franz und öffnete eine kleine Luke in der Wand hinter ihm. Hieronymus streckte den Kopf heraus.

»Wirkt ein bisschen, als hätte sich der Erbauer nicht entscheiden können, ob er eine Festung oder eine Residenz errichten wollte.«

»Ich vermute vielmehr, dass man hier die Reste eines bestehenden Bauwerks mit eingebunden hat«, meinte Hieronymus nachdenklich. »Eigenartig mutet es allemal an.«

Er überlegte kurz. »Hast du vorhin eigentlich unseren Wagen mitsamt Roswitha verschenkt?«

Franz kicherte. »Ach was. Ich sag einfach, dass es sich der Herr Svoboda anders überlegt hat. Wird kein Problem sein.«

Hieronymus schnaubte ob derart viel Optimismus, aber nun war es nicht mehr rückgängig zu machen. »Trotzdem sollten wir hier halten. Die Wachen vom Tor können uns nicht mehr sehen, und wenn wir ein wenig zurückschieben, auch niemand vom Haus aus. Vorausgesetzt, wir sind unbemerkt geblieben.«

Mit einem Griff in seine Manteltasche holte Hieronymus eine handgroße, mit braunem Leder überzogene Schatulle heraus. Durch Druck auf einen Knopf auf der Vorderseite öffnete diese sich, wobei zwei geschliffene Linsen aus Glas, die mittels eines verzierten Metallblatts verbunden waren, aufsprangen und arretierten.

Hieronymus hielt sich die beiden Okulare an der Rückseite vor die Augen und suchte in wiegenden Bewegungen die Gegend vor sich ab.

»Vor dem Eingang der Villa stehen ebenfalls zwei Wachen Spalier«, kommentierte er das Gesehene, »Rechts hinten beginnen die Stallungen. Einige Dienstboten eilen umher, ansonsten scheint alles idyllisch ruhig zu sein.«

Er reichte Franz das Fernglas. Der suchte ebenfalls die Gegend ab, konnte jedoch auch nichts Auffälliges entdecken. »Und nun?«

Hieronymus überlegte und sagte schließlich: »Gib mir fünf Minuten, dann fahr zurück. Ich komme alleine nach.«

Nachdem er gut und gerne fünfzehn Minuten vor verschlossener Tür gewartet hatte, wurde diese endlich geöffnet. Doch anstatt ihm Einlass zu gewähren, trat ein ausgemergelt wirkender Mann in schwarzem Rock vor die Tür und schloss diese wieder hinter sich.

Hieronymus gab sich unbeirrt. »Gestatten, Professor Wagenschön, von der k.k. Irrenheilanstalt.«

Die Mundwinkel des Mannes wanderten nach unten. »Ich bin der Adjutant des Grundherrn. Und Sie wünschen?«

»Nun, ich arbeite einige ältere Unterlagen im Auftrag des Doktors von Rokitansky auf, und hätte darüber gern mit Herrn von Mahlknecht gesprochen.«

»*Doktor* von Mahlknecht ist diesbezüglich indisponiert.« Er sah links und rechts an Hieronymus vorbei, wobei sein Blick noch argwöhnischer wurde. »Wie sind Sie eigentlich hierhergekommen? Ohne Pferd oder Kutsche?«

Hieronymus streckte stolz sein rechtes Bein aus. »Ich fröne der Wanderslust, ganz im Geiste von Francesco Petrarca, und lege am liebsten meine Wege zu Fuß zurück. Da widerfährt einem ein ganz anderes Erleben der Flora und Fauna. Ist auch gut gegen eine kränkliche Blässe, wie sie Ihr Antlitz ziert.«

»Ich verbitte mir derartig ungefragte Meinungsäußerungen, Herr Professor!«

»Ein gut gemeinter Ratschlag, mehr nicht«, konterte der. »Ein Schelm, wer Böses denkt. Aber zurück zu meinem Anliegen. Wann würde es dem Doktor denn konvenieren?«

»Er wies mich an, Ihnen auszurichten, Sie mögen seinen Grund und Boden verlassen.«

Hieronymus gab sich gekränkt. »Ich gebe zu, ich hätte mehr Gastlichkeit von Seiten des Doktors erwartet. Nach all den guten Dingen, die mir über ihn zu Ohren gekommen sind.«

Der Adjutant schwieg.

»Wohlan, ich sehe schon, ein Einlenken scheint ebenso unmöglich wie ausgeschlossen?« Hieronymus wartete noch einige Momente, ob er nicht doch noch eine gegenteilige Reaktion aus dem anderen locken konnte, jedoch vergebens.

»So will ich den Rückweg antreten.« Er holte aus seiner Weste zwei Gulden hervor. »Ich schulde einem Ihrer Arbeiter diese Münzen, der mich selbstlos aus einer unbequemen Situation freischlug. Leoš Svoboda.«

Das rechte Auge des Adjutanten zuckte unmerklich. »Mir ist niemand dieses Namens bekannt. Guten Tag, Professor.«

Nach diesen Worten wies der Mann eine der beiden Wachen an, Hieronymus bis vor das Tor der Mauer zu geleiten, und verschwand im Inneren der Villa.

»Ein eigenbrötlerischer Adeliger scheint das zu sein«, meinte Hieronymus, als er wieder neben Franz auf dem Kutschbock saß und sie den Weg Richtung Wien eingeschlagen hatten.

»Die Wachen am Tor der Mauer haben nichts gesagt, als du auf einmal hinauseskortiert wurdest?«

Hieronymus zuckte mit den Schultern. »Was hätten sie auch sagen können? Dass sie nicht wussten, wer ich war oder wie ich zur Villa des Doktors vorgedrungen bin? Da hätten sie vermutlich gleich den Dienst quittieren können.«

Franz brummte seine Zustimmung. »Eigenartig finde ich es schon, dass man Leoš nicht kannte.«

»Sehe ich auch so. Warum sollten sie ihn verleugnen? Außer, er hat Anezka tatsächlich angelogen und verdingt sich woanders. Oder gar nicht.«

»Aber wozu dann das ganze Bahöl bezüglich des Umzugs nach Baden? Dann hätte er doch alles so belassen können, wie es war.«

Hieronymus presste die Luft durch die Zähne. »Ich habe auch keine Antworten mehr, mein Freund. Lass uns nach Hause fahren und den heutigen Tag gut sein lassen.«

XXXIII

DIE SCHLÄGE DER Glocken, die zur Frühmesse an diesem Sonntagmorgen gerufen hatten, verhallten nur langsam, brachen sich in den verwinkelten Gassen, wogten über die steilen Dächer, und verloren sich allmählich in der Kälte der Morgenluft.

Wie jeden Tag trieb im trüben Wasser des Wienflusses der Abfall der Stadt – der Überfluss des Bürgertums, die Reste der Handwerkerbetriebe, versehentlich Verlorengegangenes.

Aber an diesem Morgen trieb darin noch etwas anderes …

Ein junger Strotter, der die schnapsdurchtränkte Nacht unter einer Kiste zugebracht hatte, war als Erster darauf aufmerksam geworden. Und wie es sich geziemte, hatte er die Mütze vom Kopf genommen, den Blick gesenkt und den lieben Herrgott gebeten, die verlorene Seele zu sich zu nehmen.

Gänzlich anders hatte ein neunjähriger Bub reagiert, der über das Geländer eines schmalen Holzsteges gebeugt stand und beobachten wollte, wie seine Spucke in die Tiefe fiel und vom Wienfluss in die große weite Welt hinausgetragen wurde, eine Welt, die er selbst wohl niemals erkunden würde. Doch seine Spucke landete nicht im Wasser. Sie landete auf der Joppe eines Mannes, der mit dem Gesicht nach unten im Wienfluss trieb, ohne Kraft und ohne Leben. Aufgeregt lief der Junge am Ufer der Einfassung des Gewässers mit, rief aus voller Kehle: »Da ist einer dasoffen! Schaut's alle her!«

Irgendwann fischte man den Leichnam aus dem Wienfluss und wartete darauf, dass sich die Sicherheitswache seiner annahm. Seine Identität wäre wohl für immer ein Rätsel geblieben, hätte nicht ein gewisser Mann, den alle »Don Cavallo« nannten, einen neugierigen Blick riskiert.

»Der Tote soll also Leoš Svoboda heißen? Woher wissen Sie das?« Salomon Stricker fixierte sein Gegenüber mit stechendem Blick.

»Er ist – also er war der Gemahl meiner Vermieterin«, antwortete Hieronymus ruhig.

Gemeinsam mit dem Pathologen, Franz und Freiherr von Rokitansky, den Hieronymus zufällig beim Gassigehen mit Giovanni in einem der Innenhöfe des Allgemeinen Krankenhauses getroffen hatte, standen die vier

Männer im Seziersaal rund um den aufgebahrten Leichnam, den man heute Morgen aus der Wien gefischt hatte.

Gleich nach dessen Fund hatte Camillo sich auf den Weg gemacht, um Franz und Hieronymus von der Entdeckung zu berichten und dafür mit einer weiteren Suppe entlohnt zu werden.

»Erst vor zwei Tagen wurde Leoš bei seiner Frau vorstellig«, führte Hieronymus aus, »nachdem er seine Arbeit in der Ziegelfabrik verloren hatte. Er prahlte damit, nun ein weitaus besser entlohntes Auslangen bei einem gewissen Doktor von Mahlknecht gefunden zu haben.« Er schielte zu Rokitansky. »Sagt jemandem der Name etwas?«

»Von Mahlknecht?« Der Freiherr schien nicht bemüht zu verbergen, wie wenig er von dem Manne hielt.

»Ach, Sie kennen ihn?«, hakte Hieronymus nach.

»Das tue ich. Wir haben einst zusammen hier im Irrenhaus gearbeitet. Ein engstirniger Eigenbrötler, der davon überzeugt ist, von Gottes Gnaden zu sein. Ein eitler Pfau, der sich mit dementsprechenden Leuten umgibt.«

»Ein Eigenbrötler, der eitel ist?« Franz kratzte sich über die Bartstoppeln am Kinn. »Das scheint mir nicht ganz stimmig zu sein. Entweder man suhlt sich in der Bewunderung anderer, oder man zieht sich zurück, oder etwa nicht?«

»Von Mahlknecht gehörte jener seltenen Gattung an, auf die beides zutrifft. In ihm schienen zwei Seelen zu wohnen – die eine, die sich nur ihrer Arbeit widmet, als gäbe es nichts anderes auf der Welt. Und die andere, welche die Erfolge jener Arbeit als Grundlage dafür nimmt, die Bewunderung der anderen einzuheimsen.« Rokitansky verschränkte die Arme vor der Brust. »Verstehen Sie mich nicht falsch, meine Herren, ich halte ihn für keinen schlechten Arzt. Doch er gehört jener Art von Männern an, die sogleich alle ethnischen und moralischen Bedenken hintanstellen, wenn es ihrer Arbeit dienlich scheint.«

Hieronymus nickte interessiert. »Wohin ist dieser von Mahlknecht gegangen, nachdem der Gugelhupf seine Pforten schloss?«

Rokitansky schnaubte aus, dass sein Bart erbebte. »Da fragen Sie mich zu viel. Ich habe nie Kenntnis davon erlangt, dass er in Wien einer Anstellung nachging. Und das, obwohl er dem verarmten Landadel angehörte und das Einkommen sicher nötig gehabt hätte.«

Hieronymus schob die Brauen zusammen. »Mir kam zu Ohren, dass der Mann ein großes Gut außerhalb von Baden bewohnt, voller Dienstboten, und sich gar mit Männern für seine Sicherheit umgibt.«

»Tatsächlich?« Rokitansky überlegte. »Vielleicht habe ich mich auch getäuscht. Wer weiß das schon nach so vielen Jahren, und erst recht in meinem Alter? Womöglich konnte er eine vorteilhafte Ehe schließen?«

»Auf alle Fälle teile ich Ihr Urteil, was die Eitelkeit des Mannes angeht«, stimmte Salomon mit ein, ohne den Eindruck zu erwecken, seinem Mentor nach dem Mund zu reden.

»Sie hatten auch schon das zweifelhafte Vergnügen, Herr Stricker?« Rokitansky bückte sich und streichelte über den Rücken seines Dackels. »Giovanni hasst ihn übrigens auch wie die Pest. Ja das tut er. Ja das tut das brave Hunderl.«

»Von Mahlknecht ist einer jener Gelehrten, die ihr Wissen eher mit ins Grab nehmen, denn es mit einem Kollegen zu teilen«, meinte der junge Pathologe abschätzig.

»Aber genug über diesen Mann.« Er wandte sich Franz zu. »Im Übrigen scheint Ihre Behinderung auch nur von temporärer Natur zu sein. Das letzte Mal, als wir uns trafen, war es nicht gerade rosig um ihren geistigen Zustand bestellt. Und heute stehen Sie hier und können sinngebende Sätze formulieren. Ein Wunder der Natur?«

Franz lächelte schelmisch. »Die Wege des Herrn sind eben unergründlich.«

Einen Moment länger als nötig verharrte Salomons eisiger Blick auf dem Buckligen, dann wandte er sich Hieronymus zu, nicht weniger eisig. »Und Sie stehen schon wieder in Verbindung mit einem Verbrechen.«

»Um ehrlich zu sein, scheint es mir in letzter Zeit eher andersrum zu sein. Ich habe den Eindruck, all die Verbrechen suchen eine Verbindung zu mir.« Unschlüssig zuckte der Angesprochene mit den Schultern. »Und nun erleuchten Sie uns bitte, Herr Stricker. Woran ist der Leoš gestorben?«

Alle vier Männer blickten auf den nackten Leichnam. Seine Haut wirkte aufgeschwemmt. Der Schädel war mit einer Handvoll Platzwunden versehrt, die Augen waren milchig und weit aufgerissen.

»Schläge auf den Kopf haben ihn wohl bewusstlos werden lassen«, begann Salomon. »Denn die Wunden am Cranium können nicht durch Treibgut oder Ähnliches post mortem hervorgerufen worden sein. Man hat ihn mit einem harten, stumpfen Gegenstand traktiert. Ich vermute eine Eisenstange.«

Rokitansky nickte zustimmend, was Salomon nur scheinbar entging. Dann fuhr er fort: »Ertrunken ist der Tote dann erst im Wasser. Genaues weiß ich nach der Leichenöffnung, aber ich wette, dass die Lunge voll Wasser ist. Die vielen kleineren Bissspuren an Armen und Beinen deuten darauf hin, dass er über einen gewissen Zeitraum von Ratten angenagt wurde, ich würde sagen, weniger als vierundzwanzig Stunden.«

»Und das Fehlen der Bissspuren im Brustbereich bezeugt, dass er auf eben diesem lag«, fügte Rokitansky mit eigenartiger Beschwingtheit hinzu, die nicht verhehlen konnte, dass solche Analysen zu seinen Steckenpferden gehörten, als er noch im Dienst stand.

»Leoš wurde also mehrfach auf den Kopf geschlagen, man hat ihn dann auf dem Bauch im Kanal abgelegt, wo er ertrunken ist«, fasste Hieronymus zusammen. »Und erst heute Morgen hat ihn der höhere Wasserstand mitgerissen und nach draußen geschwappt?«

»So könnte es sich zugetragen haben, ja.«

»Wie lange hat er schon im Kanal gelegen?«

Salomon und Rokitansky tauschten einen Blick. »Das ist schwer zu sagen«, erklärte der jüngere auf Zeichen des älteren Pathologen. »Die Dauer des Ertrinkens selbst, was genau genommen ein Ersticken an einer Flüssigkeit ist, dauert etwa drei bis fünf Minuten. Leichen in warmen Gewässern blähen sich unglaublich schnell auf, jene in kalten nicht. Anhand des Zustands der Haut würde ich sagen, dass Leoš Svoboda am gestrigen Tage der Tod ereilte.«

Rokitansky nickte zustimmend. »Wir danken Ihnen, Herr Holstein, dass Sie den Toten identifiziert haben.«

Hieronymus besprach sich mit Franz, der zustimmte, dass er Anezka allein die Nachricht vom Tod ihres Gemahls überbringen sollte.

Überrascht, dass Salomon sich jegliche verbale Attacke verkniff, was vermutlich an der Gegenwart seines ehema-

ligen Dozenten lag, wagte es Hieronymus, um eine Gefäl-
ligkeit zu bitten, auch wenn er sie anders verpackte.

»Nur eine Nebensächlichkeit, Herr Stricker. Wo sagten
Sie noch mal, haben Sie von Mahlknecht angetroffen?«

»Das sagte ich nicht.«

Die beiden Männer tauschten einen Blick der Unstim-
migkeit. Aber Hieronymus spürte, dass er von dem anderen nicht mehr zu erwarten hatte, und verabschiedete sich.

»Übrigens«, meinte Rokitansky, als Hieronymus und
Franz sich bereits im Gehen befanden. »Ihrer Schilderung
nach zu urteilen, war der Tote mittellos?«

Hieronymus seufzte. »Ja. Aber Franz und ich werden
für Leoš' Beerdigung aufkommen. Seiner Frau und den
Kindern soll der Anblick eines Armenbegräbnisses erspart
bleiben. Der Schmerz über den Verlust ist groß genug.«
Er wandte sich um und schritt zur Tür des Seziersaals.

»Eine noble Geste!«, rief ihm Salomon nach, und fügte
dann nach einer Pause hinzu: »Im Hofoperntheater habe
ich ihn getroffen. Von Mahlknecht geht jeden Samstag ins
Hofoperntheater.«

Franz hatte sich mit einer Kutsche nach Hause bringen
lassen, um die schlimme Nachricht zu überbringen. Hieronymus schlenderte derweil von der Universitätsstraße
über auf den Franzensring.

Auf einer Parkbank sitzend informierte er sich mittels
der Wiener Zeitung in der Rubrik »Telegraphische Pri-
vat-Depeschen«, dass in Frankreich die Cerealien-Ernte
in zweiundvierzig Departements gut, in neununddreißig
mittelmäßig und in fünf schlecht ausgefallen war, und
fragte sich dabei, welchen Wert diese Information für
irgendjemanden in Wien haben könnte. Oder auf der Welt.

Dann raffte er sich auf, zündete sich eine Eckstein an und ging in die Innere Stadt, gewahr, dass alles, was er seit Verlassen des Seziersaals tat, nur der Verdrängung des Erlebten diente.

Denn wenn er seinen Gedanken freien Lauf ließe, würden sich diese nur um die Frage drehen: Gab es einen Zusammenhang zwischen Leoš' Tod und seinem Besuch bei von Mahlknecht? Was konnte diesem Mann daran gelegen sein, jemanden töten zu lassen, nur weil sich ein anderer nach ihm erkundigte? Fiel ihm, Hieronymus, deshalb eine Schuld zu? Denn auch wenn er nicht intendiert hatte, dass so etwas Schreckliches geschah, so lag es durchaus im Bereich des Möglichen, dass Leoš noch am Leben wäre, hätte er nicht nach ihm gefragt.

Hieronymus fuhr sich durch die Haare, raufte sie gar, nur um seinen Kopf auf andere Gedanken zu bringen. Er passierte das Burgtor und entsann sich etwas, was Anna Rebiczek ihm mitgeteilt hatte:

Ich darf Ihnen auf diesem Wege ausrichten, dass Stanzerl sich über einen Besuch Ihrerseits sehr freuen würde.

Ob er Oppenheims Witwe besuchen sollte? Ein Schluckerl Tee, ein Plauscherl – eine willkommene Ablenkung wäre es, keine Frage. Auch eine Verlockung? Während Hieronymus Für und Wider abwog, sich daran erinnerte, wie er der Frau erst vor wenigen Monaten die Geisterfotografie ihrer geliebten kleinen Tochter überbracht hatte und sie sich ihrer schmerzlichen Freude ergab, fand er sich plötzlich in der Herrengasse wieder, vor dem Haus von Constanze Oppenheim. Er blickte die Fassade hinauf, sah die dunklen Fenster der Wohnung und spürte mit einem Mal eine seltsame Umklammerung in der Brust, als wäre er gerade im Begriff, wider besseres Wissen etwas Falsches zu tun.

Denn in nur wenigen Tagen würde er noch einmal Karolínas Bruder aufsuchen, und dann würde er erfahren, ob er seiner eigenen Sinnestäuschung erlegen war, oder ob es doch noch Hoffnung gab, seine große Liebe wiederzusehen.

Mit diesen Gedanken wandte sich Hieronymus ab und setzte an, ebenfalls den Weg nach Hause zu nehmen.

Die Frau am Fenster schob den fein gewebten Vorhang wieder an seinen Platz und wusste, dass sich der Mann vor ihrer Tür gegen sie entschieden hatte. Wie oft war sie in den vergangenen Nächten mit Herzrasen erwacht, hatte geglaubt, dass der Hinweis ihrer Freundin Anna genug gewesen war, um den Mann dazu zu verleiten, ihr die Aufwartung zu machen. Wie sehr hatte sie sich gewünscht, dass mit diesem Besuch ihr Leben, von welchem seit dem Tod ihres Mannes nichts als ein Scherbenhaufen übriggeblieben war, eine neue Wendung einschlagen könnte und sie wieder zu dem lebensfrohen Menschen werden ließ, der sie einst war. Damals, in einer fahlen Erinnerung …

XXXIV

Hieronymus stellte eine kleine Kiste aus Holz auf den Tisch, in der sich drei Flaschen Weißwein befanden.

»Ein Muskat-Sylvaner vom Weingut Aschbach. Soll ein exquisiter Tropfen sein. Mit ihm wollen wir auf den Leoš anstoßen und seiner gedenken.«

Franz gab Anezka und ihren sechs Kindern je einen tönernen Becher, die er mit dem Weißwein befüllte. Anezkas Augen sowie die ihrer Sprösslinge waren vom vielen Weinen gerötet, Emil und Tereza liefen noch immer Tränen über die Wangen.

»Auf Leoš«, sprach Hieronymus und erhob seinen Becher.

Die anderen taten es ihm gleich.

Im Laufe des Abends besserte sich die Stimmung, vermutlich auch ob des wohlschmeckenden Weines. Anezka erzählte, wie sie Leoš in jungen Jahren in Prag getroffen hatte, wie sie sich verliebten und von einer gemeinsamen Zukunft träumten. Und dass davon irgendwann nichts mehr übrig geblieben war, außer ihren Kindern. Dazwischen erinnerten sich diese an Anekdoten mit ihrem Vater, manch eine lustig, manch eine traurig, eben ein Spiegelbild des Lebens.

Irgendwann, als die Dunkelheit die Stube zu übermannen drohte, und nur durch zwei Petroleumfunzeln zurückgedrängt wurde, brachte Anezka ihre Kinder zu Bett und legte sich auch schlafen, hinterließ zwei Männer und drei leere Flaschen.

»War ein schwerer Tag für sie«, meinte Franz mit Blick auf die Tür zu Anezkas Schlafgemach. »Auch wenn sie immer über Leoš gezetert hat, so hat sie ihn doch geliebt. Oder zumindest die Erinnerung an sein früheres Selbst.«

»Das klingt sehr vertraut«, seufzte Hieronymus. »Ich muss mich hier selbst an der Nase nehmen. Haste nicht auch ich einem Trugbild hinterher? Einer Vorstellung, die idealisierter nicht sein könnte, von einem Leben, das nie war, einer Frau, die nicht mehr ist?«

»Aber dieses Leben könnte wieder sein.«

Hieronymus zuckte mit den Schultern. »Selbst wenn Karolína noch am Leben wäre, vielleicht ist sie bereits verehelicht, hat gar schon eigene Kinder. Immerhin wäre sie dreißig Jahre alt.«

»Du, mein Freund, hast doch auch keine Kinder. Solange du sie nicht gefunden hast, ist es nicht sinnvoll, sich das Hirn zu martern. Und ist die Vorstellung daran, dass Karolína am Leben und Teil einer glücklichen Familie ist, nicht trotzdem mehr wert, selbst wenn du sie nicht haben kannst, als die Gewissheit über ihren viel zu frühen Tod?«

Hieronymus nickte stumm.

»Manchmal geschehen noch Zeichen und Wunder, manchmal ist vieles möglich.«

»Ja. Vieles ist möglich.«

Franz starrte in die flackernde Flamme, die hinter dem verrußten Glaszylinder tanzte. »Schau dir das Flämmchen an, wie es sich angestrengt ans Leben klammert. Wie es sich gierig von dem Saft ernährt, der es am Leben hält. Und doch – wenn das Petroleum zu Ende geht, so tut dies auch das Leben des Flämmchens. Allerdings, wenn ich es kleiner drehen würde, könnte es länger brennen.«

»Aber dafür nicht so hell«, meinte Hieronymus mit nachdenklicher Stimme. »Wer weiß schon, was erstrebenswert ist. Ein langes oder ein strahlendes Leben.«

Nun seufzte auch Franz. »Für Leoš galt weder das eine noch das andere. Ein kurzes Leben voller Enttäuschungen, Bitterkeit und Zorn. Ob es da nicht besser wäre, all das nicht zu kennen und so gar nie in Versuchung geführt zu werden, den bittersüßen Nektar der Freude zu kosten?«

»Schwere Gedanken zu später Stunde, mein Freund«, stellte Hieronymus fest. »Aber lass mich in die gleiche Kerbe schlagen: Mit jedem Hochgefühl geht die Gewissheit einher, dass der Verlust unweigerlich folgt. Wie schlimm muss es für Menschen wie Leoš sein, die nur Letzteres kennengelernt haben. Auch Adelheid war so ein Mensch.«

»Möge auch ihre Seele in Frieden ruhen«, sagte Franz, nun mit einer Flasche Sliwowitz in der Hand.

»Ich frage mich immer noch, in welchem Zusammenhang Adelheid und von Mahlknecht standen. Und ob ihm der Besitz gehört, den er so schwer bewachen lässt.«

Franz überlegte. »Du könntest einen Blick in die Niederösterreichische Landtafel werfen.«

Hieronymus setzte eine unwissende Miene auf.

»Darin sind alle Dominikalgüter verzeichnet, ebenso ihre Vererbung oder ihr Verkauf.« Er streckte die Brust heraus. »Manche Dinge wissen wir ehemaligen Betbrüder eben einfach.«

»Ja, wenn's um Besitztum geht«, scherzte Hieronymus.

Franz zwinkerte ihm zu. Dann schenkte Hieronymus Schnaps in den Becher, hielt die Flasche hoch.

»Auf Leoš und Adelheid.«

»Auf Leoš und Adelheid.«

XXXV

DIE NACHT WAR grausam gewesen. Zerrbilder loderten auf, gleißend hell und doch tiefschwarz. Geliebte wie verhasste Personen kamen und gingen, vermischten sich in beklemmenden Reigen. Stoben auseinander und vereinten sich nur Augenblicke später. Liebten sich, verletzten sich, zerfetzten sich. Wieder und wieder.

Eine himmlische Burg, die über einem grellbunten Schindelwagen thront ... Leoš, der Anezka im Wienfluss ersäuft. Ein Stuhl voller Blut ... Adelheid zu seinen Füßen, wie sie sich Hieronymus' Namen in die gemarterte Haut ihres nackten Körpers ritzt. Eine weißgekalkte Kammer ... Karolína, in inniger Umarmung mit einem Fremden, und ein abgebissener, kleiner Finger, den sie mit einem Lächeln ausspeit ...

Eine gute Stunde hatte Hieronymus in der Früh wach gelegen, ehe er sich aufraffen konnte aufzustehen. Auch jetzt noch verfolgten ihn die Bilder dieser Nacht, unwirkliche Erinnerungen an etwas, was nie gewesen war, und doch allgegenwärtig schien.

Aber es half alles nichts, es galt, etwas zu tun.

Wie in der Woche davor stand Hieronymus nun vor der großen braunen Doppelflügeltür in der Beletage der Salvatorgasse Nummer 7. Wie in der Woche davor klopfte er, wobei ihm diesmal das Herz bis zum Halse schlug.

War er tatsächlich im Hier und Jetzt oder durch wundersame Weise wieder in der Woche davor angelangt, wo man ihm die Tür öffnete, nur um zu verkünden, dass der Hausherr im Augenblick nicht zugegen sei?

Er klopfte erneut. Stille. Gemäßigte Schritte. Das Klicken des Türschlosses. Ein Flügel, der geöffnet wurde. Und wieder der gedrungene Diener im dunklen Rock mit der gelangweilten Miene.

»Der Herr wünschen?«, fragte er mit näselnder Stimme, als hätte er Hieronymus noch nie im Leben zu Gesicht bekommen.

»Georg von Pückler«, sagte dieser betont ruhig. »Ich war am letzten Dienstag schon einmal hier, um Herrn Skorkovský zu sprechen.«

»Und was wünschen der Herr heute?«

Hieronymus ballte die Fäuste. »Heute wünsche ich dasselbe. Die Frage ist nur, ob der Herr anwesend ist oder nicht.«

Der Diener zögerte einen Augenblick lang. Dann trat er zur Seite. »Er ist anwesend. Treten Sie ein und warten Sie hier, ich werde sehen, was ich für Sie tun kann.«

Hieronymus tat, wie ihm geheißen.

Der Diener entfernte sich. Der Wohnung nach zu urteilen, hatte es Karolínas Bruder nicht nur geschafft, das Vermögen seines Vaters zu erhalten, sondern im großen Stil zu vermehren. Kostbare Vasen reihten sich an Skulpturen, die aus aller Herren Länder zu kommen schienen. Fotografien von ein und demselben Mann vor den unterschiedlichsten exotischen Kulissen bezeugten dessen rege Reisetätigkeit. Die Pyramiden in Afrika, das Taj Mahal in Indien, die Große Mauer in China, die Straßenschluchten in New York – František hatte wohl die ganze Welt bereist. Dazwischen fanden sich eigenartig anmutende Fotos von toten exotischen Tieren wie Löwen oder Elefanten sowie von Landschaften, die der Krieg verheert hatte: Eines zeigte ein Tal voll verstreuter Kanonenkugeln, ein anderes vier junge Männer, die siegreich vor einem zerstörten Landsitz posierten.

Der Diener betrat den Raum. »Herr von Pückler, er wünscht Sie zu sehen.«

»František Skorkovský.« Ein großgewachsener Mann mit rötlichem Haar und schneidigem Auftreten streckte Hieronymus zackig die Hand entgegen.

Der schüttelte sie.

»Herr von Pückler. Wenn ich nicht irre, haben wir uns bei Oppenheims Soirée kennengelernt?«

Hieronymus nickte. Auch wenn er sonst nie um ein Wort verlegen war, aber dass er gerade vor Karolínas Bruder stand und ihm wohl in Kürze eine alles entscheidende Frage stellen würde, schnürte ihm derart die Kehle zu, dass er fürchtete, kein Wort herauszubringen.

»Wir haben uns einen Champagner geteilt«, sagte er mit rauer Stimme und spielte damit darauf an, wie er mit František zusammengestoßen und der sein Getränk über Hieronymus' Frack verschüttet hatte.

Der andere schmunzelte und wies auf eine mit dunkelrotem Damast gepolsterte Chaiselongue. Er selbst nahm auf einer zweiten Platz, die der anderen gegenüberstand.

Hieronymus setzte sich.

»Mein Diener hat mir zugetragen, dass Sie mich zu sprechen wünschen, und zwar unter vier Augen?«

Dann hat der Kretin nur so getan, als würde er mich nicht erkennen, stieg es in Hieronymus hoch, dabei wusste er genau, warum ich hier war. Wie auch immer, mahnte er sich, konzentriere dich!

»Das ist richtig«, brachte Hieronymus krächzend hervor.

František blickte zur Tür, die der Diener daraufhin von der anderen Seite schloss.

»Darf ich Ihnen etwas aufwarten? Cognac, Whisky oder eine Zigarre?«

»Sehr freundlich, aber nein, danke.« Hieronymus fühlte sich wie ein kleiner Bub, der seinem Vater etwas Ungeheuerliches beichten musste. Seine Hände zitterten, sein Magen rumorte. Seine Stirn war voller Schweißperlen, zumindest glaubte er das.

»Lassen Sie mich bitte ohne Umschweife zum Punkt meines Anliegens kommen. Mein Name ist nicht Georg von Pückler«, begann er, bemüht, den Blick nicht zu senken. »Mein Name ist –« Hieronymus brach ab, hatte das Gefühl, keine Luft zubekommen. Der argwöhnische Gesichtsausdruck des anderen war seinem Wohlbefinden auch nicht gerade zuträglich. »Mein Name ist Hieronymus Holstein.«

Dröhnende Stille. Es schien, als hätte jemand die Zeit angehalten …

Zwei Männer, die sich regungslos gegenübersaßen –

Der eine auf die Reaktion des anderen wartend –

Der andere nicht imstande zu begreifen, was er eben vernommen hatte.

Hieronymus.

Holstein.

Und doch war beiden Männern gemein, dass diese zwei Worte, dieser Name, nachhallte wie die Schläge der Pummerin.

Sechs Silben, und doch mehr als die Summe ihrer Einzelteile. Ein Begriff aus der Vergangenheit, der ihrer beider Schicksal bis zum heutigen Tage bestimmte.

Hieronymus Holstein.

»Das ist unmöglich«, entwich es František schließlich, der bleich im Gesicht geworden war. »Hieronymus Holstein ist tot.«

Der löste sich aus seiner Erstarrung. »Und doch sitze ich hier. Oder um es deutlicher zu sagen: Genau deshalb sitze ich hier.« Er hielt die rechte Hand hoch, an der der kleine Finger fehlte. »Denn ich bin der festen Überzeugung, wenn die Vorstellung über meine Vergangenheit nicht der Wahrheit entspricht, vielleicht tut sie das von anderen auch nicht.«

»Sie … Sie haben unsere Familie zerstört«, flüsterte František. »Sie sind schuld, dass Vater sich –«

»Nicht ich trage Schuld«, entgegnete Hieronymus scharf. »Das tut alleine er. Er hat mich überfallen lassen. Er hat befohlen, mir den Finger abzuschneiden, mein Hab und Gut niederzubrennen. Er trägt die Schuld, dass ich alles verloren habe, was mir im Leben wichtig war. Und ich spreche nicht von meinem Besitz. Ich spreche von Karolína.«

Nun war ein weiteres Wort gefallen, so schicksalsschwer, als würde man einem Mann einen Quader an die Füße binden und ihn damit in der See versenken.

Karolína.

Der Name riss alles mit sich, bildete einen Sog in eine vergangene Zeit, die so düster leuchtete, dass es keine Zukunft geben konnte.

Mit einem Mal schoss wieder Farbe in Františeks Gesicht, die fahle Blässe machte einem tiefen Rot Platz.

Dann stürzte er sich auf Hieronymus, schlug ihm mit der blanken Faust ins Gesicht.

Der konnte sich losreißen, fiel mitsamt der Chaiselongue nach hinten um. Verdattert sah er sich um, einen schnaubenden Gegner gegenüber.

»Lassen Sie mich erklären«, presste er hervor, während er sein eigenes Blut schmeckte, das ihm von der Nase durch den Rachenraum in den Mund lief.

»Du Hund hast tatsächlich die Chuzpe hier aufzukreuzen, nach all den Jahren, und ihren Namen auszusprechen?«

František machte drei schnelle Schritte nach hinten, griff auf die Kommode und zog ein Katana aus einer kunstvoll gefertigten Scheide. »Nun gut. Zu mehr werden Sie auch nicht mehr kommen.«

Mit geschickten Hieben stach er auf dem Mann am Boden ein, der nur mit Müh und Not ausweichen konnte. Was konnte Hieronymus dem Wüterich entgegensetzen? Dann –

Ein Treffer am Oberarm.

Rollen. Ducken. Womit konnte er nur –

Ein Schnitt quer über die Brust.

Ein Sprung zurück.

Hieronymus packte die Schwertscheide und parierte den nächsten Hieb.

»Ich habe Karolína geliebt!«, brüllte er. »Niemals hätte ich ihr ein Leid zugefügt!«

»Und doch haben Sie es. Ihr. Unserem Vater. Und mir.«

Wieder zwei Schläge.

Hieronymus sprang zur Seite, prallte mit dem Rücken gegen die Wandtapete – und sah sich sogleich der Klinge gegenüber, die nun seinen Hals berührte.

»So stechen Sie zu«, sagte Hieronymus kalt. »Denn mit Karolínas Tod bin auch ich gestorben.«

Schwer atmend stand František da, die Hand ausgestreckt, das japanische Schwert als deren Verlängerung. Und offensichtlich mit sich hadernd, ob er seinem unbändigen Zorn nachgeben sollte.

»Sollte ich Sie noch einmal sehen, einerlei wo, dann werde ich Sie töten«, presste er hervor und ließ keinen Zweifel daran, dass er es so meinte. »Und nun gehen Sie mir aus den Augen.«

Hieronymus erkannte, dass es keinen Sinn hatte zu widersprechen. Im Augenblick war der Mann für nichts mehr zugänglich. Stumm machte er einen Schritt zur Seite, weg von der noch immer ausgestreckten Klinge. Dann ging er zur Tür. Er öffnete sie, warf einen Blick zurück auf den Mann, in den er so große Hoffnung gesetzt hatte und der nun langsam die Klinge senkte, gleich so, als würde eine Last an ihr hängen.

»Ich vermeinte, Ihre Schwester unlängst gesehen zu haben, hier in Wien. Deshalb bin ich zu Ihnen gekommen, denn die erneut aufgeflammte Ungewissheit treibt mich in den Wahnsinn. Ich dachte, das sollten Sie wissen.«

František stand immer noch mit unbewegter Miene da.

Hieronymus schloss die Tür hinter sich.

XXXVI

Einen Tag war es erst her, dass man Leoš tot in der Wien treibend gefunden hatte.

Von seinem Geld hatte Anezka sich bereits eine mehr als standesgemäße Trauerkleidung gekauft – schwarze Wollstrümpfe, einen schwarzen Rock aus mattem Wollstoff, eine gleichfarbige Mantille mit Tüllspitze, bei der sie tunlichst darauf bedacht war, sie nicht schmutzig zu machen. Einen Hut aus schwarzem englischem Krepp mit einem bis zur Taille reichenden, das Antlitz verhüllenden Schleier, den sie trug, sobald sie das Haus verließ, sowie schwarze Wollhandschuhe. Zumindest ein Jahr hatte sie fortan so ihre Trauer nach außen zu tragen.

Wie sie dies in Einklang mit ihrer Arbeit als Fratschlerin bringen konnte, wusste sie noch nicht.

Mittlerweile war die Nacht angebrochen, der letzte Schimmer des Tages erlosch am Horizont. Anezka hatte sich früh in ihr Kabinett zurückgezogen, auch die Kinder schliefen schon.

Hieronymus und Franz lagen jeder auf seiner Schlafstätte, starrten den dunklen Plafond an. Nachdem Franz seinen Freund zwar verbunden, aber nicht zu fragen gewagt hatte, was im Haus von František Skorkovský vorgefallen war, und Hieronymus bis jetzt auch keine Anstalten machte, darüber zu berichten, fasste sich der ehemalige Mönch ein Herz. »Dein Gfries* ist grün und

---

* Wienerisch: Gesicht.

blau. Willst du den Wickel*, den du gehabt hast, eigentlich totschweigen?«

Der andere seufzte. »Natürlich nicht. Es ist nur … František hat Rot gesehen, als ich Karolínas Namen aussprach.«

»Dann muss der Dorn aber noch sehr tief sitzen, nach beinahe zehn Jahren.«

»Du sagst es. Er gab mir nicht einmal die Möglichkeit, mich zu erklären.«

Franz schnaubte. »Du hast dich mit falschem Namen vorgestellt?«

»Ich hab mich mit falschem Namen vorgestellt. Abgesehen davon … fünf Minuten hätten gereicht. Ich hätte ihn gefragt, ob es nicht doch eine Möglichkeit gibt, dass ich sie gesehen habe, und –«

»Sie hat sich erhängt, mein Freund.«

»Aber –«

»Sie hat sich erhängt«, wiederholte Franz leise. »Manchmal muss man die Toten einfach ruhen lassen und begreifen, dass manch eine Wunde nie ganz heilen wird.«

Hieronymus' Stimme klang belegt. »Du hast recht, in allem. Und doch gäbe ich den Rest meines Lebens für nur einen Tag mit ihr.« Er schluckte. »Für eine Stunde.«

»Ich weiß. Und jetzt schlaf gut.«

»Du auch.«

Hieronymus schloss die Augen und hoffte inständig, dass ihm seine Albträume eine Pause gönnen würden. Einen Atemzug später war er eingeschlafen, noch bevor Franz zu schnarchen begann.

---

* Wienerisch: ernsthafter Streit.

XXXVII

»Sie haben meine Erwartungen nicht nur erfüllt«, froh-
lockte Anna Rebiczek, »Sie haben sie übertroffen, Herr
Hieronymus!«

Die junge Mutter konnte den Blick kaum von der Fotografie abwenden, auf der ihre kleine Lucie saß, ein glück-
licher Augenblick in der Zeit verewigt.

»Das freut mich sehr, Frau Anna«, gab dieser lächelnd
zurück.

Sie verengte die Augen, schien sich erst jetzt zu trauen,
das Offensichtliche anzusprechen. »Ist mit Ihnen alles
gut? Wer hat Ihnen denn das angetan?«

Hieronymus strich sich wie beiläufig über die lädierte
Nase, wohl um zu zeigen, dass die Nachwirkungen vom
gestrigen Besuch bei František Skorkovský keinen Grund
zur Sorge gaben. Dabei löste er jedoch einen Schmerz
aus, der ihm durch Mark und Bein fuhr und Tränen in
die Augen trieb.

»Nur ein ungeschickter Tritt meinerseits«, meinte er
zu Anna, die in ihrem Salon stand, umringt von Pferde-
skulpturen aller Art und Größe.

»Ich könnte Ihnen eine Salbe empfehlen«, meinte sie
besorgt.

Hieronymus winkte ab. »Eine Lampe, wenn ich das
nächste Mal des Nachts den Hof quere, wird dauerhaft
Abhilfe schaffen, danke.«

Anna warf noch einen Blick auf das Bild. Dann legte sie

es so vorsichtig auf einer Kommode ab, als wäre es eine unwiederbringliche Kostbarkeit.

»Ich will nur schnell Ihren Lohn holen«, meinte sie und hielt dann doch inne. »Gestatten S', dass ich was frag?«

Der andere nickte.

»Sie haben noch keine Zeit gefunden, das Stanzerl zu besuchen, oder doch?«

»So leid es mir tut, nein«, antwortete Hieronymus, nicht willens, darüber zu sprechen.

Anna lächelte verständnisvoll, auch wenn man ihr ansah, dass sie die Antwort schmerzte. »Vielleicht ergibt sich ja in nächster Zeit eine passende Gelegenheit. Dann will ich jetzt –«

Ohne den Satz zu vollenden, verließ sie mit hochrotem Kopf den Salon.

Wie ein alles beherrschender Koloss lag das Gebäude des Landesgerichts da, schräg gegenüber des Allgemeinen Krankenhauses, an jenem Ort, an dem sich die ehemalige bürgerliche Schießstätte sowie der benachbarte Friedhof befanden. Errichtet im Stil der Palastbauten in der Toskana während der Frührenaissance, maß es über zweihundert Meter in der Länge, reckte sich bis zu drei Stockwerke hoch und zwei Risalitentürme flankierten sein trapezförmiges Einfahrtstor.

Das Gebäude beheimatete unter anderem das k.k. Landesgericht in Strafsachen in Wien, das Grundbuchs- und Landtafelamt, ein Gefangenenhaus sowie den Galgenhof, der noch in diesem Jahr Zeuge der ersten Hinrichtung mittels Würgegalgen sein sollte.

Ein schlaksiger Gerichtsadjunkte, dem Hemd, Hosen und Gehrock viel zu groß vom Körper hingen, legte mehrere Folianten auf den fein gearbeiteten Tisch aus dunkler Eiche, nicht ohne einen argwöhnischen Blick beim Anblick des Mannes, dessen Nase blau geschlagen und ein Augenlid geschwollen war.

»Wenn Sie weitere benötigen, lassen Sie es mich bitte wissen, Herr von Holstein.«

Der hob dankend die Hand, als wollte er den jungen Mann segnen, und zuckte sogleich zusammen. Auch wenn die Schnitte rasiermesserscharf und nicht allzu tief gingen, so schmerzten sie nicht umso weniger.

Auch hatte Hieronymus sich noch nicht die Zeit genommen, darüber zu grübeln, was die Reaktion von Karolínas Bruder bedeuten könnte und was er daraus für Rückschlüsse ziehen würde. Er wusste nur eins – allein auf dieser einen Begegnung würde er es nicht beruhen lassen.

Hieronymus öffnete das erste Buch vor sich. Zur Abwechslung hatte er sich mit seinem richtigen Namen vorgestellt, auch wenn er sich beiläufig geadelt hatte. Hätte man ihm nämlich die Einsicht in die Bücher verwehrt, hätte er vorgeschützt, im Auftrag von Wilhelm Marx zu handeln, und der hätte auf Rückfrage zumindest wissen müssen, dass es sich um Hieronymus handelte. Glücklicherweise war es nicht dazu gekommen, vermutlich, weil man die reine Einsicht in die Hauptbücher samt Urkundensammlung nicht als heikel erachtete.

Hieronymus wälzte ein Register nach dem anderen. Dank des Grundsteuerpatents vom 23. Dezember 1817, das Kaiser Franz I. initiiert hatte, kam er jedoch schneller voran als befürchtet. Die Katastralgemeinde hatte er schnell gefunden, und so vertiefte er sich immer mehr in alte Pläne, bis er schließlich das Anwesen ausfindig gemacht hatte, das von Mahlknecht bewohnte.

Das Grundstück ließ sich bis ins Jahr 1508 zurückverfolgen. Bis 1873 gehörte es noch derer von Terzaghi, ging jedoch im selben Jahr in den Besitz von Mahlknechts über.

Hieronymus durchwühlte die Urkundensammlung, fand schließlich, wonach er gesucht hatte. Margarete von Terzaghi verkaufte am 29. Mai 1873 von Mahlknecht das Anwesen in Bausch und Bogen, und zwar für die lächerliche Summe von nur dreißigtausend Gulden.

Entweder hatte die Gräfin eine persönliche Beziehung zu von Mahlknecht, oder sie wurde dazu gezwungen, eine andere Erklärung schien es nicht zu geben. Immer wieder überflog Hieronymus die Urkunde, getrieben davon, eine Auffälligkeit oder sonstige Hinweise auf den Grund des Verkaufs zu entdecken.

Nichts.

Nur der generelle Rechtstext bezüglich des Umfangs und der Art der Übertragung, gefolgt von Siegeln, Stempeln, Beglaubigungen sowie den Unterfertigungen der Gräfin und des Doktors von Mahlknecht.

War Hieronymus seinen eigenen Hirngespinsten auf den Leim gegangen? Vielleicht hatte der Doktor einfach nur Glück gehabt und sich so preisgünstig sein eigenes Refugium geschaffen?

Ein letzter Blick auf von Mahlknechts Signatur – ausladend, platzbeherrschend, mit einem unnötigen, vielfach geschwungenen Zierelement, das dem letzten Buchstaben seines Namens folgte. Hieronymus stutzte. Aus irgendeinem Grund kamen ihm die Verschnörkelungen bekannt vor. Hatte er sie nicht schon einmal gesehen?

Und wenn ja, wo?

Er sprang von seinem Platz auf, ging neben dem Tisch wie ein getriebenes Tier auf und ab. Unmöglich konnte er sich alle Zeichen, die er jemals gesehen hatte, in Erinnerung rufen, geschweige denn zuordnen. Warum zur Hölle ergriff ihn dann jenes Gefühl, das man hatte, wenn man glaubte, dieselbe Situation schon einmal genau so erlebt zu haben?

Vielleicht war es ihm im Traum erschienen?

Vielleicht –

Hieronymus erstarrte. Nicht einmal sein Brustkorb hob und senkte sich, kein Hauch verließ seine Lungen. Nur seine Augen rasten hin und her, als versuchten sie, etwas mit unglaublicher Geschwindigkeit zu lesen.

Roderich von Breithaupt!

Die Entlassungsurkunde Adelheid Adalgrimms im Neuen Irrenhaus am Brünnlfeld!

Ein Schauer durchfuhr Hieronymus' ganzen Körper. Mit zitternden Händen griff er sich Bleistift und Papier, zeichnete die eigenwillig geschwungene Form so genau nach, wie er nur konnte.

Dann lief er aus dem Saal.

Als wäre der Leibhaftige persönlich hinter ihm her, stürmte Hieronymus durch das Tor des Landesgerichts hindurch, bog links in die Alserstraße ein, schlug nach rechts einen Haken in die Spital-Gasse, wieder links in die Lazarettgasse und weiter durch das Tor, das in den gepflegten Park führte, der zum Neuen Irrenhaus gehörte.

Schweißüberströmt, mit hochrotem Kopf und völlig außer Atem riss Hieronymus die Tür des ersten Zimmers rechts am Gang zum Verwaltungstrakt auf, während zwei Wachmänner hinter ihm hergelaufen kamen, drohten und schimpften.

Der junge Kanzlist, der Hieronymus und Franz die Bücher gebracht hatte, fuhr erschrocken hoch.

»Ich brauche sofort das Register mit den Eintragungen vom 27. November 1874!«

Nach einer Schrecksekunde schien der Kanzlist Hieronymus trotz seiner Blessuren wiedererkannt zu haben, und gebot den beiden Wachmännern Einhalt, die gerade auf den Eindringling einschlagen wollten.

Während dieser in einem breiten Ledersessel wieder zu Atem kam, brachte der Kanzlist ihm den gewünschten Folianten.

Wie von Sinnen blätterte Hieronymus durch die Register, bis er endlich den gewünschten Eintrag fand. Entlassung von Adelheid Adalgrimm. Übergeben in die Obhut von Roderich von Breithaupt. Und im Anhang des »t« eine eigenwillig geschwungene Form.

Nur um absolute Gewissheit zu erlangen, holte er die Zeichnung aus der Tasche seines Raglanmantels, legte sie neben den Eintrag. Diesen hatte ohne jeden Zweifel ein und dieselbe Person getätigt!

Dr. Johann Nepomuk von Mahlknecht war also Roderich von Breithaupt! Oder gab vor, dieser zu sein. Aber warum? Was hätte er davon?

Hieronymus lehnte sich in dem Ledersessel zurück. Warum gab er selbst immer wieder vor, jemand anders zu sein? Natürlich, um seine wahre Identität zu verschleiern, um es anderen zu erschweren, ihn zurückzuverfolgen.

Von Mahlknecht hatte Adelheid aller Wahrscheinlichkeit nach im Gugelhupf behandelt, wohl bis zum Jahre '69. Vier Jahre später erwarb von Mahlknecht das Anwesen bei Baden, und knapp sechs Monate später erwirkte er Adelheids Entlassung in seine Obhut.

Hieronymus legte den Kopf in den Nacken, starrte zur stuckgeschmückten Decke.

Demnach hatte Adelheid wohl eineinhalb Jahre bei ihm zugebracht – oder zubringen müssen.

Ob es ein Akt der Nächstenliebe gewesen war, der von Mahlknecht dazu bewog, die malträtierte Frau zu befreien? Schlecht schien es ihr hier jedenfalls nicht ergangen zu sein, denn sie war nicht in den Corridors eingesperrt gewesen. Aber das Gute stellte natürlich immer den Feind des Besseren dar und womöglich hatte Adelheid ihr neues Leben auf von Mahlknechts Gut genossen?

Auch wenn er nicht sagen konnte, warum, aber Hieronymus bezweifelte seine Argumente, sogleich sie ihm in den Sinn kamen. Warum hätte Adelheid sonst bis vor Kurzem damit gewartet, sich an ihren Peinigern zu rächen? Eine solche Rache schiebt man nur auf, wenn man daran gehindert wird, sie zu verüben. Wenn man sich beispielsweise in Gefangenschaft befindet.

Oder hatte sich von Mahlknecht einst in die Frau verliebt und dann endlich die Möglichkeit gehabt, sie zu sich zu holen und festzuhalten? Vergitterte Fenster oder dergleichen hatte Hieronymus bei seinem Überraschungsbesuch jedoch nicht bemerkt, zumindest nicht an der Front des Hauses.

Er steckte sich eine Eckstein an, inhalierte tief in der Hoffnung, dass sich das Rasen seines Herzens legen würde. Ein Hustenanfall tat jedoch das Gegenteil.

Erst nach einer gefühlten Minute erstarb der Hustenreiz, vornübergebeugt musste Hieronymus erkennen, dass er das dicke Buch zu Boden geschleudert hatte. Er hob es auf, blätterte wieder zu der Eintragung von Adelheids Entlassung.

Stutzte, blätterte zurück.

»1. Juli 1874, Entlassung von Heinz Weber, in die Obhut von Roderich von Breithaupt.«

Hieronymus blätterte weiter, notierte sich jeweils Namen und Datum. Während der letzten zwei Jahre hatte von Breithaupt – vulgo von Mahlknecht – dreiundzwanzig Personen in seine Obhut genommen …

Damit schied der Akt aus Liebe zu der Frau wohl aus. Aber was tat der Mann mit all den Menschen?

Nun erinnerte Hieronymus sich daran, was ihm Franz berichtet hatte: nämlich, dass ein unbekannter Wohltäter jedes Vierteljahr eine Handvoll Strotter aus ihrem Elend holte und zu reichen Leuten machte.

Sollte es tatsächlich der Wahrheit entsprechen, dass dieser Adelige derart selbstlos handelte, indem er seinem Mitmenschen nur das Allerbeste angedeihen ließ? Vielleicht hatte er den Mann gänzlich falsch beurteilt?

Hieronymus wusste, dass es nur einen Weg gab, dies herauszufinden.

XXXVIII

»Sie wollen *was* von mir?«

Salomon Stricker machte ein Gesicht, als sähe er ein Trugbild.

Hieronymus hingegen schien mit sich zu hadern, ob das eben Ausgesprochene tatsächlich klug war. Aber er hatte seiner Meinung nach in letzter Zeit sowieso kein rechtes Händchen im Umgang mit anderen gezeigt, und nun war es zu spät.

»Ich ersuche Sie um Hilfe«, wiederholte er leise.

Salomon fing sich wieder, lehnte sich auf dem Stuhl zurück und bestellte mit einem Wink ein Glas Rotwein im Café Walhalla. »Es gibt also tatsächlich Dinge, die der große Herr Holstein nicht ohne mich zu bewältigen imstande ist?«

Der zuckte mit den Schultern. »Um das Offensichtliche zu wiederholen, brauche ich Sie jedenfalls nicht. Auch wenn Sie ein Meister auf diesem Gebiet zu sein scheinen.«

Salomon Maß das malträtierte Gesicht seines Gegenübers. »Wer auch immer Ihnen die Fresse poliert hat, meinen Glückwunsch.«

Mit diesen Worten stand der Mann ruppig auf, war im Begriff zu gehen, als ihn Franz, der neben Hieronymus saß, beim Arm packte. »Bleiben S', bittschön.«

Dann warf er seinem Freund einen tadelnden Blick zu.

»Eh«, meinte der kleinlaut. »Der bucklige Franz hat wie immer recht. Tut mir leid.«

Salomon zupfte sich den Frack zurecht und nahm wieder Platz. Er trank einen guten Schluck Wein aus dem Glas, das ihm die Schankfrau eben hingestellt hatte.

»Es geht ja in Wahrheit auch nicht um den Hieronymus«, erklärte Franz. »Es geht um diesen von Mahlknecht. Und dass Ihr Mentor kein gutes Haar an demselben lässt, haben Sie ja selbst gehört.«

»Da haben Sie nicht unrecht, Herr Rudolphi«, lenkte Salomon ein und wandte sich wieder Hieronymus zu. »Was wollen Sie, dass ich tue?«

Der räusperte sich erst. »Obwohl anscheinend vom verarmten Adel abstammend, vermochte von Mahlknecht '73 einen nicht gerade kleinen Grund samt Villa darauf zu erwerben. Und er schien es seit seiner Entlassung nicht mehr vonnöten zu haben, in Wien seiner Profession nachzugehen. Was mich also interessiert, ist, ob Ihre werten Herrn Kollegen Kenntnis davon haben, dass er gestützt wird, vielleicht von einem Mäzen, oder gar mehreren, und welche Leistung er im Gegenzug dafür erbringt. Ein Bildhauer muss Skulpturen erschaffen, ein Maler Bilder, ein Komponist notenreiche Werke. Was aber erschafft Doktor von Mahlknecht?«

So unausstehlich er den Pathologen auch fand, die Analyse, gepaart mit logischen Schlussfolgerungen, war dessen täglich Brot, vermutlich sogar seine Leidenschaft. Und hier war genau das gefordert – Information, Analyse, Beurteilung.

Es schien, als hätte er Salomons wunden Punkt getroffen.

»Auch wenn ich für Sie so viel übrig habe wie für Filzläuse, will ich Ihnen dennoch helfen«, sagte der Pathologe in gedämpftem Ton. »Sollte dieser von Mahlknecht tatsächlich in unredliche Machenschaften verwickelt sein, so schadet er auch meinem Berufsstand.«

»Dann danke ich Ihnen«, sprach Hieronymus und meinte es auch so. »Franz und ich versuchen unser Glück diesbezüglich an anderer Stelle. Ich werde den Präsidenten der Polizei informieren, vielleicht erfahren wir so etwas über etwaige Hintermänner. Und ich werde kommenden Samstag das k.k. Hofoperntheater besuchen und ›Carmen‹ über mich ergehen lassen.«

»*Über sich ergehen lassen?*«, Salomon schnaubte. »Bertha Ehnn singt die Carmen! Ihr Sopran und ihr dramatisches Spiel sind ein Genuss für Ohren und Augen. Aber *er* lässt es über sich ergehen … Herr Holstein, Ihr Geschmack für Musik entspricht der Ernsthaftigkeit Ihrer Profession als Geisterfotograf.«

»Und Ihr geistiger Horizont der Dicke Ihres Schnurrbarts«, entgegnete Hieronymus mit Blick auf die zur Linie zurechtgestutzte Oberlippenbehaarung des anderen. »Ich muss doch nicht –«

»Meine Herren!«, entfuhr es Franz, der kopfschüttelnd das Schauspiel betrachtete. »Wollen wir übereinkommen, die gegenseitigen Verbalinjurien so lange ruhen zu lassen, bis wir unser Ziel erreicht haben?«

Hieronymus und Salomon nickten mit abgewandtem Blick wie trotzige Buben.

»Halleluja!« Franz trank aus seinem Glas einen Schluck Liesinger Bier. »Dann weiß ja ein jeder, was er zu tun hat. Ich schlage vor, wir treffen uns kommenden Sonntag wieder, um uns gegenseitig auf den neuesten Stand zu bringen.«

Erneut ein stummes Nicken beider.

»Wie wollen Sie von Mahlknecht überhaupt erkennen?«

Hieronymus schluckte. »Sagen Sie es mir.«

Der andere stieß ein unmerkliches Knurren aus. »Das auch noch.«

Franz winkte der breitschultrigen Schankfrau. »Alsdann, darauf trinken wir jeder noch ein Schnapserl.«

XXXIX

WILHELM MARX ROLLTE mit den Augen. »Was will er denn nun schon wieder? Ich seh ihn ja schon häufiger als meine Frau.«

Hieronymus lächelte gezwungen.

»Im Übrigen«, fuhr der Präsident fort, »konnte ich in Erfahrung bringen, dass er recht hatte. Frau Adalgrimm hat auch ihren Stiefbruder getötet oder töten lassen, François de Flavigny. Man hat seine Überreste aus dem Vorgarten seines Palais in Salzburg ausgegraben. Und in dem Fall betone ich die Mehrzahl, denn man hatte ihn zerstückelt, vermutlich in einem seiner eigenen Salons.«

»Was war mit seinen Augen?«

»Herausgeschält, wie bei den anderen.«

Hieronymus atmete tief durch. Adelheid hatte ihm also nichts als die reine Wahrheit erzählt. Und er ertappte sich voll Scham dabei, wie ungewöhnlich ihm das vorkam. In einer Welt, in der die Lüge beinahe schon zum guten Ton gehörte, wurde der Mensch, der die Wahrheit spricht, als verrückt angesehen.

»Was ist nun sein Begehr?«, riss Marx ihn aus seinen Gedanken.

»Ich stehe erneut mit einer Bitte vor Ihnen. Ich –«

»Hat sich die Fratschlerin über die Schwere ihrer Arbeit beschwert?«

»Anezka? Nein, der haben Sie ein Lächeln aufs Gesicht gezaubert, und glauben Sie mir, das ist bei der Frau nicht leicht.«

Ein schmales Zucken der Augen verriet, dass Marx das Lob goutierte. »Will er Vergeltung an dem, der ihn so verdroschen hat?«

»Was? Nein!« Unwillkürlich rümpfte Hieronymus die Nase, die immer noch bläulich verfärbt war und höllisch schmerzte. »Ich suche Auskunft über einen Mann. Genauer gesagt, ob dieser irgendwelche Verbindungen in höhere Kreise pflegt.«

»Höhere Kreise. Was meint er denn damit?«

Hieronymus seufzte. »Zu wohlhabenden Industriellen, zu Direktoren von Ministerien, eben zu Leuten mit Einfluss.«

Marx stützte sich mit den Ellbogen auf seinen Schreibtisch und lehnte sich nach vorn. »Und warum glaubt er, dass ich ihm zu derlei Wissen verhelfen kann?«

Ohne ein weiteres Wort sah Hieronymus starr auf die Anstecknadel mit der gefassten roten Perle, die an Marx' Uniform steckte.

Der folgte dem Blick des anderen, hob überrascht die Augenbrauen.

»Oppenheim war auch einer von Ihnen«, kam Hieronymus der Frage zuvor. »Sie selbst haben von einer Feder und von Mäusen gesprochen. Und unter Eingeweihten gilt die rote Perle als Erkennungsmerkmal der Mitglieder der ›Leonis Mures‹, der Mäuse des Löwen, wie sich Ihr Geheimbund nennt.«

Marx faltete die Hände vor seinem Wanst zusammen. »Da werde ich ihn nun wohl erschießen lassen müssen. Weiß er das auch?«

Hieronymus zögerte. Dann teilten die beiden Männer ein wissendes Grinsen.

»Auf den Kopf ist er ja nicht gefallen, das muss ich ihm lassen. Selbst wenn er mit seinem Wissen nicht hinter dem Berg halten kann, einerlei, ob es ihn in Gefahr bringt oder nicht. So wird er auch wissen, dass unser Credo lautet, nur das Beste für unser geliebtes Kaiserreich zu wollen.«

»Davon bin ich ausgegangen. Und wenn meine Vermutung stimmt, dann kann es durchaus sein, dass dieser Mann dieses Credo eben nicht teilt, ihm gar zuwiderhandelt. Von Mahlknecht heißt er. Doktor Johann Nepomuk von Mahlknecht. Einst ein Kollege von Rokitansky, der ihn im Übrigen ebenfalls nicht sonderlich leiden mag.«

Marx blickte zum Plafond, atmete tief durch. Dann lehnte er sich vor, stützte wieder die Ellbogen auf den Tisch und fixierte Hieronymus mit stechendem Blick. »Kann er mir versichern, dass er nicht aus Eigennutz handelt, nicht aus Rache oder sonstigen niederen Instinkten?«

»Das kann er«, entgegnete dieser. »Bei meiner Ehre.«

»Doktor Johann Nepomuk von Mahlknecht, hm?«
Ein erneutes Zucken rund um die Augen des Präsidenten, dann ein kurzes Nicken.

»Ich werde sehen, was ich für ihn tun kann.«

XL

FESTLICHE BELEUCHTUNG STRAHLTE durch die hohen Fenster des k.k. Hofoperntheaters, das ob der abendlichen Dämmerung noch imposanter wirkte. Seine beiden Architekten, die Freunde Eduard van der Nüll und August Sicard von Sicardsburg blieb ein solcher Anblick jedoch zeitlebens verwehrt, starben doch beide Männer noch vor dem 25. Mai 1869, als das Festspielhaus feierlich mit Mozarts »Don Giovanni« eröffnet wurde.

Als erster Monumentalbau der neuen Ringstraße gepriesen, wirkte das Gebäude im Schatten des gegenüberliegenden sechsstöckigen Heinrichshofs doch etwas mickrig. Erst recht, als das Straßenniveau nach Baubeginn noch um einen Meter gehoben werden musste. Als »Königgrätz der Baukunst« verschmähten es die Gazetten, als »versunkene Kiste« der Volksmund. An der Kritik verzweifelnd, und trotzdem seine Frau im achten Monat schwanger war, erhängte sich Van der Nüll am 4. April 1868. Sein Freund August Sicard von Sicardsburg folgte ihm, an Tuberkulose erkrankt, nur zehn Monate später.

Trotzdem feierte das Hofoperntheater seither einen Erfolg nach dem anderen und festigte so auch den Ruf Wiens als Welthauptstadt der Musik.

Hieronymus, die blauen Flecken im Gesicht geschickt mit Puder überschminkt, in schwarzen Zwirn gekleidet samt Hut und Monokel, stieg das Treppenhaus empor. Dieses flankierten sieben Statuen, Allegorien auf die sieben freien Künste.

Er blickte auf seine Taschenuhr – noch gute dreißig Minuten, bevor es sieben schlug und die Vorstellung begann. Wenn er Glück hatte, würde er vielleicht von Mahlknecht bereits im Vorfeld treffen, und dann könnte er sich die kolorierten Tiraden der Sänger ersparen und noch auf ein oder zwei Glas Bier zum nächsten Wirt gehen. Nicht, dass er dem Ensemble Talent oder Können absprach, aber Hieronymus stand die volkstümliche Musik einfach näher, um es gelinde zu sagen.

Doch obwohl er einen Gang nach dem anderen durchstreifte, von dem die Logen mit direktem Blick auf die Bühne abgingen, konnte er von Mahlknecht nirgends erspähen. Vielleicht war er gerade an diesem Samstagabend verhindert?

So gesellte sich Hieronymus notgedrungen ins Hintere des Auditoriums, wo er auf einem der billigeren Sitze Platz nahm und hoffte, die im Programm angekündigte Pause würde nicht zu lange auf sich warten lassen.

Wenig später verdunkelte sich das Licht im Saal. Der Dirigent begann wild herumzufuchteln und die Ouvertüre erklang, voll von iberischem Temperament, gefolgt von dem aus fünf Tönen bestehenden Schicksalsmotiv in übermäßigen Sekundschritten. Der Vorhang glitt auf und machte Platz für die Sicht auf einen Platz in Sevilla, bevölkert mit Bürgern und Soldaten.

Georges Bizets Carmen hatte begonnen.

Ungeduldig wetzte Hieronymus auf seinem Sitz hin und her, erntete ob des einen oder anderen vielleicht marginal zu lauten Schnaufens verärgerte Blicke der anderen Zuhörer. Nach unzähligen geträllerten Bekundungen und über eine Stunde und zwei Akte später hatte er endlich die Pause erreicht.

Mit taubem Gefühl im Gesäß machte er sich erneut auf, den Doktor zu suchen, drängte sich durch die Gänge, die wie Hufeisen rund um den Saal verliefen, und gab schon die Hoffnung auf, als er ihn erspähte – Doktor Johann Nepomuk von Mahlknecht.

Genau so, wie ihn Salomon Stricker beschrieben hatte: gekleidet in Frack und Zylinder, einen weißen Schal aus Seide um den Hals geschlungen, als würde ihn dieser noch nobler oder wissender aussehen lassen, als er sich schon fühlte. Umringt von einer Handvoll Männer, die viel zu offensichtlich seine Gegenwart suchten, um sich in seinem Ruf zu suhlen.

Immer wieder schüttelten ihm andere Herren im Vorbeigehen die Hände, und wenn Hieronymus es nicht besser wüsste, würde er meinen, von Mahlknecht wäre ein beliebter Mann der Politik oder ein bekannter Künstler.

Sein schmallippiges Lächeln erreichte nie seine Augen und spie förmlich die Abscheu vor den anderen aus.

Und trotz allem, dazu musste Hieronymus sich ermahnen, machte all dies noch keinen Verbrecher aus ihm. Nur eben einen Ungustl*.

Mit schnellem Griff prüfte Hieronymus den Sitz seines Monokels, zückte Papier und Bleistift, und drängte sich zu seinem Ziel durch.

»'tschuldigen S', Herr Doktor von Mahlknecht, Rudolph Weber von der ›Morgenpost‹.«

Der andere maß ihn mit abschätzigem Blick. »Was wollen S'?«

»Ich recherchiere gerade für einen Artikel über die moderne Medizin«, gab Hieronymus vor. »Und da wäre es mir eine Ehre, einer Koryphäe wie Ihnen ein paar Fragen stellen zu dürfen.«

»Ach, und auf welchem Gebiet soll ich eine Koryphäe sein?«

Hieronymus fluchte innerlich. Entweder war der Mann so eitel, dass er seine Lobpreisung einfach hören wollte, oder er war aalglatt und ließ den anderen ins offene Messer laufen.

»Na, was für eine Frage«, stotterte der vorgeschützte Schreiberling. »Auf dem Gebiet im Umgang mit den Irren sind S' eine Koryphäe, selbstverständlich.«

Von Mahlknecht setzte ein süffisantes Lächeln auf. »Verschwinden S', Sie impertinenter Hallodri, aber sofort!«

Hieronymus zögerte noch. Da wurde er bereits von zwei der Männer rund um den Doktor an den Armen gepackt und zurückgedrängt. Erst als dieser außer Sichtweite war, ließ man ihn los.

»Und lass dich nicht wieder anschaun«, sagte einer der Männer mit scharfem Ton. Dann gingen beide zurück.

---

* Österreichisch: unsympathischer Mann.

Hieronymus lachte den beiden gekünstelt hinterher, aber innerlich war ihm zum Heulen zumute. Derart schmählich war er schon lange nirgends mehr abserviert worden.

Was sollte er nun tun? Er konnte von Mahlknecht schlecht dazu zwingen, mit ihm zu reden. Ebenso wenig würde es Sinn ergeben, ihn damit zu konfrontieren, dass er es war, der unter falschem Namen Insassen aus dem Irrenhaus in seine Obhut nahm. Ein kurzes »Da müssen Sie mich verwechseln«, und schon wäre das Gespräch beendet.

Pagen mit Glöckchen läuteten das Ende der Pause ein, und da wusste Hieronymus, was sein nächster Schritt sein würde: das verfluchte Hofoperntheater so schnell wie möglich hinter sich zu lassen.

XLI

In leuchtenden Farbtönen ergoss sich das Fresko »Mariä Himmelfahrt« von Johann Michael Rottmayr über die ovale Kuppel der Peterskirche, angefeuert vom Abendrot. Auch sonst bot der Innenraum mit seinen reichen Stuckaturen, vergoldeten Figurengruppen und sechs Kapellen allen Prunk, der den Lebenden auf Erden verwehrt werden und nur dem Herrn im Himmel zur Ehre gereichen sollte.

Am äußersten Ende des Hauptschiffs, nahe dem Altar, hatten drei Männer auf den Bänken Platz genommen und unterhielten sich im Flüsterton.

»Einen noch konspirativeren Eindruck würden wir nur erwecken, wenn wir uns auf einem nächtlichen Friedhof treffen würden, Kerzen in Händen und in Kreide gezogene satanische Zeichen zu unseren Füßen«, meinte Salomon verärgert.

»Mag sein«, gestand Hieronymus. »Aber zumindest sehen wir von Weitem, wer sich uns nähert. Ich höre im Augenblick lieber auf mein Bauchgefühl, als unnötige Risiken einzugehen.«

Franz bekreuzigte sich, blickte dann den Pathologen an. »Ist ja gut. Also, was haben Sie herausfinden können?«

Der verzog missmutig die Miene, fuhr dann aber ruhig fort. »Von Mahlknecht ist unter uns jungen Ärzten kein Begriff mehr. Nicht einer, der seinen Namen kannte. Die älteren Semester hingegen kennen zumeist seinen Namen, beinahe immer im Zusammenhang mit dem Gugelhupf und Freiherr von Rokitansky. Den Erzählungen nach zu urteilen haben die beiden Herren nicht nur einmal einen laut geführten Disput über ihre Fachrichtung geführt. Was allerdings ebenfalls auffällt, ist, dass niemand ein schlechtes Wort über von Mahlknecht spricht. Mir scheint fast, auf eine Mauer des Schweigens gestoßen zu sein. Sie wissen schon«, er ließ den Blick durch die Kirche wandern. »Wie bei den Pfaffen. Da weiß man auch, wer Dreck am Stecken hat, und doch hält jeder sein Maul.«

Franz zuckte mit den Schultern. »Vielleicht erhoffen sie sich, irgendwann von ihm zu profitieren?«

»Mit der Behandlung von Irren kann man sich kaum profilieren«, entgegnete Salomon.

»Damit nicht«, meinte Hieronymus. »Aber ich war heute Vormittag noch einmal bei Marx. Der konnte in Erfahrung bringen, dass in regelmäßigen Abständen finanzielle Mittel an von Mahlknecht ausbezahlt werden, und zwar von der Militär-Medikamenten-Direktion und vom Reichskriegsministerium selbst.«

Die drei Männer sahen sich unschlüssig an.

»Soll das heißen, dass das Reichskriegsministerium den Doktor entlohnt. Wofür?«

Hieronymus zuckte mit den Schultern. »Das wusste er nicht. Ebenso wenig, wie hoch der Betrag ist. Allerdings soll es sich nicht um irgendein mickriges Salär handeln.«

»Jetzt bin ich aber stad«, meinte Franz und rieb sich nachdenklich die Stirn. »Kann Marx nichts gegen den Mann unternehmen?«

Hieronymus schüttelte den Kopf. »Strotter zu sich zu holen ist kein Verbrechen, auch nicht, in einer bewachten Villa zu wohnen.«

»Was ist mit Leoš?«

»Können wir ihm nicht nachweisen.«

»Wenn das Reichskriegsministerium etwas finanziert, dann aber sicher nicht aus Nächstenliebe. Die erwarten ein Ergebnis«, meinte Salomon stockend. »Mir fällt jedoch keine Anwendung ein, die dienlich sein könnte. Ja, im Bereich der Chirurgie oder bei Wundbehandlungen, aber damit hatte von Mahlknecht nie etwas am Hut.«

»Werden Sie weitere Nachforschungen anstellen?« Franz blickte Salomon ernst an. Der nickte.

»Also abgemacht, meine Herren«, sagte Hieronymus. »Und lassen Sie uns einstweilen Stillschweigen darüber bewahren. Wenn von Mahlknecht Verbindungen bis ins Reichskriegsministerium hat, wer weiß, wo er noch mitlauscht.«

Rastlos zogen die Wolken am Mond vorbei, wie die dunklen Fetzen einer unkenntlichen Fahne, vom Wind getrieben. Kleine Sturmböen brandeten auf, ließen Geäst erzittern, und Dachschindeln klappern.

In der Deckung einer niedrigen Steinmauer schlich eine Gestalt auf den Hof zu, nutzte den Schatten des Schindelwagens, den das verbliebene Licht des Mondes warf. Sie tätschelte beruhigend die Flanke von Roswitha, schritt gebückt auf das schiefwinkelige Haus zu und zückte einen Dolch. Die Haustür machte einen maroden Eindruck, war jedoch versperrt.

Eines der Fenster war es nicht.

Bedacht darauf, kein unnötiges Geräusch zu verursachen, stieg die Gestalt in die Stube ein, verharrte, um sich einen Überblick zu verschaffen. Ein großer klobiger Tisch, drei Schemel und sechs Sessel. Mehrere Truhen an den Wänden. Der Haustür gegenüber eine Tür, ebenfalls geschlossen. Und auf den Dielen zwei Strohsäcke, auf denen in Filzdecken gehüllt zwei Männer schliefen – ein größerer, dünnerer, und ein kleinerer, dickerer. Beide schnarchend.

Die Gestalt schien zu überlegen, zu welchem von beiden sie zuerst schleichen sollte. Schließlich hatte sie sich entschieden, visierte den kleinen Dicken an, setzte vorsichtig einen Fuß vor den anderen.

Die Dielen knarrten unter der Belastung der Schritte.

Noch sechs Fuß, dann hatte die Gestalt Franz erreicht. Sie umklammerte den Dolch fester, bereit, ihn von oben hinabsausen zu lassen – als sie plötzlich gegen eine leere Flasche Sliwowitz stieß. Diese begann zu taumeln.

Die Gestalt bückte sich, versuchte hektisch, der schlingernden Flasche habhaft zu werden. Diese kippte lautstark um.

Franz riss die Augen auf.

Die Gestalt stach zu.

Franz schrie.

Hieronymus fuhr hoch. Hektisch versuchte er zu begreifen, was gerade in der Stube geschah.

Wieder stach die Gestalt zu, doch Franz rollte sich auf die Seite und fegte dem Angreifer die Füße weg, sodass er zu Boden stürzte.

Ein Mann schrie auf.

Franz fluchte, während Hieronymus auf die Gestalt zustürzte. Er bekam den Angreifer mit der linken Hand an den Haaren zu fassen, schlug die rechte dorthin, wo er das Gesicht des Angreifers vermutete. Der schrie erneut auf, wirbelte herum und konnte sich mit einem Ruck aus dem Griff befreien, auch wenn es ihn ein Büschel Haare kostete.

Die Tür flog auf, schlaftrunken starrte Anezka in den dunklen Raum. »Sakra! Co se tu děje?«

»Schleich dich wieder rein!«, brüllte Franz. »Und verschloss die Tür!«

Erschrocken, aber widerspruchslos, tat sie, wie ihr geheißen.

Unterdessen hatten sich sowohl der Angreifer als auch Hieronymus aufgerappelt, standen sich in kämpferischer Haltung gegenüber. Die Gestalt stieß nach vorn, ließ mehrere Male den Dolch durch die Luft sausen, jedoch erfolglos. Hieronymus griff die umgekippte Flasche, schlug sie auf den Boden und brach ihr den Hals ab.

Dann stieß er damit zu.

Der Angreifer schrie erneut auf. Er taumelte, ließ den Dolch fallen. Dann stürzte er auf das Fenster zu, durch das er gekommen war, und hechtete ins Freie.

Hieronymus setzte zur Verfolgung an.

In eigenartig taumelnden Bewegungen stakste der Angreifer über den Hof, stützte sich auf den Brunnen, fiel zu Boden.

Gleich darauf hatte Hieronymus den Mann erreicht. Der hatte kurze, dunkle Haare, ein rundes, seltsam gütiges Gesicht mit einem spärlichen Schnauzer, und konnte nicht älter als Mitte dreißig sein.

Im Schein des Mondes erkannte Hieronymus, dass sich der Angreifer die linke Seite seines Halses hielt, aus der eine schwarze Flüssigkeit pulsierte.

»Wer zur Hölle bist du?«, schrie er die Gestalt an, den abgebrochenen Flaschenhals drohend in der Hand.

»Das spielt nun keine Rolle mehr«, stieß der andere gurgelnd aus. »Ich … ich habe es vergeigt. Es tut mir so leid. Ich sollte dich doch …«

»Du solltest mich umbringen?«

Der Mann nickte zuckend.

»Wer hat dich geschickt?«

Der andere verdrehte eigenartig die Augen.

Hieronymus warf die Flasche weg, drückte mit beiden Händen auf die Wunde des Mannes. »Rede! Wer hat dich geschickt?«

Der Angreifer schien keinen klaren Gedanken mehr fassen zu können. Er zuckte unkontrolliert, gebeutelt von

Krämpfen. Doch mit einem Mal sah er Hieronymus mit klarem Blick an.

»Meine Familie. Du musst mein Weib und mein Söhnchen retten.«

Der verstand nicht. »Retten? Wovor retten? Wo ist deine Familie?«

»Sie ist … Sie wird gefangen gehalten … Im Haus von Doktor von Mahlknecht.«

Ein flüchtiges Lächeln huschte über sein Antlitz. Der Mann spuckte gurgelnd Blut, dann erschlaffte sein Körper.

Hieronymus richtete sich fluchend auf, warf den abgebrochenen Flaschenhals zu Boden.

Franz kam gelaufen, sah voller Entsetzen den Toten, die schwarze Lache, in der er lag, und die blutbefleckten Hände seines Freundes. »Was …«

Hieronymus blickte ihn mit todernster Miene an. »Ab sofort gibt es kein Zurück mehr.«

XLII

DIE MORGENRÖTE PINSELTE lange, weiche Schatten über das Land, als der Schindelwagen an einer Weggabelung hielt.

»Ich schlage vor, wir führen den Wagen ein kurzes Stück entlang des Waldweges und gehen dann zu Fuß weiter«, sagte Hieronymus mit heiserer Stimme.

Seitdem er und Franz nach dem Überfall aufgebrochen waren, hatte keiner von ihnen ein Wort gesprochen. Was sollte man auch sagen? Zu eindeutig hatte sich offenbart, wer ihnen nach dem Leben trachtete. Zu drückend wog die Angst, dass sich das Geschehene in den nächsten Tagen wiederholen könnte, da der erste Versuch des Totschlags fehlgeschlagen war – nicht auszudenken, wenn Anezka oder gar einem ihrer Kinder etwas zustieße. Und zu bedrohlich wuchs die Erkenntnis darüber, dass es nur einen Weg gab, um dem Ganzen Herr zu werden. Sie mussten von Mahlknechts Machenschaften ans Tageslicht befördern. Nur so könnten sie ihm das Handwerk legen.

Anezka hatten sie angewiesen, sobald die gerufene Sicherheitswache gegangen und der Tote weggebracht war, am heutigen Tage ihre Kinder mit zum Naschmarkt zu nehmen. In der Menge wären sie sicher. Danach sollten sie ein Gästezimmer in einer der umliegenden Wirtschaften beziehen, Geld dafür hatten sie ihr gegeben.

Das Einzige, was Hieronymus im Augenblick wirklich Sorgen bereitete, war, dass er nicht wusste, auf was genau sie sich einließen. Was genau war es, was von Mahlknecht tat? Wofür wurde er scheinbar fürstlich entlohnt? Warum hielt er Adelheid und nun auch die Familie seines Angreifers gefangen? Vielleicht wollte er einfach nur Macht ausüben, vielleicht aber bewogen ihn auch andere, abartige Gelüste.

All diese Gedanken schwirrten die Fahrt über in Hieronymus' Kopf, blieben unbeantwortet und drängten sich von Neuem auf.

Franz zog die Zügel an, Roswitha blieb stehen.

Die beiden Männer banden das Pferd an einen Baum. Franz kletterte in den Wagen und holte mehrere Stichwaffen heraus. Hieronymus steckte sich ein Messer in den Stiefelschaft, einen Dolch in den Gürtel. Franz bewaffnete sich mit zwei Dolchen.

Dann setzten sie ihren Weg durch das Unterholz fort, um nicht von den Torwachen entdeckt zu werden.

»Gehen wir davon aus, dass von Mahlknecht Adelheid auf seinem Anwesen gefangen hielt«, sagte Hieronymus leise zu Franz, der humpelnd neben ihm schlich. »Dann musste Adelheid auch einen Weg gefunden haben, wie sie von dort entkam.«

Der andere nickte nachdenklich. »Und vermutlich tat sie dies nicht durch den Eingang oder über das weite Feld, wo die Wachen freie Sicht haben. Ich schätze, dass der Doktor seine Villa von allen Seiten sichern lässt.«

»Adelheids Fluchtweg wäre demnach unser Zugang.«

»Lass uns das Anwesen umrunden. Vielleicht gibt's ja eine Scharte in der Mauer, ein altes Tor, dem niemand mehr Aufmerksamkeit schenkt.«

Hieronymus stimmte seinem Freund stumm zu.

In regelmäßigen Abständen hatte Franz Hieronymus eine Räuberleiter gemacht, damit der über die Mauer blicken konnte. Doch immer bot sich das gleiche Bild: Bäume, Sträucher und verwachsenes Unterholz, die sich zur Villa hin erstreckten und irgendwann abrupt endeten. Dahinter lagen, soweit Hieronymus das erkennen konnte, Wiesen, die bis zum Haus führten.

»Ungesehen scheinen wir nicht hinzugelangen«, knurrte Franz entnervt.

Hieronymus trat zornig mit dem Fuß gegen die Mauer. Sein Freund hatte recht. Aber was konnten sie nun tun? Vielleicht sollten sie bis zum Einbruch der Nacht warten, um dann im Schutz der Dunkelheit zu versuchen, zum Haus zu schleichen.

Das plötzliche Bellen eines Hundes ließ die beiden Männer zusammenzucken.

Hieronymus stieg auf einen großen Stein, spähte über die Mauer. Eine Wache mit einem deutschen Schäferhund an der Leine stand inmitten der Wiese. Der Hund hatte zähnefletschend die Witterung aufgenommen.

Hieronymus bedeutete Franz, von der Mauer wegzugehen, die beiden liefen tiefer in den Wald hinein.

»Mit den Wachhunden werden wir auch in der Nacht keine Chance haben«, meinte Hieronymus. »Schön langsam bin ich mit meinem Latein am Ende.«

»Was, wenn Marx mit Unterstützung der Gendarmerie –«

»Wenn sich unsere Anschuldigungen als haltlos erweisen, würde das Marx den Kopf kosten, dafür sorgt schon das Reichskriegsministerium.«

Mit einem Mal wandte Franz den Kopf in eine bestimmte Richtung, deutete seinem Freund, still zu sein. Er verengte die Augen. »Hörst du das auch?«

Hieronymus schüttelte den Kopf.

»Da fließt ein kleiner Bach.«

»Und?«

Ohne Antwort zu geben, ging Franz los, ließ sich nur von seinem Gehör leiten.

Tatsächlich, ein kleines Rinnsal bahnte sich seinen Weg durch das Unterholz.

Hieronymus rümpfte die Nase. »Welch feinen Duft du entdeckt hast.«

Unbeirrt folgte Franz dem Gewässer entgegen der Fließrichtung, bog schließlich einen mannshohen Busch zur Seite, unter dem das Wasser herausrann.

»Ha! Das hatte ich gehofft.« Er stand vor einem großen rostigen Eisengitter, das den Zugang zu einem brusthohen gemauerten Rohr versperrte. »Da kommen die Abwässer der Villa heraus.«

Hieronymus grinste. »Und wir hinein. Gut gemacht, mein Lieber.«

»Vielleicht ist dies gar der Fluchtweg deiner Adelheid gewesen?« Franz rüttelte an dem Gitter, das zwar schepperte, aber nicht aufschwang.

»Warte, das ist verschlossen.« Hieronymus kniete sich zu dem handgroßen Vorhängeschloss in Kugelform, das das Gitter sperrte. »Dafür braucht man einen Hohldornschlüssel«, meinte er zerknirscht.

Mit einem wuchtigen Tritt sprengte Franz den Scharnierbügel. »Manchmal hilft auch einfach rohe Gewalt.«

Hieronymus nickte anerkennend. Dann schwangen sie das Gitter auf und wandten sich der Röhre zu, die in tiefste Finsternis führte.

»Schlimmer als bei den Strottern kann das hier auch nicht sein«, sagte Franz, zog den Kopf ein und stakste voraus.

Hieronymus überkam ein Schauer voll Ekel, dann zog er ebenfalls den Kopf ein und folgte seinem Freund, hinein in die übelriechende Dunkelheit.

Wie lange sie bereits unterwegs gewesen waren, konnte Hieronymus nicht genau sagen. Aber nach einer gefühlten Ewigkeit, inmitten kalter Nässe, in einer nach Fäulnis und Fäkalien stinkenden Finsternis, vermochte er endlich einen kleinen Lichtschimmer in der Ferne auszumachen.

Die beiden trotteten auf das Licht zu, darauf bedacht, nicht auszurutschen oder das Gleichgewicht zu verlieren, um nicht die Wände des Kanals berühren zu müssen.

Langsam wurde es heller. Dann standen die beiden Männer unter einer kreisrunden Öffnung. Es war ein mannshoher Schacht, der nach oben führte und dessen Ende von einem löcherigen Deckel verschlossen wurde.

»Was glaubst du, wie tief sind wir unter der Erde?«, flüsterte Franz, dessen Atem in kleinen Wolken verblasste.

»Der Kälte nach zu urteilen ganz ordentlich. Erinnere dich an die Ecktürme der Villa, hier hat früher mal eine Befestigung oder ein ähnliches Bollwerk gestanden. Drei bis vier Keller tief könnten wir schon sein.«

»Und wie kommen wir da rauf?« Doch noch während Franz die Worte sprach, wurde ihm bewusst, was nun folgen würde.

»Tut mir leid«, sagte Hieronymus mit gedämpfter Stimme.

Franz knurrte widerwillig. Dann machte er erneut eine Räuberleiter. Hieronymus setzte die rechte triefnasse Stiefelsohle in dessen verschränkte Hände, drückte sich empor, stieg mit dem anderen Fuß auf Franz' Schulter und schob den Deckel so weit auf, dass er hinausspähen konnte.

Tatsächlich befanden sie sich unter einem Keller. Rote Ziegel bildeten ein Tonnengewölbe. Das wenige Licht fiel aus Löchern in der Decke, die wohl in den Stock darüber reichten. Einige Fässer sowie Kisten waren in einer Ecke gestapelt. Menschen waren keine zu sehen.

So leise er konnte, schob Hieronymus den Deckel beiseite und stemmte sich aus dem Schacht. Er holte eine der Kisten und reichte sie Franz durchs Loch. Nachdem der darauf gestiegen war, half Hieronymus ihm zu sich nach oben.

Franz sah sich hastig um, dann wischte er sich die schmutzigen Hände an der Ziegelmauer ab. »Und nun?«

»Ich weiß es nicht«, gestand sein Freund. »Erkunden wir die Räumlichkeiten. Ich schätze, wenn von Mahlknecht hier wirklich die Familie unseres Attentäters als Druckmittel gegen ihn gefangen hält, dann muss sie irgendwo in diesen Gewölben sein.«

Franz zückte einen seiner Dolche.

Schritt für Schritt tasteten sich die beiden Männer vor. Hielten immer wieder inne, ob sie etwas Verdächtiges hörten, lugten vorsichtig um jede Ecke. Die Keller waren überraschend weit verzweigt. In manchen Abteilen lagerten Rüben, Kohl und Erdäpfel auf Vorrat, andere waren leer, wieder andere mit Gerümpel und alten Gerätschaften vollgestellt. Wachen, Bedienstete oder gar Gefangene waren jedoch nirgends zu erspähen.

»In diesem Stockwerk ist nichts«, raunte Franz schließlich und späte zu Stufen, die sich einem Schneckenhaus gleich wie in einem Turm nach oben wanden. »Und man kommt auch nur von dort hier runter.«

Hieronymus nickte.

Als die letzte Stufe erkennbar war, blieb Hieronymus stehen, reckte den Kopf, um den Raum darüber auszukundschaften. Mehrere eisenbeschlagene Türen, in die kleine Sichtfenster eingelassen waren, führten von hier weg, ähnlich wie im Gugelhupf. Ein Stollen verlief sich im Dunkeln. Immer wieder hallten dumpfe Geräusche aus unbestimmter Richtung, gedämpft wie durch Watte. Auch hier war keine Menschenseele zu sehen.

Geduckt schlich Hieronymus zu der ersten eisernen Tür, drückte sein Ohr dagegen, horchte. Dann gab er Franz, der sich beim Stufenabgang postierte, mit einem Kopfschütteln zu verstehen, dass er nichts Auffälliges entdeckt hatte. Er schlich zur nächsten Tür, lauschte erneut.

Hieronymus' Augen weiteten sich, seine Miene wurde finster.

Er konnte nicht nur eine Stimme dahinter hören, sondern mehrere. Einige schienen durcheinanderzusprechen. Andere husteten, ächzten oder stöhnten. Hie und da durchriss ein spitzer Schrei das Stimmengewirr.

Hieronymus winkte Franz zu sich, der der Aufforderung humpelnd nachkam.

»Ich muss sehen, wer hinter der Tür eingesperrt ist. Und es scheint, als käme man alleine durch diesen Stollen hierher«, flüsterte er und deutete dabei Richtung Gewölbe, das von der Dunkelheit verschluckt wurde. »Stehst du Schmiere?«

Ohne eine Antwort zu geben, schlich Franz an die Ecke, an der der Stollen seinen Ursprung nahm, und starrte gebannt in die Finsternis.

Hieronymus richtete sich auf, schob behutsam das kleine Sichtfenster inmitten der Tür auf und lugte hinein. Von der Decke hingen in regelmäßigen Abständen Petroleumlampen, die ein unstetes, aber helles Licht verbreiteten. Von der Tür weg verlief ein Korridor, zu beiden Seiten gesäumt mit Gitterstäben, die mannsgroße Zellen bildeten. Dahinter gingen, saßen, krochen und schliefen Gestalten, die in grobes, aber durchwegs sauberes Gewand aus Leinen gehüllt waren. Ungefähr zehn Männer und Frauen konnte Hieronymus erkennen, ihre Blicke waren wirr, die Köpfe geschoren. Jeder von ihnen machte den Eindruck, als befände er sich in seiner eigenen Traumwelt, keiner von ihnen schien zu erkennen, in welcher Lage er sich tatsächlich befand. Kinder konnte er nicht ausmachen.

Der Boden des Gangs zwischen den Zellen verlief zur Mitte hin abschüssig, sodass zumindest ein Teil des Erbrochenen, des Kots und Urins sich dort sammeln und hinausgespült werden konnte.

Dies waren also die von Mahlknecht gefangen gehaltenen Delinquenten, denen er antat, wofür auch immer er entlohnt wurde, mutmaßte Hieronymus. Vielleicht befanden sich unter ihnen auch jene Strotter, die zu ihrem vermeintlichen Glück abgeholt worden waren und hier hineingezwungen wurden.

Vorsichtig versuchte Hieronymus, den schweren eisernen Riegel, mit dem die Tür verschlossen war, zu bewegen, musste in der Finsternis jedoch erkennen, dass ihn ein Schloss sicherte. Doch bei diesem würde kein noch so beherzter Tritt von Franz helfen. Für dieses brauchte man einen Schlüssel.

Franz' fragenden Blick beantwortete Hieronymus mit einem Schulterzucken, dann gesellte er sich zu seinem Freund.

»Von Mahlknecht hält sich hier beinahe ein Dutzend Irre«, sagte er fassungslos. »Und frag mich jetzt bitte nicht, warum.«

»Tu ich nicht. Ich frage mich, was wir nun anstellen.« Er zögerte, als er Hieronymus' Gesichtsausdruck deutete. »Vergiss es. Wir können sie nicht befreien. Zumindest nicht gleich.«

»Stimmt. Wir brauchen den Schlüssel.«

Franz ballte die Fäuste. »Bist du komplett deppat? Wenn das da drin wirklich Irre sind, wie willst du sie dann dazu bringen, dir in den Abwasserkanal zu folgen? In ein dunkles Loch. Und selbst dann: am anderen Ende angekommen, was tun wir mit ihnen? Sie bitten, im Gänsemarsch nach Wien zu trotten, damit wir Marx davon überzeugen können, welche Machenschaften von Mahlknecht hier treibt?«

»Ich weiß, ich weiß«, knurrte der andere verbissen. »Dann lass mich wenigstens auskundschaften, was am Ende des Stollens liegt. Sollte von Mahlknecht in noch größere Ungeheuerlichkeiten verstrickt sein, dann könnte ihm das vielleicht das Genick brechen.«

Franz presste die Lippen aufeinander, bis sie weiß waren, so sehr sträubte er sich gegen das, was sein Freund vorschlug. Aber genauso wusste er, dass es das einzig Richtige war.

Also verschwanden die beiden Männer in dem gemauerten Stollen.

Am Ende war die Dunkelheit in dem Gang nicht so undurchdringlich wie befürchtet. Ein fahler Rest von Licht, wo auch immer dieser herkam, schnitt Kanten und Ecken, formte Durchgänge und ließ so den mit Ziegelsteinen belegten Boden nicht wie den Weg in einen Abgrund wirken.

Nachdem Hieronymus und Franz ein Tor durchschritten hatten, fanden sie sich inmitten eines großen, hohen Raumes wieder, zaghaft erhellt von Lichtschächten im Gewölbe darüber. In Hieronymus rief der Anblick sogleich die Erinnerung an den Seziersaal im Allgemeinen Krankenhaus wach. Auch hier standen einige klobige Tische aus dunklem Holz, auch hier zierten große anatomische Zeichnungen auf Papier die Wände und standen präparierte menschliche Skelette umher. Doch im Gegensatz zum Seziersaal befanden sich in diesem Raum haufenweise gläserne Erlenmeyerkolben auf den Tischen, Phiolen und Destillationsapparaturen mit Rundkolben harrten ihrer Verwendung.

Hieronymus hielt seine Hand über verkohlte Holzscheite, die in einem großen gemauerten Kamin lagen.

»Hier hat bis vor Kurzem noch Feuer gebrannt«, zischte er Franz zu, der trotz oder vielleicht gerade wegen aller Düsternis fasziniert auf die Gerätschaften blickte.

»Was zur Hölle ist das alles?« Er kratzte sich den kahlen Schädel. Mit einem Mal durchfuhr ihn ein Schauer. »Ich denke, wir sollten gehen.«

»Gleich!«, stieß Hieronymus aus. »Ich will erst noch verstehen, wozu das alles dienlich ist.«

In dem Augenblick erklang das Klatschen von Händen.

»Und wie lange glauben Sie, dass Sie dafür benötigen werden?« Die Stimme eines Mannes, unerschrocken und süffisant, drang von einer steinernen Treppe hinab, die nach oben führte.

»Eine Dekade? Zwei Dekaden? Vermutlich meinen Sie aber, all dies in wenigen Augenblicken erfassen zu können, nicht wahr? Lassen Sie mich Sie erleuchten.«

Das Licht einer Petroleumlampe flammte auf, riss tanzende Schatten aus der Dunkelheit, während der Mann ohne Hast die Treppe hinabstieg.

Hieronymus' Augen verengten sich zu Schlitzen. »Von Mahlknecht.«

Der lachte auf. »Entschuldigen Sie, aber ich liebe nun mal theatralische Auftritte. Auch die Welt ist nur eine Operette, wenn Sie erst einmal ihren Rhythmus und ihre Melodie zu vernehmen vermögen.«

»Und Sie meinen, Sie sind ihr Dirigent?«

»Mitnichten. Ich spiele nur im Orchestergraben mit, wenn auch die erste Geige.«

»Ja«, knurrte Franz. »Die erste Arschgeige.« Ein Stoß seines Freundes in die Rippen ließ ihn verstummen.

»Herrlich, die Bonmots der Einfältigen.« Am Ende der Treppe angekommen stellte von Mahlknecht mit einem Lächeln die Lampe auf einen Tisch. »Aber glauben Sie nicht, ich würde hier tagein, tagaus, auf unangemeldeten Besuch wie Sie warten. Ich wusste, dass Sie kommen würden. Und nun gedulden Sie sich bitte, bis meine Dienerschaft ein wenig Behaglichkeit in dieses kalte Gemäuer gezaubert hat.«

In dem Moment schwirrte ein halbes Dutzend Adlaten die Treppe hinunter, entzündete Lampen und Kandelaber, stellte ein Tablett mit einer Karaffe voll Rotwein auf einen der Tische sowie einen Korb mit frischem Brot. An den drei Türen, die aus dem Laboratorium führten, postierte sich je ein Mann mit der Statur eines Henkersknechts, mit Dolch und Pistole bewaffnet.

»Greifen Sie ohne Reue zu, wenn Sie Hunger oder Durst verspüren.« Von Mahlknecht riss ein Stück vom Brot ab und kaute es genüsslich. »Aber vermutlich fragen Sie sich, woher ich wusste, dass Sie kommen würden. Nun, das liegt daran, dass sich mein Vertrauen in Gustav Nehr als enden wollend gestaltete.«

Hieronymus runzelte die Stirn.

»Jenen Mann, den ich entsandte, um sie im Schlaf zu meucheln«, gab von Mahlknecht ohne Umschweife zu. »Ich gestehe, ich bin nicht überrascht, dass ihm das Unterfangen misslang. Weder im Geiste noch vom Geschick her war er der Aufgabe gewachsen.«

»Warum haben Sie ihn dann dazu gezwungen?«, fragte Hieronymus betont ruhig. »Warum nahmen Sie seine Frau und sein Kind –«

Von Mahlknecht lachte auf. »Hervorragend! Das wollte ich Sie nur glauben lassen, und zumindest dies hat der Narr richtig gemacht. Da drängt sich mir die Frage auf, wofür Sie mich halten. Ein Monstrum, das sich aus reinem Eigennutz an anderen vergeht?«

Hieronymus und Franz tauschten einen vielsagenden Blick, schwiegen jedoch.

»Nein, was ich Gustav Nehr angeboten hatte, war eine stattliche Summe für den Fall, dass er Ihnen des Lebens beraubt. Und die Verdoppelung der Summe für den Fall, dass es ihm nicht gelingt, er Sie jedoch glauben macht, dass ich seine Familie hier gefangen hielte und Sie damit herlockt.«

Franz schnaubte verächtlich. »Also haben Sie im Gegenzug für seinen Tod sein Weib und sein Mündel finanziell abgesichert.«

»Mehr als er es zu Lebzeiten je vermocht hätte. Und glauben Sie mir, ich bin ein Ehrenmann. Seine Witwe wird selbstverständlich auch jeden Gulden erhalten.«

»So viel Geld, nur damit Sie mich kennenlernen dürfen?«

Hieronymus zwirbelte demonstrativ seinen Schnurrbart. »Ich fühle mich geehrt.«

Von Mahlknecht kam auf ihn zu, blieb jedoch in gebührendem Abstand stehen. »Nur dass es nicht der Ehre wegen war, sondern weil Sie sich in Dinge eingemischt haben, die Sie nichts angingen. Mehr noch – weil Sie mir etwas anlasten wollten, wobei mich absolut keine Schuld trifft.«

»Es trifft Sie also keine Schuld an Leoš' Tod?«

»An wessen Tod?« Von Mahlknecht überlegte einen Augenblick lang, dann schien es ihm einzufallen. »Ach, dieser böhmische Hungerleider. Ich gebe ja zu, dass mir der Mann in einer Situation der Not selbstlos zu Hilfe eilte. Aber verstehen Sie – da gibt man einem Niemand die Möglichkeit seines Lebens, erkennt in ihm das schlummernde Potenzial, und dann lotst er einen wie Sie zu mir. Der Mann hat sein Schicksal selbst besiegelt.«

»Wenn Sie Leoš' überdrüssig waren, warum haben Sie ihn dann nicht einfach hier im Wald verscharrt? Warum die Mühsal, ihn in der Wien zu ersäufen?«

Von Mahlknecht hob belehrend den Zeigefinger. »Weil das Einfachste oftmals nicht das Klügste ist. Wenn ich den Mann einfach verschwinden lasse, was mir keinerlei Probleme bereitet hätte, so kann ich unmöglich vorhersehen, was das für Folgen nach sich zieht. Ein zeterndes Weib, das nach Antworten verlangt. Freunde, die sich auf die Suche begeben. So hat man einen Taugenichts ersoffen im Wienfluss gefunden. Ende der Geschichte.«

Hieronymus versuchte, sich nichts anmerken zu lassen, auch wenn sein Zorn mit jedem Wort, das der Mann so überheblich ausspie, ins schier Unermessliche stieg.

»Aber nun wieder zu Ihnen, Herr Holstein«, fuhr von

Mahlknecht fort. »Natürlich wusste ich, dass Sie es waren, der sich vor über einer Woche auf meinen Grund und Boden geschlichen und vorgegeben hatte, er sei ein gewisser Professor Wagenschön von der k.k. Irrenheilanstalt. Auch Ihren jämmerlichen Versuch, mit mir in der Oper ins Gespräch zu kommen, habe ich durchschaut. Genau genommen bin ich Ihnen auf den Fersen, seit Sie Doktor von Pattai gerettet haben.«

Er stieß ein Seufzen aus.

»Auch wenn ich Ihr hehres Ziel nicht in Frage stellen möchte, aber Sie wissen schon, dass der gute von Pattai nie seine Finger bei sich lassen konnte und sie vorzugsweise seinen Patientinnen überall dort hineingesteckt hatte, wo er vorgab, eine Untersuchung sei vonnöten?«

Von Mahlknecht zog beide Mundwinkel nach oben, sodass man beinahe versucht war, dies als ehrliches Lächeln zu deuten.

»Ein Scharlatan war von Pattai, ein missgünstiger Aristokrat. Vielleicht hat er sein Tun vor seinem Tod bereut, aber letzten Endes hat er doch bekommen, was er verdient hat.«

»So wie Adelheid?« Hieronymus' Gesicht wurde rot vor Zorn.

Von Mahlknechts Blick verklärte sich. »Die liebe Adelheid Adalgrimm. Was für ein außergewöhnliches Schicksal. Was für ein außergewöhnlicher Mensch. Es kommt nicht oft vor, einer derart gemarterten und dennoch reinen Seele zu begegnen.«

»Haben Sie sie deshalb aus der Irrenanstalt abgeholt, Herr *Roderich von Breithaupt*?« Hieronymus fixierte den Doktor. »Ganz recht. Ihr selbstverliebter Schwung mit der Feder am Ende Ihres Namens hat Sie verraten.«

Von Mahlknecht wirkte unbeeindruckt. »Was ist schon ein falscher Name? Sie müssten das doch am besten wissen. Zumal diese kleine Notlüge in meinem Fall der Wissenschaft diente.«

»Sie wollen also sagen, dass all die Kranken, die Sie unter falschem Namen aus der Irrenanstalt geholt haben, und all die Strotter, die Sie angelockt haben, nur der Wissenschaft dienlich waren?«

»Was überrascht Sie daran? Weder strebe ich nach Reichtum, noch befriedige ich irgendwelche niederen Instinkte. Ich habe mein Leben ganz und gar der Wissenschaft verschrieben. Und da Sie sich schon die Mühe gemacht haben, mich aufzusuchen, so will ich gerne Ihren Wissensdrang stillen. Denn ich weiß, wie sehr er einen quälen kann.«

Von Mahlknecht machte eine kleine Bewegung mit der Hand.

Zwei seiner Diener kamen herbeigeeilt, jeder eine Jacke aus Drillich mit überlangen Ärmeln in Händen, und näherten sich Hieronymus und Franz.

Von Mahlknecht wandte sich ab. »Meine Herren, Sie dürfen sich jetzt freimachen.«

XLIII

»So ist es doch gleich bequemer«, meinte von Mahlknecht und begutachtete Hieronymus, der in eine Zwangsjacke gefesselt war, die Ärmel streng verknotet und mit Gurten aus Leder am Rücken gesichert.

»Bequemer für mich, wohlgemerkt«, fügte der Doktor mit jovialem Lächeln hinzu. »So muss ich nicht fürchten, dass Sie versuchen, dem Unausweichlichen zu entfliehen. Was das sein mag, fragen Sie sich? Nun, so weit sind wir noch nicht.«

Während Franz, der ebenfalls in einer Zwangsjacke steckte, von zwei Wachen im Laboratorium festgehalten wurde, hatte der Doktor Hieronymus wieder zurück in den Stollen und vor eine verschlossene Tür geführt.

Mit einer theatralischen Geste schwang er sie auf, schritt hinein und entzündete eine Lampe. Ein großer weißgekalkter Raum wurde erhellt, ausgestattet mit einem Bett und einer Kommode, an den Wänden Bilder von bunten Blumen. Auf einer blauen Chaiselongue lagen kuschelig aussehende Kissen, in einem Regal stapelten sich unzählige Bücher. In einer Ecke befand sich ein Ofen, dessen Rohr durch die Decke führte.

»Adelheids Gefängnis?«, fragte Hieronymus trocken.

»Adelheids *Zuhause*«, konterte von Mahlknecht entrüstet. »Wie Sie sehen können, fehlte es ihr an nichts, im Gegenteil. Was glauben Sie, wie wäre es ihr ergangen, hätte man sie eines Tages aus der Irrenanstalt entlassen? Als was, meinen Sie, hätte sich eine mit ihrem Geisteszustand verdingen können, wenn überhaupt?«

Hieronymus schwieg, denn er kannte natürlich die unbequeme Wahrheit. »Trotzdem wäre es *ihre* Wahl gewesen«, sagte er schließlich. »Und obgleich der widrigen Umstände fand sie einen Mann, der zu ihr stand.« Er machte eine kurze Pause, versuchte das Bild von Aleksander Morawski zu verdrängen, wie er am Seil baumelte. »Aber ich nehme an, weil Sie so fürsorglich handelten, brannten Sie Ihren Namen auch aus Adelheids Oberschenkel?«

»Ach, die fleischliche Erinnerung, die sie auf ihrer Haut trug. Ein wahrer Geniestreich für einen Menschen, der an Melancholie litt und von der einen Sekunde auf die andere oftmals nicht mehr wusste, wer oder wo er war. So trug sie ihr Gedächtnis immer bei sich. Und ja, ich habe meinen Namen daraus getilgt, eine reine Sicherheitsvorkehrung meinerseits. Denn ich ahnte, dass sie die Kette an Erinnerungen dazu verwenden würde, um sich an jenen zu rächen, die sich nur um ihr Wohlergehen sorgten.«

»Adelheid hat sich einen Namen nach dem anderen vorgenommen. Aber nicht nur, um sich an den Personen zu rächen, sondern auch, um in Erfahrung zu bringen, wer der letzte Name sein könnte – der des Mannes, der ihr das meiste Leid zugefügt hatte, und den Sie unkenntlich gemacht hatten. Ihren Namen.«

»Und irgendwann, davon bin ich überzeugt, hätte Adelheid trotzdem wieder zu mir gefunden. Ich hätte sie jedoch ebenso freundlich empfangen wie Sie und Ihren buckligen Freund.«

Hieronymus wand sich in seiner Zwangsjacke. »Das nennen Sie freundlich?«

»Nun, ursprünglich wollte ich Sie in diesem Zimmer für einige Tage unterbringen, nur um Ihnen zu beweisen, dass ich nicht das Monster bin, für das Sie mich halten.«

»Sie haben keine Ahnung davon, für wen ich jemanden wie Sie halte. Nach all dem, was Sie Adelheid und wohl auch vielen anderen angetan haben, die Sie als minderwertiges Leben betrachten!«

»Minderwertig ist keiner von ihnen. Sie alle tragen zum Wohle der Gesellschaft bei. Und was Adelheid betrifft, sehen Sie sich vor.« Von Mahlknechts Ton wurde rauer. »Sie und mich verband eine jahrzehntelange … Beziehung, möchte ich fast sagen. Nicht das, was Sie jetzt vielleicht denken. Ich würde vielmehr sagen, aus einer Arzt-Patienten-Verbundenheit erwuchs ein Band, innig wie zwischen Vater und Tochter.«

»Welche von beiden Rollen nahmen Sie dabei ein?« Hieronymus griente herausfordernd und trotzig, doch von Mahlknecht fuhr unbeirrt fort.

»Adelheid hat zu mir aufgesehen, denn ich wollte sie von dem befreien, was sie ihr Leben lang quälte – die Erinnerung an das, was ihr zugestoßen war, und an jenen, der es zuließ – ihren Stiefbruder.«

»Sie wollten ihr also nur helfen? Mea culpa, dass ich das nicht gleich erkannt habe.« Hieronymus' Worte trieften vor Spott. »Das Einzige, was Adelheid wollte, war frei zu sein. Das hat sie mir geradeaus gesagt.«

»Was wissen Sie schon, was für jemand anders Freiheit bedeutet, sofern es dieses Konstrukt überhaupt gibt? Niemand ist wirklich frei. Das Tier ist getrieben einzig von der Suche nach Nahrung und Paarung, und selbst der wohlhabendste Herr muss sich der Knechtschaft des Alters und letztlich dem Tod beugen. Was Adelheid wollte, war, in ihrem Geiste frei zu sein. Ohne Groll, ohne Gram, ohne das Joch der Erinnerung. Und dazu wollte ich ihr verhelfen, so wahr ich hier stehe.«

»Obwohl Sie Adelheid in diesem goldenen Käfig gefangen hielten, frage ich mich, wie sie nur auf den beschämenden Gedanken kommen konnte, unfrei zu sein?« Hieronymus schnalzte mit der Zunge. »Ein Wahnsinniger, der solch ein Obdach nicht zu schätzen weiß!«

Von Mahlknecht setzte ein sinistres Lächeln auf. »Das macht doch nichts. Ich garantiere Ihnen, noch bevor die Sonne untergeht, werde ich Sie vom Gegenteil überzeugt haben. Davon, dass das Glück im Herzen, die Freiheit im Geiste und der Weg dahin im Auge des Betrachters liegt.«

»Hat er dir seine Lieblingsabnormitäten vorgeführt?«, ächzte Franz, dem die Zwangsjacke sichtbar Schmerzen bereitete, als Hieronymus und der Doktor wieder das Laboratorium betraten.

»Nichts dergleichen«, gab von Mahlknecht kühl zurück. »Aber wenn Sie auf jene anspielen, die dort hinter Gittern leben, so will ich Sie beruhigen. Dies ist nur eine Zwischenstation.«

»Zum Friedhof?«

Von Mahlknecht machte einen ehrlich gekränkten Eindruck. »Zum Gnadenhof, selbstverständlich. Die meisten meiner Patienten verweilen nur kurz hier unten und verdingen sich anschließend bei der Pflege der Wiesen meines Anwesens oder mit ähnlich sinnbringenden Tätigkeiten. Aber nicht mehr rasend, geifernd oder wie im Wahn. Sondern ruhig, bedächtig und besonnen.«

Hieronymus räusperte sich. »Und Sie befähigen sie dazu, wie ich meine?«

Von Mahlknecht strahlte wie ein Kind, dem man eine Freude gemacht hatte. »Das tue ich, in der Tat! Es handelt sich um eine von mir höchstpersönlich entwickelte Methode.«

Er begann den Raum abzuschreiten.

»Viele meiner verbohrten Kollegen bedienen sich einer Methodik, der man bestenfalls das tiefe Mittelalter zuschreiben kann. Schläge, Wegsperren, Erniedrigungen. Dies alles werden Sie bei mir vergeblich suchen. Ich bediene mich nicht einmal eines Beruhigers, also eines Stuhls, auf welchen man den Patienten schnallt, ihm die Sicht raubt und so hofft, dass er wieder ansprechbar wird.« Von Mahlknecht pfiff durch die Zähne. »Oder eines dieser unsäglichen Deckelbäder. Welcher normale Mensch würde sich nicht winden und revoltieren, wenn man ihn stundenlang bis zum Hals in einen Bottich voll Wasser einschließt, der sich naturgemäß irgendwann mit seinen Ausscheidungen füllt?«

Hieronymus zuckte mit den Schultern, als ihn von Mahlknecht plötzlich an der Jacke packte.

»Sehen Sie meine Faust an! Ist sie doch nichts anderes als der fleischgewordene Wille meines Ichs!« Der Doktor löste die Faust wieder. »Und genau hier liegt mein Ansatz! Dies ist die Erkenntnis, die allen meinen Kollegen und Vorgängern verwehrt blieb.« Er tippte sich auf die Stirn. »Hier drinnen tragen wir das Geheimnis unseres Wesens, das, was uns vom Tier unterscheidet und zum Abbild Gottes macht. Und genau hier muss man ansetzen. Ich nenne es die – Totentaufe.«

Franz stutzte. »Sie meinen doch nicht die Frage des Apostels Paulus im ersten Brief an die Korinther? 15,29, wenn ich nicht irre?«

»Ein Mann der Kirche. Sie verstehen es, einen zu überraschen!«, gestand von Mahlknecht euphorisch. »Aber im Gegensatz zu dem antiquierten Brauch, sich stellvertretend für einen Toten taufen zu lassen, verstehe ich meine Methode vielmehr als die Taufe eines ›Toten‹. Denn wer im Geiste beeinträchtigt ist, der hat am Leben, wie wir es kennen, keine Teilhabe mehr. Erst durch mein Ritual der Totentaufe wird er wieder zu einem vollwertigen Mitglied im Kreise unserer Gemeinschaft.«

Er wandte sich Hieronymus zu. »In Ihrem Fall würde es bedeuten, dass Sie jeglichen Argwohn ablegen, jegliche Feindseligkeit. Dass Sie wieder zu jenem Rad im Uhrwerk werden, ohne das dieses nicht funktioniert. Kommen Sie, ich zeige es Ihnen!«

Was bis eben noch wie die Ausführungen eines verwirrten Geistes geklungen hatte, erzeugte in Hieronymus auf einmal ein allumfassendes Gefühl der Angst. Was hatte der Mann mit ihnen vor? Was genau sollte diese Totentaufe –

Zwei der Wachen packten Hieronymus an den Armen. Sie zerrten ihn zu einem Tisch, drückten ihn auf die Platte und fixierten Oberkörper und Beine mit breiten Lederriemen.

Hieronymus wand sich unter den Fixierungen, sah zu Franz hinüber, der einige Schritte entfernt ausharrte. Doch was sollte der tun? Er könnte höchstens einen der beiden Männer mit seinem eigenen Leib rammen, und dann?

Hieronymus' Blick schnellte zu von Mahlknecht, der gerade bedächtig den Tisch umrundete und beim Kopfteil angekommen innehielt. Dann nahm der Doktor eine seltsam grotesk anmutende Apparatur, ein Halbkreis aus Messing, in dem mehrere lange Flügelschrauben steckten. Diese Apparatur steckte von Mahlknecht ans Kopfende, sodass sie sich über Hieronymus' Stirn wölbte, gleich eines selbstgebauten Heiligenscheins.

Von Mahlknecht wischte seinem Patienten den Schweiß von der Stirn. »Keine Angst, ich werde Ihr Cranium nicht versehren. Die Schrauben dienen lediglich der Fixierung.«

Er begann die Schrauben gegengleich anzuziehen, bis sie Hieronymus' Schädel berührten. Ruhig sprach er weiter.

»Sehen Sie, eine Sache, die mir in meiner langjährigen Arbeit aufgefallen war, ist, dass unser Gehirn über verschiedene Regionen verfügt, die unterschiedliche Funktionen haben. Manch einem am Kopf verwundeten Soldaten fiel es unmöglich zu sprechen, obwohl Kehle und Zunge unversehrt waren. Ein anderer vermochte sich nicht mehr zu erinnern, was man noch eine Minute zuvor gesprochen hatte, wohl aber, was ihm sein Vater am Sterbebett sagte.«

Von Mahlknecht drehte die Schrauben immer fester, sodass Hieronymus seinen Kopf kein bisschen mehr bewegen, sondern nur mehr mit den Augen verfolgen konnte, wo der Arzt über ihm werkte.

»Was mir aber immer ein unvergessliches Ereignis sein wird«, fuhr dieser fort, »geschah im Jahr 1866 im Gugelhupf. Ein Patient, der vorgab, andauernd an entsetzlichen Schmerzen zu leiden, der aufmüpfig war und aggressiv, stolperte vor meinen Augen. Er fiel jedoch nicht zu Boden, sondern prallte gegen ein Brett an der Wand!«

Von Mahlknecht schlug sich mit der flachen Hand auf das rechte Auge.

»Doch damit nicht genug. Er verharrte dort, zitterte leicht am ganzen Leib. Als ich mich ihm näherte, da sah ich es – er hatte sich einen Nagel, der aus dem Brett herausstand, genau zwischen Nasenbein und Augapfel gerammt!«

Hieronymus' Blicke wurden immer hektischer, zumal er auch Franz nicht mehr sehen konnte.

»Also zog ich den Mann nach hinten weg, und obwohl sein Auge die ersten Tage blutunterlaufen war, hatte er nichts von seiner Sehkraft eingebüßt. Was sich jedoch verändert hatte, war sein Gemütszustand. Die Aggressivität hatte schlagartig abgenommen, ebenso sein aufbrausendes Temperament. Auch die Schmerzen schienen wie weggeblasen. Mir war, als stünde ich einem anderen Menschen gegenüber.«

»Worauf zur Hölle wollen Sie hinaus, Mahlknecht?«, fragte Hieronymus, von Panik ergriffen.

Der Doktor blieb jedoch ruhig. »Nach seinem Tod habe ich den Schädel des Patienten seziert, und da erkannte ich das Narbengewebe im Gehirn, das der Nagel verursacht hatte. Offenbar war hier etwas durchtrennt worden, das in unserem Gehirn für übermäßige Gefühlsausbrüche, für unkontrolliertes Handeln und Schmerzempfinden zuständig war.«

Von Mahlknecht verschränkte die Hände hinter dem Rücken und schritt dozierend um den Tisch herum. »Damit gab mir die Vorsehung ein Zeichen. Denn wäre nicht diese Durchtrennung, sofern sie sich wiederholen ließe, ein Segen für alle geplagten Seelen in den Irrenanstalten? Auch für jene Männer, die in einer Schlacht verwundet wurden, oder die aufgrund der Erinnerung an den Kanonendonner zittern wie Espenlaub. Oder jene, die Wellen voll Angst davon abhielten, zu kämpfen?«

»Daher die Unterstützung durch das Reichskriegsministerium«, erkannte Franz erschüttert. »Damit hätte eine Armee ungleich mehr Männer, die sie wieder in die Schlacht schicken könnten. Und ein Mann, der keinen Schmerz kennt, kennt auch kaum Furcht.«

»Ihr verkrüppelter Freund überrascht erneut mit seinem scharfen Verstand. Auch Sie sind ein Beispiel dafür, dass man den Menschen nicht nach dem Äußeren beurteilen sollte.«

»Franz ist ein buckliger Krüppel«, stieß Hieronymus gehetzt aus. »Lassen Sie ihn laufen, er hat mit der ganzen Sache überhaupt nichts zu tun.«

Von Mahlknecht zog eine ernste Miene. »Aber er wird sehr bald etwas damit zu tun haben.« Der Doktor hielt nun einen handlangen, bronzenen Metallstift und einen kleinen Hammer in die Höhe. »Beginnen werde ich jedoch mit Ihnen, Herr Holstein. Keine Angst, es schmerzt nur ein wengerl*, wenn ich Ihnen gleich diesen Stift zwischen Auge und Nase treiben werde.«

Hieronymus erinnerte sich an die weißlichen Narben, die Adelheid zu beiden Seiten ihres Nasenbeins gehabt hatte. »Das haben Sie auch mit ihr getan.«

»Da haben Sie recht«, meinte von Mahlstein, setzte das kalte Metall an Hieronymus' Nasenbein an und hob den Hammer. »Bei Adelheid schien der Winkel nicht gestimmt zuhaben, denn das Ergebnis ließ merklich zu wünschen übrig. Und bevor ich die Prozedur wiederholen konnte, war sie mir entflohen.«

Der Doktor setzte den Stift noch einmal ab, sah verklärt in den Raum. »Wenn ich ehrlich bin, gestehe ich sogar, dass ich sie auf eine gewisse Art und Weise geliebt habe.«

Franz schnaubte. »Was ich immer sage: Die wahren Irren laufen frei herum.«

---

* Ein ganz klein wenig.

Von Mahlknecht riss sich aus seinen Gedanken, setzte den Stift erneut an, hob den Hammer.

Hieronymus erstarrte innerlich. Einen unsagbaren Schmerz erwartend, wagte er es nicht einmal zu atmen.

Da brüllte Franz auf, riss sich von seinem Bewacher los. Wie ein wilder Stier stürmte er mit gesenktem Kopf auf den erschrockenen Doktor zu, rammte ihn und schleuderte ihn zu Boden. Dann taumelte er zu einer Mauer, holte aus und donnerte mit der linken Schulter gegen das Ziegelwerk.

Ein knöchernes Knacken und einen Schrei später hatte er sich etwas Bewegungsfreiheit in der Jacke verschafft. So konnte er den rechten Arm ein wenig heben und die Schnalle am Ärmel mit seinen Zähnen lösen. Dann donnerte er seine Schulter ein zweites Mal gegen die Mauer, konnte seinen zuvor erschlafften Arm nun wieder bewegen, wenn auch unter Schmerzen. Mit einer Geschicklichkeit, die man Franz kaum zugetraut hätte, griff er durch den Stoff die Schnallen in seinem Rücken, öffnete blitzschnell die oberste und unterste, stieg auf den herabhängenden Stoff und zog sich die nun lose an ihm hängende Zwangsjacke vom Leib.

Die Wachen, die der Entfesselung gebannt wie tatenlos beigewohnt hatten, lösten sich aus ihrer Erstarrung und eilten mit gezückten Dolchen herbei.

Ein Schuss knallte durch den Raum, verfehlte Franz jedoch um Haaresbreite und zersplitterte einige gläserne Gefäße.

Die erste Wache stieß zu, versenkte ihren Dolch in Franz' Oberarm. Der packte den Kopf des Angreifers und schleuderte ihn so fest gegen den Tisch, dass Blut spritzte und Knochen splitterten. Dann riss sich Franz die Waffe aus der Wunde, schleuderte sie der nächsten Wache entgegen, wo sie mit der Klinge voran zwischen zwei Rippen stecken blieb.

Mit einem tonlosen Seufzen sackte der Mann zusammen.

Ein gezielter Hieb mit der Faust ließ von Mahlknecht verstummen.

Dann zerrte Franz die Apparatur um Hieronymus' Kopf vom Tisch.

Hinter ihm klackte ein Revolver, ohne dass sich jedoch ein Schuss löste.

Franz wirbelte herum, entriss dem verdatterten Wachmann die Waffe und drosch damit mehrere Male auf dessen Schädel ein. Danach löste er mit flinken Griffen die Gurte, die seinen Freund auf den Tisch fesselten.

Von Mahlknechts Gehilfen flohen in Panik die Treppe hinauf, ein letzter Wachmann stand mit gezücktem Dolch wie versteinert da, unschlüssig, was er tun sollte.

Franz brüllte ihn, so laut er konnte, an, da verließ diesen der Mut. Er warf die Waffe fort, hastete den Dienern hinterher.

Hieronymus wartete ungeduldig, bis ihn Franz aus der Zwangsjacke befreit hatte, dann stürzte er zu von Mahlknecht, packte ihn am Kragen und zerrte ihn in die Höhe. Der kam stöhnend zu sich.

»Am liebsten würde ich Ihnen jetzt den Nagel ins Hirn treiben. Dann können wir gemeinsam entdecken, welche Region ich versehrt habe!«

»Sie können mir nichts anhaben«, stammelte von Mahlknecht. »Jeder Arzt holt sich Personen aus Gebär- oder Siechenhäusern, wenn es ihm für seine Forschung dienlich erscheint. Auch aus Waisen- und Armenhäusern, aus Gefängnissen. Dort sind alle froh, wenn sie sich um weniger Seelen kümmern müssen, und diese leisten so zumindest einen Teil ihrer Schuld an der Gesellschaft ab.«

»Sie meinen, ein Waisenkind sucht es sich aus, ohne Eltern aufzuwachsen?«

»Um Himmels willen, nein. Und doch verursacht es uns allen nur Kosten, wie ein Gefangener oder Siechender auch. Versuchen Sie, die Wirklichkeit als die zu sehen, die sie ist, Herr Holstein.«

Obwohl in Hieronymus die Rage tobte, ließ er von dem Mann ab, der sich an einen der Schränke stützte und langsam wieder zu Atem kam.

»Es sind einige wenige, die ihr Leben für das Allgemeinwohl geben«, fügte von Mahlknecht hinzu. »Was kann daran verkehrt sein?«

»In Ihrer Welt ist daran sicherlich nichts verkehrt«, stieß Franz schnaubend aus. »Aber in meiner Welt hat ein jeder ein Recht auf Leben. Auch ein Krüppel, wie ich einer bin.«

»Natürlich«, meinte dieser beschwichtigend. »Jedoch hielt auch mein Kollege Claude Bernard eine einfache Regel fest: ›Von den Versuchen, die man am Menschen ausführen kann, sind jene, die nur schaden können, verboten. Jene, die harmlos sind, erlaubt. Und jene, die nützen können, geboten.‹«

Während sich von Mahlknecht in seinen Ausführungen erging, holte er aus einer Lade im Schrank hinter sich heimlich einen Revolver hervor, richtete ihn plötzlich auf Franz. »Die Freiheit des Einzelnen hat Nachrang, wenn es um das Wohl vieler geht. Daher –«

Der Nagel aus Messing durchstach das linke Auge des Doktors, drang mit einem Knacken tief in den Schädel. Sein Leib erstarrte, die Waffe fiel zu Boden.

Hieronymus war schneller gewesen.

Dann kippte der Doktor nach vorne um, steif wie ein Brett, schlug mit dem Gesicht auf dem Boden auf, worauf sich der Nagel bis zum Anschlag in seinen Schädel rammte.

»Schmerzt wohl doch ein Euzerl* mehr als nur ein wengerl«, meinte Franz grimmig und sah zu Hieronymus. »So ein Dampfplauderer**. Und jetzt?«

»Jetzt sehen wir zu, dass uns niemand verfolgt. Ich will Marx über die Zustände hier informieren. Und da die Hydra nun kopflos ist, wird sich auch jemand um die Kranken kümmern müssen.«

»Einverstanden.«

Die beiden Männer eilten aus dem Raum, den Gang entlang und die Stufen ins darunterliegende Kellergeschoss hinab.

Franz schob den Deckel auf, der den Zugang zum Kanal verschloss.

Hieronymus fasste ihn am unverwundeten Arm. »Danke, mein Freund.«

Der grinste. »G'schamster Diener.«

»Sollen wir nicht noch deine Wunde verbinden?«

Franz schüttelte den Kopf. »Machen wir, dass wir hier verschwinden.«

Ohne ein weiteres Wort ließen sich die beiden Männer in den Schacht fallen.

---

* Wienerisch: ein ganz klein wenig.
** Schwätzer.

XLIV

EIN STÜRMISCHER HERBSTWIND schickte seine Vorboten über das Land, zerrte bunte Blätter von dürrem Geäst, trieb Laub über Straßen und Wege, und verbreitete in der Abendluft den brenzligen Geruch jener Kamine, die schon befeuert wurden.

Vor dem Hof wechselte Anezka, wie jeden Tag in Schwarz gekleidet, gerade den Verband auf Franz' Oberarm, als eine dunkle Kutsche vorfuhr, eskortiert von zwei berittenen Wachmännern.

»Na schau, hat sich Seine Majestät der Kaiser zu uns verirrt?«, meinte sie nicht ganz ernst.

Franz erhob sich von dem Schemel, auf dem er saß. »Auch wenn er ihm ähnlich schaut und ebenso geschwollen spricht, aber das ist ein anderer, wie mir deucht.« Er wandte den Kopf zum Schindelwagen um. »Hieronymus! Hoher Besuch!«

Die Kutsche hielt inmitten des Hofes, und ihr entstieg mit stoischer Miene der Präsident der Wiener Polizei-Direction Wilhelm Marx, gefolgt von Salomon Stricker.

Hieronymus, der seiner ungekämmten Frisur nach zu urteilen gerade ein Schläfchen gehalten hatte, stieg aus dem Wagen und steckte sich eine Eckstein an, während er auf den Tross zuschritt. Franz folgte ihm.

»Schön haben Sie's hier«, meinte Salomon mit Blick auf das schiefwinkelige Haus. »Die ehrliche Idylle der einfachen Arbeiterschicht.«

»Immer noch besser als die trügerische Idylle des Groß-
bürgertums«, entgegnete Franz gepresst.

Mit Blick auf Hieronymus zog Marx die rechte Augenbraue hoch. »Vergeht eine Woche, in der er nicht in irgendwelchen Pallawatsch verwickelt ist?« Er sah zu Franz.
»Oder er?«

Hieronymus lächelte bemüht. »Dann haben Sie wohl
meine Nachricht bezüglich von Mahlknecht erhalten.«

»Eine ordentliche Sauerei, die er da angerichtet hat«,
sagte Marx und schnaubte in seinen dichten Schnurrbart. »Ist allerdings auch eine echte Sauerei, die dieser
von Mahlknecht angezettelt hat. Anklage wird gegen ihn
jedoch keine erhoben, Holstein. Im Reichskriegsministerium will auf einmal niemand mit dem Doktor in Verbindung gebracht werden, jetzt da bekannt wurde, was er
seinen Patienten antat. Die Dienerschaft hat das Anwesen
geplündert und sich in alle Winde zerstreut.«

»Und die Kranken im Keller?«

Ein Lächeln huschte über Marx' Lippen. »Herr Stricker hat veranlasst, dass sie ins Neue Irrenhaus verlegt
werden.«

Hieronymus nickte Salomon dankend zu, der die Geste
erwiderte.

»Er weiß aber schon, dass sich von Mahlknecht streng
genommen nichts zuschulden hat kommen lassen? Abgesehen von dem Toten im Wienfluss und den Anschlag auf
Sie beide, aber hier können wir nichts beweisen.«

»So sind die Versuche an diesen Menschen also rech-
tens?« Hieronymus verschränkte die Arme vor der Brust.
»Wie kann das sein?«

»Versuche an der Armutsbevölkerung werden eben
geduldet«, meinte Salomon ohne Gefühlsregung. »Und

glauben Sie mir – mit Fortschreiten der Medizin wird der Bedarf an Versuchsobjekten eine ungeahnte Größe annehmen. Wie sonst will man wissen, ob eine Arznei wirksam ist oder nicht?«

Marx räusperte sich forsch. »Und ob ich das richtig finde oder nicht, danach fragt keiner. Und er sollte es auch nicht tun, hat er mich verstanden?«

Hieronymus nickte schweigend. Franz schüttelte voll Unverständnis den Kopf.

»Jedenfalls werden solche Angelegenheiten von Personen beurteilt, die klüger sind als wir alle zusammen. Es war mir jedoch ein Bedürfnis, mich persönlich bei ihm zu bedanken. Somit können wir alle einen Schlussstrich unter jene Ereignisse ziehen, die Frau Adalgrimm ausgelöst hat.« Sein Blick wurde eisern. »Das können wir doch, oder?«

Wieder nickte Hieronymus, diesmal jedoch mit einem Schmunzeln.

»Dann wünsche ich ihm alles Gute.« Er sah zu Franz. »Ihm natürlich auch.«

Franz deutete eine Verbeugung an.

Wilhelm Marx ließ noch schnell seinen Blick über den Hof, das Haus und Anezka schweifen, dann stieg er wieder in seine Kutsche, nicht unfroh darüber, in die Erhabenheit der Inneren Stadt zurückzukehren.

»Auf dass sich unsere Wege hier trennen mögen«, sagte Salomon kühl. »Ein Schuster sollte doch bei seinen Leisten bleiben, wenn Sie verstehen.«

»Ich freue mich auch auf ein Wiedersehen«, meinte Hieronymus sarkastisch.

Franz verzog das Gesicht. »D-der ist a-aber freundlich.«

Einen abschätzigen Blick später stieg auch Salomon ins Kutscheninnere und schloss die Tür. Der Tross setzte sich in Bewegung.

Anezka trat an die zwei Männer heran. »Wer waren die beiden Gfraster*?«

»Der Alte hat Ihnen die Legitimationskarte besorgen lassen«, antwortete Hieronymus und sah der Kutsche und den Reitern nach. »Einer, der eigentlich ganz in Ordnung ist.«

»Und der andere kann nur wirklich gut mit den Toten«, meinte Franz.

Die Kutsche bog in die Straße ein und war gleich darauf nicht mehr zu sehen.

»Anezka ist ordentlich erledigt. Der Schrecken in der Nacht, die Befragung durch die Sicherheitswache und dann das Warten auf euch beide. Ihr mutet einer Frau schon ordentlich viel zu«, meinte sie mit einem Seufzen. »Aber Anezka ist hart im Nehmen. Also, habt ihr Lust, ein paar Runden Preferanzen zu spielen?«

»Sie spielen Karten, Frau Svoboda?«, fragte Hieronymus erstaunt.

»Nicht nur spielen. Anezka gewinnt auch meistens. Also?«

Die beiden Männer sahen sich überrascht an. Dann nickten sie unisono.

Die Frau wandte sich um und ging auf ihr schiefwinkeliges Haus zu. »Geschwind, denn das Glück ist ein Vogerl.«

Hieronymus und Franz folgten ihr, als sie sich noch einmal zu ihnen umdrehte. »Und dazu trinken wir ein Schluckerl Sliwo.«

---

* Wienerisch: unangenehme Menschen.

Epilog

EIN PENETRANTES POCHEN gegen die Haustür hatte Hieronymus aus dem Schlaf gerissen. Der Blick durch eines der Fenster auf den dunkelgrauen, wolkenverhangenen Himmel bezeugte, dass es noch zeitig in der Früh sein musste.

Er tapste zur Tür, öffnete sie, und sah sich einem Boten gegenüber, der stramme Haltung angenommen hatte.

»Depesche für Herrn Hieronymus Holstein!«

Der rieb sich die Augen. »Das bin ich.«

Der Bote maß ihn von oben bis unten, offenbar war er ob des Aussehens des Empfängers instruiert worden. Dann streckte er ihm ein versiegeltes Kuvert entgegen.

Hieronymus nahm es an sich, der andere verabschiedete sich mit dem Zusammenschlagen der Hacken und eilte davon.

Mit tiefem Gähnen setzte er sich auf das Brett vor der Eingangstür des Hauses, begutachtete das Schriftstück, das keinerlei Hinweis auf seine Herkunft gab. Hieronymus brach das Siegel aus rotem Wachs, faltete das Papier auf und las die mit schwarzer Tinte verfasste handschriftliche Nachricht.

Werter Herr Holstein,
mir wurde zugetragen, was Sie im Falle des Doktors Johann Nepomuk von Mahlknecht geleistet haben. Als ehrlicher Verfechter des Humanismus gebührt Ihnen darob meine Hochachtung. Und

ich gestehe ohne Scheu, in Ihrem Fall möglicher-
weise vorschnell geurteilt zu haben.
Ich bitte Sie daher höflichst, mich aufzusuchen,
da ich meine, wir haben eine dringliche Sache zu
besprechen.

Hochachtungsvoll, Ihr
František Skorkovský

Danksagung

DER ERSTE BAND »Donaumelodien – Praterblut« entsprang meiner Liebe zum Wiener Prater und der Faszination zur Gezeitenwende des Fin de Siècle. Ich wollte einen Kriminalroman, der sich ebenso spannend wie unterhaltsam lesen und für den ich gerne Stunden/Tage/Wochen recherchieren würde. Ehe ich mich versah, lag er auch schon vor mir. Doch was sollte folgen?

Einen Gedanken später hatte er bereits von mir Besitz ergriffen, der zweite Fall für Hieronymus Holstein und den buckligen Franz – die »Totentaufe«. Mehr noch als beim ersten Band genoss ich es, mit den Figuren ins alte Wien einzutauchen, Schauplätze wie Tatorte zu erkunden und mich an dem einen oder anderen Detail zu erfreuen.

Doch sosehr man auch selbst vielleicht das Bild des gequälten Autors forcieren möchte, der sich in einsamen Stunden eine Zeile nach der anderen abringt, gebeugt über eine alte Schreibmaschine, illuminiert von Hochprozentigem und geplagt von Selbstzweifel, so würde doch kein (Kriminal-)Roman entstehen ohne die Mittäterschaft vieler wunderbarer Personen.

Von ganzem Herzen danke ich den Mitarbeiterinnen und Mitarbeitern des GMEINER-Verlags für die großartige Betreuung, allen voran meiner Lektorin Teresa Storkenmaier.

Mein besonderer Dank für ihr wie immer ehrliches Feedback gilt Christine Hanschitz und Nina Vidmer.

Zu guter Letzt – aber allen voran – danke ich Ihnen, liebe Leserin, lieber Leser, dass Sie Hieronymus und Franz (wieder) begleitet haben!

Herzlichst, Ihr
Bastian Zach

*Weitere Titel finden Sie auf den
folgenden Seiten und im Internet:*

WWW.GMEINER-VERLAG.DE

Geisterfotograf Hieronymus Holstein ermittelt:

**1. Fall: Donaumelodien –
Praterblut**
ISBN 978-3-8392-2650-6

**2. Fall: Donaumelodien –
Totentaufe**
ISBN 978-3-8392-0021-6

**3. Fall: Donaumelodien –
Leichenschmaus**
ISBN 978-3-8392-0125-1

weitere:

**Donaumelodien –
Morbide Geschichten**
ISBN 978-3-8392-2708-4

GMEINER SPANNUNG

WWW.GMEINER-VERLAG.DE
Wir machen's spannend